Bibliografische Information der Deutschen Bibliothek

Die Deutsche Bibliothek verzeichnet diese Publikation in der Deutschen Nationalbibliografie; detaillierte bibliografische Daten sind im Internet über http://dnb.ddb.de abrufbar.

978-3-945175-34-7

Erste Auflage 2020

Titelbild: Clker-Free-Vector-Images

Kontakt:

Turmhut-Verlag
Sylvie Kohl
Eichenweg 8
97640 Stockheim

Tel.: 09776/6935

turmhut@turmhut.de

www.turmhut.de

Printed in Germany

See you soon! ☺

Die Geschichte von Emilia

Kathi van Beek

„Even when you're crying
you're beautiful too.
The world is beating you down,
I'm around through every move."

(John Legend)

Inhalt

Prolog

Wir beginnen Emilias Geschichte nicht bei ihrer Geburt, ihrer Einschulung im St John's College in Portsmouth oder einem anderen denkwürdigen Ereignis ihrer Kindheit. Oh nein, das tun wir nicht.

Wir beginnen vielmehr an dem Tag, der die Wende in Emilias Leben bringen sollte. Ein Leben, das bis dahin geprägt war von Unbeschwertheit, von Leichtigkeit und Glück. Das Leben eines fröhlichen Kindes, Muscheln suchend am Strand.

Wir beginnen diese Geschichte an dem Tag, an dem Emilia lernen musste, dass der Himmel nicht immer blau war und die Dinge – und die Menschen – in Wahrheit manchmal anders waren, als sie im ersten Moment zu sein schienen.

Wir beginnen also an dem Tag, an dem Emilia anfangen musste, erwachsen zu werden, ob sie es nun wollte oder nicht.

Schlechte Neuigkeiten

Es war der erste Schultag nach den Sommerferien, ein sonniger Morgen Anfang September und Emilia hatte sich schon lange nicht mehr so auf die Schule gefreut. Das letzte Mal wahrscheinlich zu Beginn der Junior School. Aber das war nun schon ein Weilchen her, denn inzwischen war sie 16 Jahre alt und ab sofort Schülerin der Sixth Form, also der Oberstufe.

Eine leichte Brise kam vom Meer herüber, als sie sich auf ihr Mountainbike schwang und die Esplanade in Richtung Southsea und St John's College entlang radelte. Dieser Weg war zwar etwas weiter, als quer durch Eastney zu fahren, doch Emilia mochte die Strecke am Meer entlang viel lieber.

Sie liebte das Brausen der Wellen, den immerwährenden Wind, der ihre langen braunen Haare zauste, die Weite am Horizont, das Gefühl von Freiheit. Das war es auch, was sie in New York so vermisst hatte. New York mit seinen Wolkenkratzern und Häuserschluchten, die Stadt, die niemals schlief, in der man auch nachts noch das Hupen der gelben Taxis hörte und im nächsten Moment die lauten Sirenen von Rettungswagen oder Polizeistreifen.

Doch obwohl sie sich oft eingeengt gefühlt hatte zwischen all den hohen Mauern aus Stein und Beton, so hatte sie die Zeit mit ihren Eltern und ihrer Schwester dort trotzdem sehr genossen.

Endlich waren sie alle vier wieder einmal zusammen gewesen. Sofia war fünf Jahre älter als Emilia und studierte eigentlich Modedesign in London. Doch ihr Auslandssemester hatte sie an der New York School of Design absolviert.
Die beiden Schwestern hatten zwar regelmäßig miteinander geskypt, was wegen der Zeitverschiebung oft gar nicht so einfach gewesen war, aber Emilia hatte Sofia doch mehr vermisst, als sie jemals zugegeben hätte.
Zum Ende des Semesters waren die Eltern dann mit Emilia zu den Abschlussfeierlichkeiten der Designschule in die Staaten geflogen. Es waren Zeugnisse überreicht und Hände geschüttelt worden und Emilia hatte das erste Mal in ihrem Leben ein Glas Champagner getrunken. Diesen hatte sie jedoch längst nicht so sensationell gefunden wie die anschließende Modenschau, bei der die angehenden Designer den Gästen ihre schönsten Entwürfe hatten präsentieren dürfen.
Emilia hatte über verspielte Rüschenkleider, wild gemusterte Hosenanzüge und metallisch glänzende Blazer mit passenden Hüten gestaunt.
Alle Gäste waren begeistert über die Kreativität der jungen Studentinnen und Studenten gewesen und hatten deren Arbeiten am Ende mit lang anhaltendem Applaus und Standing Ovations belohnt.
Nach diesem glanzvollen Fest hatte Sofia ihrer Familie noch eine Woche lang New York gezeigt. Sie waren barfuß den High Line Park entlanggeschlendert, waren

in den 70. Stock des Rockefeller Centers hinaufgefahren, um Manhattan von oben zu bewundern und hatten ein Picknick im Central Park gemacht.
Eine Shoppingtour auf der 5th Avenue hatte natürlich ebenso wenig fehlen dürfen wie ein Bummel über den berühmten Broadway. Und Sofia hatte ihre Familie außerdem an einem Abend mit nach Greenwich Village genommen, wo sie manchmal in der Pianobar „The Duplex“ am Flügel gesessen und gespielt hatte, um sich ein wenig Geld dazu zu verdienen. Denn das Leben in New York war alles andere als günstig.
Viele der anderen Studentinnen und Studenten gingen nebenher kellnern oder hatten Jobs als Küchenhilfen in den großen Restaurants oder Hotels der Stadt. Sofia war darum sehr glücklich gewesen, das Talent ihrer Mutter geerbt zu haben, um auf angenehmere Weise ihr Taschengeld aufzubessern - zumal es nicht selten vorgekommen war, dass ihr ein Gast ein großzügiges Trinkgeld zugesteckt hatte, wenn Sofia ihm seinen Lieblingssong hatte spielen können.
Für Emilia aber war einer der wichtigsten Orte von Manhattan der Time Square, oder besser gesagt: Das „Hard Rock Cafe“ am Time Square. Hier hatte sie drei T-Shirts gekauft, zwei weiße für ihre beste Freundin Olivia und sich selbst und ein schwarzes für Noah.
Und er war auch der Grund dafür, warum Emilia heute Morgen sogar noch vor dem Klingeln des Weckers gut gelaunt aufgestanden war und nun beschwingt Richtung Schule fuhr. Ganze acht Wochen hatte sie Noah jetzt

nicht gesehen und doch hatte sie sich die ganze Zeit über vorgestellt, wie es sein würde, wenn sie ihm ganz lässig die Tüte vom „Hard Rock Cafe“ mit dem schwarzen T-Shirt darin überreichen würde.
„Hier“, würde sie sagen, „ich sollte dir doch etwas mitbringen aus New York“. Denn das hatte er am letzten Schultag vor den Ferien zu ihr gesagt, als er zufällig mitbekommen hatte, wie Emilia und Olivia sich über den bevorstehenden Trip unterhalten hatten.
„Bring mir was Schönes mit aus Big Apple“, hatte er gesagt und Emilia mit seinen seegrünen Augen zugezwinkert, sodass ihre Beine plötzlich weich geworden waren wie Gummi.
Emilia schwärmte schon seit einiger Zeit heimlich für Noah, doch nur Olivia wusste davon. Und da die Freundin fast ein Jahr älter war als Emilia, ging sie sogar in die gleiche Stufe wie Noah. Immer wieder hatten die beiden sich überlegt, wie Emilia ihn am besten ansprechen könnte. Aber letztendlich hatte sich diese nie getraut und Olivia war manches Mal an der Schüchternheit ihrer Freundin verzweifelt.
Und dann kam plötzlich und ohne Vorwarnung diese spontane Aufforderung, dass sie ihm doch etwas mitbringen sollte von ihrer Reise. Eine bessere Gelegenheit würde es wahrscheinlich nie wieder geben. Dieser Meinung war auch Olivia und sie glaubte außerdem, dass Noah Emilia schließlich nicht angesprochen hätte, wenn er sie dumm und hässlich finden würde.

Olivia hatte schon immer diese sehr charmante Art, gerade heraus zu sagen, was sie dachte. Dafür liebte Emilia ihre Freundin am meisten. Sie wusste ganz genau, dass Olivia sie niemals anlügen würde, einfach, weil sie dazu gar nicht in der Lage war.
Und heute war es endlich so weit: Sie würde Noah nach der Schule ihr Souvenir aus New York überreichen. Er wäre natürlich überrascht, aber sicher würde er sich riesig freuen. Und dann würde er sie als Gegenleistung ins Eiscafé einladen oder vielleicht sogar ins Kino.
Und sie lebten gesund und glücklich bis an ihr Lebensende, dachte Emilia und musste trotz der Aufregung, die sich in ihr breit machte, als sie in die Grove Road einbog und auf das Gebäude des St John's College zusteuerte, ein kleines bisschen grinsen.
Während sie ihr Fahrrad in den Ständer schob und sorgfältig abschloss, schaute sie sich unauffällig nach Noah um. Doch sie konnte ihn nirgends entdecken.
Statt dessen kam ihre Klassenkameradin Zoe strahlend auf sie zu gelaufen und umarmte sie stürmisch.
„Emmi, Du glaubst nicht, was ich Dir jetzt erzählen werde“, sprudelte es aus dem hübschen Mädchen mit den hellblonden, langen Haaren und den blauen Augen heraus.
Zoe würde zwar niemals den Stellenwert einnehmen, den Olivia für Emilia hatte, doch die Mädchen waren von Beginn ihrer Schulzeit an in dieselbe Klasse gegangen und Emilia mochte Zoes fröhliche, unkomplizierte Art. Hin und wieder ärgerte sie sich zwar über

deren allzu vorlauten Sprüche und ihren Drang im Mittelpunkt zu stehen, aber man konnte mit ihr auch ganz wunderbar albern sein und jede Menge Spaß haben. Ja, Emilia würde Zoe auf jeden Fall als Freundin bezeichnen.
„Okay, also schieß schon los!“, forderte Emilia das süffisant grinsende Mädchen auf. „Dann werden wir ja sehen, ob ich's dir glaube oder nicht.“
„Lauren ist mit Jordan zusammen“, erwiderte Zoe jedes Wort einzeln betonend und beobachtete dabei genau, wie Emilia auf diese Neuigkeit reagieren würde.
Lauren war die Dritte im Bunde. Sie war die Ruhigste von ihnen. Ein immer etwas blasses Mädchen mit schulterlangem, dunkelblondem Haar und großen braunen Augen. Emilia mochte Lauren, weil sie eine fast so gute Zuhörerin war wie Olivia und sie konnte wundervoll zeichnen. In ihrem Zimmer hingen viele Bilder vom Meer, von den Klippen und auch von Bobby, ihrem kleinen weiß-braunen Terrier-Mischling. Lauren war kein Mädchen, das dem Betrachter sofort ins Auge fiel, so wie Zoe immer die Blicke der Leute auf sich zog.
Nein, Laurens stille Schönheit erkannte man erst auf den zweiten Blick: Die mandelförmigen, rehbraunen Augen mit den erstaunlich langen Wimpern und den immer leise lächelnden Mund.
Eigentlich sollte sich Emilia für die Freundin freuen, dass offensichtlich jemand genauer hingeschaut und ihre Anmut entdeckt hatte.

Aber Jordan Cooper gehörte tatsächlich nicht zu der Sorte Jungs, die sich Emilia für Lauren gewünscht hätte. Er war einer von den Pompeys, einer Gruppe hoch talentierter Jungs, die das Fußball-Internat des FC Portsmouth besuchen durften und hier vormittags Unterricht und nachmittags Training hatten. An ihren freien Tagen aber versammelten sich die Pompeys vorzugsweise am Strand und holten quasi das Leben nach. Es war allgemein bekannt, dass das Bier dann in Strömen floss und der ein oder andere auch stärkeren Drinks nicht abgeneigt war.
Die meisten der Jungs sahen ziemlich gut aus, alle waren natürlich durchtrainiert und muskulös und hatten immer einen flotten Spruch auf den Lippen, wenn ein hübsches Mädchen an ihnen vorbei ging. Außerdem gab es Gerüchte, dass sie heimlich Strichlisten mit ihren One Night Stands anlegten und sogar Wetten abschlossen, wer ein Date mit einem bestimmten Mädchen bekam und wer eben nicht.
Die Trainer der Jungs wussten nur zu gut von deren buntem Treiben. Doch sie ließen ihre Talente gewähren, so lange diese auf dem Fußballfeld die Disziplin und Leistung zeigten, für die sie ausgewählt worden waren.
Und nun war einer von ihnen also Laurens Freund? Emilia wusste wirklich nicht, ob sie sich nun freuen sollte oder nicht.
Bevor sie aber Zoe etwas dazu sagen konnte, zischte diese: „Pst, sie kommt! Und ich hab nichts gesagt!“

Tatsächlich überquerte Lauren gerade die Straße und steuerte direkt auf die beiden Freundinnen zu, lächelnd wie immer.
Gemeinsam mit ihrer Mom und der jüngeren Schwester Lacey wohnte sie nur ein paar Häuserblocks entfernt und konnte daher immer zu Fuß zum College gehen. Laurens Dad wohnte seit ein paar Jahren mit seiner neuen Lebensgefährtin in Southampton, wo Lauren und Lacey ihn regelmäßig besuchten.
Nach der üblichen Begrüßungszeremonie ging Zoe schließlich zu ein paar anderen Klassenkameraden hinüber, die soeben angekommen waren, sodass Emilia und Lauren anschließend zu zweit nebeneinander auf das Schultor zu schlenderten.
„Deine Bilder von New York waren echt cool", begann Lauren. „Muss toll gewesen sein, das alles mal in echt zu sehen. Ich meine das Empire State Building, die Freiheitsstatue und so."
„Ja, war's auch", bestätigte Emilia. „Aber am Ende war ich trotzdem froh, wieder hier zu sein. Die vielen Menschen gehen dir irgendwann auf die Nerven, weißt Du. Also, auf jeden Fall ging es mir so."
„Ja, verstehe", entgegnete Lauren. „Trotzdem! Irgendwann will ich da auch mal hin!"
„Hmhm", machte Emilia nur und dann gingen sie ein paar Schritte schweigend nebeneinander her, bis Emilia sich endlich ein Herz fasste und möglichst belanglos fragte: „Und? Was gibt es Neues in good old England?"
Lauren sah Emilia erst einmal kurz von der Seite an,

bevor sie Luft holte und begann zu erzählen: „Och, eigentlich ist nichts Großartiges passiert. Aber in den letzten Tagen war ich ein paar Mal mit Anne und Alicia am Strand. Du weißt schon, die Zwillinge, die schräg gegenüber von unserem Haus wohnen."
Emilia kannte die beiden hübschen rothaarigen Mädchen vom Sehen. Sie waren etwa zwei Jahre älter und machten inzwischen beide irgendwo eine Ausbildung.
„Ich hab sie irgendwann in den Ferien beim Einkaufen getroffen und da haben sie halt gefragt, ob ich nicht mal mitkommen will", ergänzte Lauren.
„Cool", meinte Emilia nur und war innerlich gespannt, wie es weitergehen würde.
„Ein paar von den Fußballern waren auch immer da", fuhr Lauren fort. „Thomas Daniels, Benny Adams und so. Und Jordan Cooper."
Bei dem Namen spitzte Emilia die Ohren, während sie das Schulgebäude betraten und Richtung Aula marschierten.
„Die sind eigentlich alle ganz nett. Gar nicht so schlimm, wie immer alle sagen, ehrlich", erzählte Lauren weiter. „Aber am nettesten finde ich Jordan. Wir haben uns auch schon zwei Mal ohne die anderen getroffen."
Emilia biss sich kurz auf die Lippen und schaute zu Boden, während sie spürte, wie Lauren sie wieder forschend von der Seite ansah. Sicher versuchte sie, in Emilias Gesicht abzulesen, was die Freundin von diesen Neuigkeiten hielt.

„Freut mich für dich." Emilia rang sich zu einem Lächeln durch und suchte dann nach den richtigen Worten: „Weil, also, wenn du glücklich bist, dann bin ich auch glücklich, weißt du? Ich hoffe nur..."
Doch weiter kam sie nicht, denn in dem Moment hörten sie Zoe ihre Namen rufen.
Sie hatte ihnen zwei Plätze in der Aula freigehalten und winkte die Freundinnen zu sich.
Insgeheim war Emilia froh, unterbrochen worden zu sein, denn sie wollte Lauren eigentlich noch sagen, dass sie hoffte, Jordan würde sie noch ganz lange glücklich machen. Und sie war sich ziemlich sicher, dass Lauren ihre Zweifel daran bemerken würde. Schließlich war ihre Freundin nicht dumm und zudem wesentlich sensibler als Zoe.
Emilia gönnte Lauren ihre Verliebtheit und wollte sie auf keinen Fall verletzen. Gleichzeitig fürchtete sie jedoch, dass Laurens neuer Freund genau dazu durchaus im Stande war.
Also gingen sie durch die Reihen, winkten hier und da ein paar vertrauten Gesichtern zu oder wechselten ein paar belanglose Sätze mit einigen Klassenkameraden bis sie endlich bei Zoe angekommen waren und sich neben ihr auf die Sitze plumpsen ließen.
Heute würde Mr. Bayley, der Direktor der Senior School, die frisch gebackenen Oberstufenschüler willkommen heißen und ihnen allen ein paar warme Worte mit auf den Weg geben. Außerdem sollten einige organisatorische Angelegenheiten besprochen werden

und man erfuhr endlich, wann welche Kurse bei welchen Lehrern stattfinden würden.
Nach etwa zwei Stunden würden dann alle neuen Sixth Formers wieder nach Hause entlassen werden. Denn der richtige Unterricht in den individuell gewählten Kursen begann erst am nächsten Tag. Doch von Mr. Bayleys freundlicher Rede bekam Emilia nicht mehr viel mit. Denn genau eine Reihe vor ihr saß Jessica Morgan mit ihrem Geschwader, eine Hand voll Mädchen, die sie seit dem ersten Schultag anhimmelten und wohl auch immer anhimmeln würden.
Der Grund dafür war Jessicas Erscheinung: Sie sah tatsächlich aus wie ein Engel. Ihr goldblondes Haar fiel ihr in Wellen auf die schmalen Schultern und ihre Augen waren so blau wie der Sommerhimmel.
Sie trug immer die neusten Klamotten und hatte immer das aktuellste Smartphone, denn Jessicas Vater war Direktor bei der Barclays Bank in Portsmouth.
Jeden Morgen fuhr er mit seiner großen schwarzen Limousine von der Morgan-Villa in Driftwood Gardens zur Arbeit in die Bank. Oft nahm er auf dem Weg dorthin seine Tochter mit und brachte sie vorher zur Schule.
Und obwohl Emilias Familie in der gleichen Straße wohnte wie die Morgans, wäre sie niemals auf die Idee gekommen, Jessica zu fragen, ob ihr Vater sie vielleicht ebenfalls hin und wieder mitnehmen könnte.
Erstens fuhr Emilia viel lieber mit dem Fahrrad, weil sie dann meistens gemeinsam mit Olivia zur Schule radeln

konnte, die quasi nebenan in Esplanade Gardens wohnte. Und zweitens – und das war der eigentliche Grund – fand Emilia Jessica ziemlich abscheulich. 5Denn obwohl optisch ein Engel, so war Jessica charakterlich doch eher ein kleiner Teufel. Immer wieder hatten Emilia, Zoe und Lauren mitbekommen, wie Jessica ihre sogenannten Freundinnen gegeneinander ausspielte, intrigierte und manipulierte, als sei es das schönste Spiel der Welt.
Nein, mit so einer falschen Person wollte Emilia absolut nichts zu tun haben. Da fuhr sie schon lieber bei Regen und Sturm mit dem Fahrrad zur Schule.
Umso entsetzter war sie darum auch, als sie plötzlich den Namen Noah O'Neill aus Jessicas Mund hörte. Von einer Sekunde zur anderen, wurde Emilia stocksteif und versuchte angestrengt zu lauschen, was Jessica ihren Freundinnen da gerade so Aufmerksamkeit heischend erzählte:
„...und stellt euch vor, bei unserem dritten Treffen hat er mich sogar schon geküsst!"
Dann hörte Emilia die Stimme von Ellie, konnte jedoch nicht verstehen, was diese Jessica fragte.
Dafür war die Antwort leider deutlicher, als Emilia lieb gewesen wäre:
„Warum sollte ich mich wehren? Ich meine, Noah sieht schließlich verdammt gut aus und was das Küssen angeht, naja, ich würde sagen, der Junge hat Talent."
Und dann lachte sie ihr glockenklares Lachen und schmiss ihre goldenen Locken zurück, während die

Mädchen links und rechts von ihr sie bewundernd anlächelten und ihr bestätigend zunickten.
Emilia aber fühlte sich, als hätte gerade eine eiskalte Hand nach ihrem Herz gegriffen. Ihr Mund wurde von einer Sekunde zur nächsten staubtrocken und ein eigenartiges Schwindelgefühl überkam sie. Einen kurzen Moment lang dachte sie, dass das alles nur ein böser Traum wäre, dass sie gleich aufwachen und sich über ihre eigenen, dummen Hirngespinste lustig machen würde.
Doch es war kein Traum!
Sie lag nicht in ihrem kuscheligen, weichen Bett, sondern saß offensichtlich auf einem dunkelblauen Plastiksitz in der Aula ihrer Schule. Und genauso offensichtlich waren Jessica Morgan und Noah O'Neill ein Paar.
Die nächste Stunde konzentrierte Emilia sich darauf, nicht loszuheulen. Und das war gar nicht so einfach. Wie hatte sie sich nur so in Noah täuschen können? Nie im Leben wäre es ihr auch nur annähernd in den Sinn gekommen, dass er Gefallen an Jessica finden könnte. Wusste er denn nicht, wie sie wirklich war? War er ihrem schönen Gesicht so einfach auf den Leim gegangen? War es ihm denn komplett egal, welchen Charakter seine neue Freundin hatte?
Auf all die quälenden Fragen hatte Emilia natürlich keine Antwort. Fast mechanisch nahm sie am Ende der Veranstaltung ihre Infozettel entgegen und verabschiedete sich etwas wortkarg von Lauren und Zoe. Sie

musste all ihre Kraft aufbringen, um sich zu einem Lächeln zu zwingen, denn sie wollte auf gar keinen Fall, dass ihre Freundinnen wussten, wie es in ihrem Innern aussah.
Doch als sie endlich auf ihrem Fahrrad stadtauswärts fuhr, konnte sie die Tränen nicht länger zurückhalten. In langen Bächen liefen sie über ihr Gesicht. Blind vor Enttäuschung, Traurigkeit und Tränen trat Emilia heftiger als sonst in die Pedalen.
Weg, sie wollte einfach nur weg – weg von der Schule, von Jessica, von Noah, weg von der Wahrheit.
Zuhause angekommen schlich sich Emilia auf leisen Sohlen ins Haus und verschwand direkt in ihrem Zimmer. Sie wollte jetzt mit niemandem reden, auch nicht mit Sofia.
Da kam es ihr gerade recht, dass ihre Schwester in diesem Moment am Flügel saß und spielte. Es war ‚Bridge over troubled water' und bei der einfühlsamen Melodie konnte Emilia ein Schluchzen kaum unterdrücken.
Sofia liebte die Songs von ‚Simon and Garfunkel' und spielte sie häufig, ebenso wie alle bekannten Musicalmelodien oder auch aktuelle Rock- und Popsongs, die ihr gerade besonders gut gefielen - und das, obwohl sie eine klassische Pianoausbildung genossen hatte. Mom hatte großen Wert darauf gelegt, dass ihre Töchter regelmäßig zum Klavierunterricht gingen. Sie war wohl der Meinung, dass sich das für die Kinder einer Konzertpianistin gehörte.

Dad hatte Mom in Rom kennengelernt, denn Sara Caspari war Italienerin. Während einer internationalen Architektentagung hatte Mark Bennett eines Abends mit ein paar Kollegen ein Konzert des italienischen Symphonieorchesters besucht, denn Dad liebte klassische Musik, obwohl er selbst kein Instrument spielen konnte und dies immer wieder sehr bedauerte. Auch heute noch bekam Dad dieses Leuchten in den Augen, wenn er von dem Moment erzählte, als er Mom das erste Mal auf der Bühne gesehen hatte. Während der Ouvertüre des Konzerts hatte Sara zunächst verborgen im Dunkeln am Flügel auf ihren Auftritt gewartet.
Nach einigen Minuten aber war ihr Einsatz gekommen. Das Spotlicht war angegangen und hatte sowohl den weißen Flügel als auch die Starpianistin in ihrem elfenbeinfarbenen Kleid zum Leuchten gebracht.
„Sie war wie eine Lichtgestalt, eine göttliche Erscheinung und wie ihre Finger über die Tasten flogen... In dem Moment wusste ich: Das ist die Frau meines Lebens. Entweder sie oder keine."
So erzählte es Dad immer, wenn er nach jenem schicksalhaften Konzertbesuch in Rom gefragt wurde. Und doch hatte es am Ende fast einen Monat gedauert, bis Sara endlich eine Einladung ihres größten Bewunderers in ein nobles Restaurant in Rom angenommen hatte.
Seine Hartnäckigkeit und die vielen Blumen mit den schönen selbstgeschriebenen Karten hatten ihr am Ende

so sehr imponiert, dass sie neugierig und mutig genug war, einem Treffen zuzustimmen.
Dad war extra für diesen Abend aus England angereist und hatte seinen besten Anzug im Gepäck. Bewaffnet mit einer einzelnen weißen Rose hatte er sich klopfenden Herzens auf den Weg ins ‚Pipero Roma' gemacht.
Und als sie dann wirklich gekommen war, wunderschön in ihrem schlichten schwarzen Kleid, die dunklen Haare hochgesteckt, da hatte Mark Bennett sofort gewusst, dass jede Blume, die er ihr in den letzten Wochen geschickt hatte, es wert gewesen war.
Und offensichtlich hatte auch Sara gleich beim ersten Date gespürt, dass dieser Mann der Richtige sein könnte. Denn es folgten weitere Treffen in immer kürzeren Abständen und Mark konnte froh sein, dass Sara so gut Englisch sprach, denn außer „Buongiorno!" und „Come sta?" konnte er auf Italienisch höchstens noch bis zehn zählen.
Doch irgendwann hatte keiner der beiden mehr Lust auf diese Fernbeziehung und Sara hatte schweren Herzens ihre römische Heimat verlassen, um zu Mark nach London zu ziehen, wo er damals einen gutbezahlten Job bei ‚Dickson Architects' hatte.
Sara jedoch war zum ‚London Symphony Orchestra' gewechselt, wo Sir Colin Davis sie mit offenen Armen empfangen hatte.
Als ein paar Jahre später das erste Kind unterwegs gewesen war, hatte sich das frisch gebackene Ehepaar

noch einmal zu einem Neuanfang entschlossen:
Mark und Sara waren in Dads Heimat nach Portsmouth gezogen, weil sie gefunden hatten, dass London keine geeignete Stadt wäre, um ein Kind groß zu ziehen.
Dad hatte glücklicherweise bei ‚D84 Architects' als Partner mit einsteigen können und Mom hatte zwei Jahre nach Sofias Geburt angefangen, an der ‚Portsmouth Music Academy' einigen begabten Schülerinnen und Schülern Klavierunterricht zu geben und hin und wieder ehrenamtlich das hiesige Orchester bei kleineren Konzerten unterstützt.
Sara war es natürlich auch zu verdanken, dass ihre beiden Töchter nicht Sophie und Emily hießen, wie es für englische Mädchen üblich gewesen wäre, sondern eben Sofia und Emilia. Und außerdem brachte sie den beiden von klein auf Italienisch bei, was Dad manchmal regelrecht verfluchte.
Denn, wenn er etwas nicht mitbekommen sollte, brauchten die Damen des Hauses nur von einer Sprache zur anderen wechseln und Dad war hoffnungslos verloren.
Vor einigen Jahren aber war Saras Kontakt zum Londoner Orchester wieder aufgelebt, denn die Hauptstadt war mit dem Zug in nur 90 Minuten zu erreichen und die Kinder inzwischen selbstständig genug, um zwei bis drei Mal in der Woche tagsüber allein zurecht zu kommen.
So war es nun dazu gekommen, dass man Mom eingeladen hatte, auf eine sechswöchige Europa-

Tournee mitzufahren, um gemeinsam mit anderen Musikern aus Frankreich, Spanien, Italien, Deutschland, Österreich und natürlich England auf der Bühne zu stehen und Stücke von namhaften europäischen Komponisten wie Haydn, Mozart, Bach oder Vivaldi zum Besten zu geben.
Das Motto dieser Tournee lautete „Musik verbindet“ und wurde sogar von der Europäischen Union finanziell unterstützt.
Sara hatte nach Rücksprache mit ihrer Familie liebend gerne zugesagt. Denn nach Paris als erster Station würde es weitergehen nach Hamburg, Salzburg, Barcelona und später auch nach Rom, um schließlich den Abschluss in der Royal Albert Hall in London zu bilden.
Und da Mark seit einer gefühlten Ewigkeit keinen richtigen Urlaub mehr genommen hatte, und sie im Architekturbüro vor ihrem kurzen New York-Trip ein großes Projekt erfolgreich abgeschlossen hatten, hatte sein Partner Keith Hammonds ihm einen Zwangsurlaub verordnet, sodass Mark seine Frau sogar begleiten konnte.
Da Keith im Gegenzug eine Karibik-Kreuzfahrt mit seiner Lebensgefährtin unternehmen würde, brauchte Mark deswegen zumindest auch kein schlechtes Gewissen zu haben.
Zwar waren Mom und Dad vorgestern mit einem mulmigen Gefühl abgereist, weil sie natürlich noch nie so lange von zu Hause fort gewesen waren, aber Sofia und Emilia hatten ihnen versichert, dass sie ganz prima

allein zurechtkommen würden. Schließlich waren sie keine kleinen Kinder mehr und Sofias Masterstudium fing ja erst Mitte Oktober in London an, sodass die Mädchen immerhin zu zweit waren.
Emilia war es nur Recht, dass niemand da war, der sie hätte fragen können, was es Neues in der Schule gab oder ob sie mit ihren neuen Kurslehrern zufrieden wäre. Sie wollte einfach nur ihre Ruhe haben.
Sie nahm die Tüte vom Hard Rock Cafe aus ihrem Rucksack und schob sie bis ganz nach hinten unter ihr Bett. Dann nahm sie ihr Smartphone, steckte sich die Kopfhörer in die Ohren, legte sich auf ihr Bett und starrte an die Zimmerdecke, während Tom Walker ‚Leave a light on‘ für sie sang.
Die Tränen waren zwar versiegt, aber ihre Augen brannten noch immer. Darum machte Emilia sie irgendwann einfach zu und gab sich vollkommen der Musik in ihrem Kopf hin. Auf diese Weise musste sie wenigstens auch nicht weiter über diesen schrecklichen Vormittag nachdenken.
Als Sofia plötzlich neben ihrem Bett stand und ihren Arm berührte erschrak Emilia darum so sehr, dass sie mit einem Ruck hochschnellte und sich dabei die Kopfhörer aus den Ohren riss.
„Spinnst du?“, blaffte sie ihre ältere Schwester an. „Du hast mich voll erschreckt! Kannst Du nicht anklopfen?“
„Hab ich ja“, verteidigte sich Sofia. „Aber Du hast nichts gehört mit deinen Stöpseln in den Ohren.“

„Schon gut! Was ist denn?“, fragte Emilia mürrisch.
„Ich dachte, wir machen uns nachher Spaghetti mit Pesto und Tomatensalat und wollte dich bloß fragen, ob das für dich okay ist“, erwiderte Sofia.
„Danke, aber ich hab eigentlich gar keinen Hunger“, murmelte Emilia.
„Na schön! Aber ich mach dann trotzdem mal ein bisschen mehr. Vielleicht willst du ja später etwas essen“, meinte Sofia und wandte sich dann wieder zum Gehen. Im Türrahmen drehte sie sich jedoch noch einmal zu ihrer Schwester um und sah sie forschend an. „Sag mal, Em! Ist irgendwas nicht in Ordnung?“
„Doch, doch! Alles gut“, beeilte sich Emilia.
„Du weißt ja, wenn du das Gefühl hast, dass du krank wirst, oder so was, dann musst du mir das sagen, okay?! Schließlich bin ich für dich verantwortlich solange Mom und Dad nicht da sind“, erklärte Sofia.
„Ja, schon klar!“, antwortete Emilia und ergänzte: „Ich hab‘ nur etwas Kopfweh. Das ist alles.“
Scheinbar zufrieden mit dieser Erklärung verließ Sofia das Zimmer, zog leise die Tür hinter sich zu und ging in die Küche, um Tomaten und Zwiebeln für den Salat zu schneiden.
Tatsächlich aber machte sie sich noch immer Sorgen um ihre jüngere Schwester, denn seit Emilias Geburt hatte sie sich immer irgendwie verantwortlich für sie gefühlt. Emilia war und blieb eben die Kleine, obwohl sie fast genauso groß war wie Sofia. Und auch wenn sie äußerlich so verschieden waren – Sofia hatte eindeutig

die englischen Gene ihres Vaters mitsamt den blonden Locken und den blau-grauen Augen geerbt, wohingegen Emilia ihrer Mutter immer ähnlicher wurde und somit in Italien kaum auffallen würde – fühlten sich beide doch von Anfang an wie durch ein magisches Band miteinander verbunden. Darum spürte Sofia auch jetzt, dass es ihrer kleinen Schwester überhaupt nicht gut ging. Heute Morgen noch war sie so fröhlich gewesen und hatte beim Frühstück herumgealbert, doch gerade eben in ihrem Zimmer hatte Sofia in Emilias Augen nur noch Traurigkeit gesehen. Ob in der Schule oder auf dem Heimweg irgendetwas geschehen war? Warum erzählte sie es nicht?

Sofia goss Olivenöl und Balsamicoessig in eine Glasschüssel, ließ etwas Pfeffer, Salz, Zucker und ein paar Gartenkräuter hineinrieseln und setzte dann das Nudelwasser auf.

Gut, dass Olivia später noch zu Besuch kommen würde. Wenn es jemand schaffen könnte, Emilia wieder aufzumuntern, dann ihre beste Freundin.

Olivia

Emilia saß mit einem Glas Wasser auf der Terrasse und schaute sich die Infozettel mit den Kursplänen an, die sie heute Morgen bekommen hatte. Auf dem Stuhl neben ihr lag Figaro gemütlich eingerollt auf einem Kissen. Der schwarze Kater war vorhin von einem Streifzug nach Hause gekommen und machte jetzt erst einmal ein ausgiebiges Nachmittagsschläfchen.
Wenigstens würde Emilia in den Fächern Buchführung und Wirtschaft Unterricht bei Mrs. Harper haben. Die noch recht junge Lehrerin war überaus beliebt am College und bekannt für ihren anschaulichen und schwungvollen Unterricht. Endlich einmal eine gute Nachricht an diesem bisher so furchtbaren Montag.
Das Mädchen trug die Fächer in ihren Stundenplan ein und ergänzte diesen anschließend noch um ihre Spanisch- und Französischkurse. Irgendwann einmal wollte sie in einem internationalen Unternehmen tätig sein und dabei in vielen verschiedenen Ländern arbeiten. Das war schon immer ihr Traum gewesen. Aber zwischendurch würde sie natürlich immer wieder nach Hause zurückkommen, um Mom und Dad zu besuchen – und natürlich Figaro.
Sie streichelte gerade den Kopf des Katers, der sie daraufhin mit seinen bernsteinfarbenen Augen träge anblinzelte, als Olivia gut gelaunt auf die Terrasse stürmte.

„Du glaubst nicht, was ich hier habe“, rief sie freudestrahlend und wedelte dabei mit einem Zettel vor Emilias Gesicht herum.
„Oh, Livi! Hör auf mit dem Quatsch!“, murmelte Emilia und hielt sich den rechten Arm schützend vor die Augen.
Doch Olivia ließ sich von ihrer mürrischen Freundin nicht beeindrucken, stellte sich breitbeinig vor sie hin und hielt das Stück Papier hoch wie einen soeben gewonnen Pokal.
„Das, meine Liebe, ist die Handynummer von Noah O'Neill“, verkündete das Mädchen mit den platinblonden, kurzen Haaren triumphierend und sah die beste Freundin dabei erwartungsvoll an. Doch als Emilia weder in Jubelgeschrei ausbrach, noch sonst irgendeine Reaktion zeigte, ließ Olivia ihren Arm enttäuscht wieder sinken und ließ sich der Freundin gegenüber auf einen Gartenstuhl fallen.
Emilia seufzte. Sie wusste natürlich, dass sie Olivia nun eine Erklärung schuldig war und sagte diesen einen Satz, der ihr sowie schon den ganzen Tag im Kopf herumgespukt war:
„Noah ist mit Jessica Morgan zusammen.“
Olivia sah ihr Gegenüber ungläubig an. „Du verarscht mich doch jetzt, oder?“, fragte sie misstrauisch.
Aber als Emilia abermals seufzte und dabei wortlos die Schultern hob und wieder senkte, so als ob sie sich für diesen Satz entschuldigen müsste, da wusste Olivia, dass es ihrer Freundin bitter ernst war.

„Ach du Kacke“, war das Erste, was sie zustande bringen konnte, nachdem sie diese Neuigkeit verdaut hatte.
„Oberkacke“, bestätigte Emilia, war jedoch froh, dass endlich jemand da war, dem sie sich anvertrauen konnte. Es stimmte schon: Geteiltes Leid war halbes Leid. Aber in diesem Fall war auch das halbe Leid noch schlimm genug.
„Ehrlich gesagt kann ich mir das gar nicht vorstellen“, überlegte Olivia. „Ich meine, Noah ist doch ein ganz vernünftiger Typ. Wir sind jetzt seit über einem Jahr im selben Biologiekurs und er war immer freundlich und hilfsbereit. Der passt doch überhaupt nicht zu so einer eingebildeten Zicke wie Jessica Morgan. Wie kommst du denn darauf, dass die beiden ein Paar sein sollen?“
„Ich saß heute Morgen in der Aula hinter ihr und habe mitbekommen, wie Jessica es Ellie, Michelle und den anderen erzählt hat“, erklärte Emilia. „Sie haben sich sogar schon geküsst.“ Bei dem Gedanken daran verspürte sie eine regelrechte Übelkeit in sich aufsteigen.
„Hm…“, machte Olivia nur und kratzte sich am Kopf. „Also, ich glaube zwar nicht, dass Jessica ihre Freundinnen anlügt wegen sowas, aber trotzdem… Irgendwie kommt mir das alles komisch vor.“
Eine Weile sagte keins der Mädchen ein Wort. Sie starrten beide einfach nur nachdenklich auf den Zettel, den Olivia immer noch in ihrer Hand hielt. Plötzlich erhellte sich deren Miene und sie platzte heraus: „Ich hab's! Ich frage ihn einfach. Schließlich habe ich doch jetzt seine Nummer.“

„Hast du sie noch alle?“, fragte Emilia entsetzt. „Das ist ja wohl mega peinlich. Und woher hast du überhaupt diese Nummer? Hat er sie dir etwa selbst gegeben?“
„Na, klar“, erklärte Olivia grinsend. „Das war sozusagen ein Wink des Schicksals. Gleich am ersten Tag hat uns Mr. Fox in Gruppen eingeteilt, in denen wir unser nächstes Thema selbst erarbeiten und später präsentieren sollen. Tja, und wie es der Zufall will, bin ich mit Noah in der Gruppe ‚Das menschliche Immunsystem‘. Und da haben wir halt alle unsere Handynummern untereinander ausgetauscht, falls jemand mal eine Frage hat und wegen Terminvereinbarungen und so.“
Emilia war sprachlos und konnte ihre Freundin nur hilflos anstarren. Olivia war wirklich die beste Freundin, die man sich nur vorstellen konnte. Es hätte alles so wunderbar sein können, wenn nicht die Sache mit Jessica heute Morgen passiert wäre. Ein paar leise Klingeltöne rissen Emilia prompt aus ihren Gedanken. Olivia griff in ihre Hosentasche und zog ihr Handy heraus.
„Bestimmt Grandma“, sagte sie dabei. „Seitdem Mom und Dad ihr ein Smartphone geschenkt haben, schickt sie mir jeden Tag diese Grußbilder mit Hunden und Katzen, schreibt mir, was sie gerade gekocht hat oder fragt, wie mein Tag war. Das war für sie das beste Geschenk ever. Da haben Mom und Dad ihr echt eine große Freude mit gemacht. Und inzwischen kommt sie sogar richtig gut mit dem Teil zurecht.“

Doch es war keine Nachricht von Olivias Grandma, die das Klingeln verursacht hatte. Und nun war es Olivia, die das Display ihres Handys mit offenem Mund anstarrte.
„Was ist denn los?“, fragte Emilia besorgt. „Schlechte Nachrichten von deiner Granny?“
Doch anstelle einer Antwort hielt Olivia ihrer Freundin das Handy hin, damit diese selbst lesen konnte, wer dort was geschrieben hatte. Und Emilia mochte ihren Augen kaum trauen.
Es war eine Nachricht von Noah. Er hatte versehentlich Olivias Biologiebuch eingesteckt und schrieb ihr nun, damit sie es nicht suchen müsste. Er wollte ihr das Buch morgen in der Schule wiedergeben.
„Ich sagte doch: Schicksal“, meinte Olivia und tippte mit breitem Grinsen eine Antwort in ihr Handy.
„Was tust du da?“ Emilia war sofort aufgesprungen und hatte sich hinter ihre Freundin gestellt. Sie schaute ihr über die Schultern und las laut vor, was dort im Display geschrieben stand: „Falls du gerade bei Jessica bist, könnte ich es mir auch abholen. Bin nämlich gerade bei Emilia, also fast nebenan. VG Olivia“
Emilia stöhnte: „Oh, nein! Das ist doch viel zu offensichtlich! Noah rafft doch sofort, dass wir was über Jessica und ihn rauskriegen wollen. Außerdem muss mein Name da ja jetzt auch nicht unbedingt stehen.“
Aber Olivias Entscheidung war längst getroffen. „Das ist ein Kerl“, meinte sie nur ungerührt. „Der rafft das kein bisschen“.

Und damit berührte sie den kleinen blauen Pfeil, der diese Nachricht in wenigen Sekunden zu ihrem Empfänger bringen sollte.
„Na, toll“, seufzte Emilia und bekam direkt ganz zitterige Knie vor Aufregung.
„Nun fall mal nicht gleich in Ohnmacht“, erwiderte Olivia energisch wie immer. „Vielleicht antwortet er ja heute noch und dann weißt du wenigstens, ob es wirklich stimmt, was Jessica heute Morgen so huldvoll kundgetan hat. Eigentlich müsstest du mir sogar dankbar sein.“
„Bin ich ja auch“, sagte Emilia und meinte das wirklich ernst.
„Das ist mir nur jetzt alles irgendwie ein bisschen zu...“ Weiter kam sie nicht, denn ein weiteres ‚Pling-Plong-Pling‘ aus Olivias Handy ließ sie abrupt innehalten und auf das Display schauen. Noah hatte schon geantwortet und dieses Mal las Olivia die Nachricht laut vor:
„Warum sollte ich bei Jessica sein? Bringe dir dein Buch morgen mit. VG an Emilia.“ Das blonde Mädchen strahlte die Freundin an wie ein Honigkuchenpferd.
„Siehst du?“, meinte Olivia. „Ich wusste doch sofort, dass an der Geschichte was faul ist.“
„Das heißt noch gar nichts“, überlegte Emilia. „Sie können ja trotzdem zusammen sein. Er ist eben nur heute nicht zu ihr gefahren.“
„Quatsch!“, sagte Olivia sofort. „Überleg doch mal! Er hat nicht geschrieben ‚Bin heute nicht bei Jessica‘ sondern ‚Warum sollte ich bei Jessica sein‘. Das ist ja wohl ein riesiger Unterschied. Und außerdem wollte er,

dass ich dich von ihm grüße. Ein Typ, der gerade frisch verliebt ist, dem sind andere Mädchen doch normalerweise total egal. Also, was für Beweise brauchen Sie denn noch, Dr. Watson?"
„Du mit deinen Interpretationen", murmelte Emilia, konnte sich jedoch ein vorsichtiges Lächeln nicht verkneifen.
„Dann müssen wir eben nochmal nachhaken", entschied Olivia und griff entschlossen zu ihrem Smartphone. „Und sieh mich jetzt ja nicht an wie ein verletztes Reh. Du bist selbst schuld, dass ich ihm nochmal schreiben muss. Wenn dir all meine schönen Argumente nicht ausreichen, muss ich eben noch mehr Informationen beschaffen, damit Miss Pessimistisch endlich einsieht, dass ich Recht habe."
Sie überflog noch einmal das soeben Geschriebene, nickte dann zufrieden und schickte die Nachricht schließlich ab.
Emilia, obwohl innerlich so aufgewühlt wie der Atlantik bei Sturm, ließ ihre beste Freundin stumm gewähren. Sie wusste aus Erfahrung, dass jeder Protest ohnehin sinnlos gewesen wäre. Wenn Olivia sich einmal etwas in den Kopf gesetzt hatte, war es nur schwer möglich, sie davon abzuhalten.
„Was hast du jetzt geschrieben?", wollte Emilia aber dann doch wissen und merkte, dass sich ihre Stimme eher anhörte wie ein heiseres Krächzen.
„Nur keine Panik!", versuchte Olivia ihre Freundin zu beruhigen. „Ich habe geschrieben: ‚Alles klar! Habe nur

gehört, du wärst jetzt mit Jessica zusammen… bm Olivia‘. Das ist doch ganz unverfänglich, findest du nicht?“
Emilia nickte schwach. Wenigstens war Olivia eine gute Spionin und hatte dieses Mal außerdem ihren Namen nicht erwähnt. Trotzdem wollte sich ihr Puls nicht so richtig beruhigen.
Um sich abzulenken, streichelte sie eine Weile Figaros seidiges Fell bis ihr auffiel, dass sie Olivia noch gar nichts zu trinken angeboten hatte: „Möchtest du auch ein Glas Wasser, Livi? Ich glaube, wir haben auch noch O-Saft und eine Zero Coke im Kühlschrank.“
„Ja, gerne“, freute sich das Mädchen. „O-Saft wäre toll.“
Also verschwand Emilia mit ihrem leeren Glas ins Haus und kam wenig später mit zwei vollen wieder in den Garten zurück.
Olivia hatte sich unterdessen die herumliegenden Kurszettel angesehen und meinte: „Super, dass du bei Mrs. Harper hast. Die soll richtig nett sein. Aber Französisch bei Madame Dupont wird bestimmt mega anstrengend. Ich hab gehört, die lässt jede Woche einen Vokabeltest schreiben, und wehe du hast nicht gelernt…“
Dabei drohte sie Emilia spielerisch mit dem Zeigefinger, um sich anschließend einen großen Schluck eiskalten Saft zu gönnen.
„Ah, das tut gut“, seufzte Olivia zufrieden und sah Emilia danach spitzbübisch an. „Du willst ja gar nicht wissen, was Noah geantwortet hat. Du bist mir ja vielleicht eine coole Socke.“

Emilia verschluckte sich bei diesen Worten fast an ihrem Wasser und blickte verwirrt auf Olivias Handy.
„Wieso…? Warum…? Hat er denn…?“, stotterte das Mädchen hilflos.
„Ja, hat er“, lachte Olivia und hielt der Freundin das Display direkt vor die Nase. „Hier! Lies selbst! Ich würde sagen, der Abend ist dann wohl gerettet.“
Und Emilia las leise für sich und mit klopfendem Herzen, was Noah so schnell geantwortet hatte: ‚Da muss wohl ein Missverständnis vorliegen. Danke für die Info und bm Noah‘
„Aber dann ist er ja wirklich nicht mit Jessica…“, stammelte Emilia und konnte es noch gar nicht richtig glauben.
„So sieht es wohl aus“, bestätigte Olivia und lehnte sich zufrieden in ihrem Gartenstuhl zurück.
„Oh, Livi! Du bist die Beste!“, rief Emilia aus, als die guten Neuigkeiten endlich verarbeitet waren. Sie sprang auf und umarmte ihre Freundin ganz fest. Zu guter Letzt küsste sie Olivia sogar noch auf die Wange, sodass diese mit gespieltem Entsetzen aufschrie: „Igitt! Bist du wahnsinnig? Heb dir das lieber für gewisse andere Personen auf!“
In dem Moment kam Sofia zu ihnen auf die Terrasse und freute sich sehr, dass sie ihre kleine Schwester wieder in einer besseren Stimmung vorfand.
„Hey Olivia“, begrüßte sie zuerst Emilias Freundin und wandte sich dann an beide Mädchen: „Sagt mal, wollt ihr noch Nudeln und Salat essen, ihr zwei? Ansonsten stelle

ich nämlich jetzt alles in den Kühlschrank, dann hält es sich ja bis morgen."
„Also, ich habe einen Bärenhunger", stellte Emilia beim Gedanken an das leckere Essen fest. Schließlich hatte sie seit dem Frühstück heute Morgen nichts mehr zu sich genommen. Doch nun war ihr Appetit mit einem Schlag wieder da.
„Was meinst du, Livi?", wollte sie darum wissen.
„Möchtest du nicht mit uns zu Abend essen.
Sofias Tomatensalat ist nämlich der beste auf der ganzen Welt."
Dabei lächelte sie ihre Schwester glücklich an, sodass diese wusste, dass sie sich nun wirklich keine Sorgen mehr machen musste.
Olivia willigte natürlich ein und so saßen die drei noch stundenlang zusammen am großen Holztisch auf der Terrasse und erzählten sich gegenseitig die lustigsten Geschichten aus der Schulzeit, lästerten kichernd über ihre Lehrer und erinnerten sich an alberne Streiche bis die untergehende Sonne den Horizont in ein oranges Licht eintauchte.
Schließlich endete dieser Tag ebenso schön, wie er begonnen hatte – vielleicht sogar noch ein bisschen schöner.

Und doch radelte Emilia am nächsten Morgen mit gemischten Gefühlen zur Schule. Sie glaubte einfach nicht, dass Jessica die Geschichte mit Noah komplett erfunden hatte. Irgendetwas musste zwischen den beiden gewesen sein.

Sie nahm sich vor, in den Pausen Jessicas Nähe zu suchen und ein bisschen zu lauschen. Vielleicht würde sie ja auf diese Weise noch irgendetwas mitbekommen, was ihre Neugier befriedigen könnte. Auch Olivia hatte gestern noch versprochen, dass sie Augen und Ohren offen halten würde.
00Livi und 00Emmi melden sich zum Dienst, dachte Emilia und musste unwillkürlich grinsen. Aber in der Schule angekommen, stellte sich heraus, dass es gar nicht nötig war, verdeckte Ermittlungen anzustellen. Kaum hatte sie ihr Fahrrad abgeschlossen, da bemerkte Emilia auch schon die Ansammlung von Mädchen, die sich alle um Jessica scharten und dieser gebannt lauschten – unter ihnen auch Zoe und Lauren.
„... darum rate ich euch: Haltet Euch von diesem fiesen Typen fern, sonst ergeht es euch wie mir“, hörte Emilia, als sie sich der Gruppe näherte.
„Arme Jessica...“ und „So was Ekelhaftes...“, murmelten die anderen Mädchen, als es kurz darauf zum Unterricht klingelte und alle langsam ins Schulgebäude gingen.
„Was ist denn passiert?“, wandte sich Emilia an Zoe und Lauren, mit denen sie gleich ihren Spanisch-Kurs haben würde.
„Stell dir vor“, erzählte Zoe aufgeregt, „Jessica wurde doch tatsächlich von Noah O’Neill bedrängt. Er hat sie begrapscht, obwohl sie ihm deutlich zu verstehen gegeben hat, dass sie das nicht wollte. Gott sei Dank hat sie sich so heftig gewehrt, dass er am Ende von ihr abgelassen hat.“

„Ja“, ergänzte Lauren, „wer weiß, was sonst noch passiert wäre? Sie hatte sicher eine wahnsinnige Angst.“
Emilia schaute verwirrt von einer zur anderen und stammelte dann: „Noah soll Jessica…? Also, glaubt ihr das im Ernst?“
„Natürlich!“, kam die Antwort der Mädchen wie aus einem Mund und Lauren berichtete ernst: „Sie hat gerade richtig heftig geweint, als sie davon erzählt hat.“
In dem Moment wusste Emilia, dass sie nun besser den Mund halten sollte. Zoe und Lauren schienen so von Jessicas dramatischer Vorstellung überzeugt zu sein, dass Emilia es nicht wagen wollte, den blonden Engel, der allem Anschein nach nun auch noch fast Opfer einer Vergewaltigung geworden wäre, der Lüge zu bezichtigen. Denn tief in ihrem Herzen wusste Emilia, dass diese Geschichte von Jessica frei erfunden sein musste, vermutlich um wieder einmal im Mittelpunkt zu stehen. Nun, das hatte sie zumindest prima hinbekommen. Selbst Zoe und Lauren, die Jessica bis dahin immer für eine eingebildete Zicke gehalten hatten, verspürten plötzlich Mitleid mit dem schönen Mädchen und nahmen sie sogar in Schutz.
Jessica Morgan war wirklich eine Meisterin der Manipulation.
Aber Emilia konnte sie nicht täuschen. Das, was sie über Noah wusste, passte absolut nicht zu dem Bild eines lüsternen Schwerenöters. Sie musste unbedingt wissen, was da tatsächlich vorgefallen war zwischen Jessica und Noah.

Zu dumm, dass Olivia heute erst zur dritten Stunde Unterricht hatte. Sie hätte sich zu gerne mit ihr über die neusten Ereignisse ausgetauscht.
Aber heute Nachmittag stand zum Glück Leichtathletik-AG auf dem Plan. Die Mädchen gingen beide schon seit Jahren zum Training. Sie hatten sich sogar erst hier richtig kennen gelernt und später angefreundet.
Ja, gleich beim Umziehen würde Emilia Olivia alles erzählen und war schon jetzt gespannt auf ihre Reaktion.
Aber nun versuchte sie erst einmal den Ausführungen des Senior Garcia zu lauschen, der seine Schüler gerade darüber informierte, was sie in diesem Semester im Spanischkurs erwarten würde.

Kleine Schwester, große Schwester

„Nie und nimmer“, sagte Olivia entrüstet, nachdem Emilia ihr Jessicas Geschichte erzählt hatte, und zog sich ihre Laufschuhe an. Emilia war erleichtert und froh, dass wenigstens ihre beste Freundin derselben Meinung war wie sie und verstaute ihre Sachen im Spind der Umkleidekabine.

Gemeinsam gingen sie hinaus auf den Sportplatz und fingen an, zusammen mit den anderen Sportlern langsam die Tartanbahn entlang zu laufen, so wie sie es immer taten, um sich zu Beginn des Trainings richtig aufzuwärmen.

Das Laufen tat gut. Das tat es schon immer. Es machte den Kopf frei und pustete die trüben Gedanken fort. Emilia spürte ihr Herz schlagen und fühlte die Energie durch ihre Adern pulsieren. Und als dann auch noch ihr Trainer Kevin Sullivan gut gelaunt auf dem Platz erschien, da war zumindest zwei Stunden lang die Welt wieder in Ordnung und alles andere vollkommen vergessen.

Kevin war ein Jahr älter als Sofia und studierte Sportmedizin an der Universität in Portsmouth. Aber als Absolvent des St. John’s College hatte er nach seinem Abschluss die Leichtathletik-AG der Schule ehrenamtlich übernommen, der er zuvor jahrelang als erfolgreiches Mitglied angehört hatte. Emilia hätte sich keinen besseren Trainer wünschen können. Kevin war zwar manchmal sehr fordernd und überaus ehrgeizig, wenn es um das Erreichen guter Ergebnisse bei Wettkämpfen ging, doch durch ihn hatten seine Schützlinge gelernt, wie wichtig es war, durchzuhalten, an sich selbst zu glauben und niemals aufzugeben. „Disziplin, meine Herrschaften, Disziplin!“, war eine Aufforderung, die man mindestens einmal bei jedem Training zu hören bekam. Aber Kevin hatte auch für jeden Athleten ein offenes Ohr, feilte mit Jacob an dessen Hochsprungtechnik oder kühlte Mirandas Knöchel, nachdem sie beim Landen in der Sprungkuhle umgeknickt war.

Darum war Emilia damals auch so enttäuscht gewesen, dass Sofia sich kurz vor Beginn ihres Studiums in London von Kevin getrennt hatte. Zwei Jahre lang waren die beiden ein Paar gewesen, ein perfektes Paar, wie Emilia fand – und zwar nicht nur äußerlich. Kevin mit seinen kurzen schwarzen Haaren und den breiten Schultern sah zusammen mit der blond gelockten, schlanken Sofia aus wie ein aus einem kitschigen Hollywood-Film entsprungenes Liebespaar.

Irgendwann war Emilia dann aufgefallen, dass Kevin nicht mehr zu Besuch kam und Sofia auch nicht mehr abholte. Als sie ihre Schwester schließlich darauf angesprochen hatte, hatte diese nur abwehrend gemeint: „Und er wird auch nie mehr wieder kommen. Aber das geht dich ja wohl gar nichts an.“

Emilia hatte danach richtige Bauchschmerzen gehabt und Tage gebraucht, um sich von dieser für sie so

traurigen Nachricht zu erholen. Denn beide Menschen standen ihr nah: Sofia sowieso und Kevin hatte sich mit seiner liebenswerten Art ebenfalls schnell in ihr Herz geschlichen.
Noch ein paar Mal hatte sie versucht, Sofia nach den Gründen für die Trennung zu fragen, aber mehr als „Das verstehst du nicht" oder „Dafür bist du noch zu klein" hatte sie aus ihrer Schwester nicht herausbekommen und selbst Mom, der Sofia eigentlich immer alles erzählte, wusste nicht mehr dazu zu sagen. Und so hatte Emilia irgendwann aufgegeben und sich allmählich daran gewöhnt, dass sie die beiden eben nur noch getrennt voneinander gern haben konnte.
Als Emilia nach dem Training etwas müde aber zufrieden in der Gemeinschaftsdusche stand und sich den Schaum aus den langen Haaren wusch, drangen Olivias Worte zunächst nur verschwommen zu ihr durch.
Das einzige, was sie wirklich hörte war „dagegen wehren" und „heute noch".
Darum fragte sie ihre Freundin, als ihre Ohren wieder vollständig von Wasser und Shampoo befreit waren: „Sorry, aber was hast du gerade gesagt? Ich hab es echt nicht verstanden." Dabei wickelte sie sich ihr großes Badetuch um den Körper und ging hinüber in die Umkleidekabine.
Olivia folgte ihr und wiederholte, was sie gerade schon einmal gesagt hatte: „Ich finde, du solltest Noah mitteilen, was Jessica für Geschichten rumerzählt. Ich

meine, wenn jemand über mich so einen Dreck verbreiten würde, dann wäre ich doch auch froh, wenn mir das einer sagt, damit ich mich dagegen wehren könnte, oder nicht?“
Das Mädchen zog sich seinen hellblauen Kapuzenpulli über den Kopf, kämmte sich die Haare sorgfältig vor dem kleinen Wandspiegel und fuhr fort: „Bei der Gelegenheit kannst du ihn dann auch gleich fragen, ob er eine Ahnung hat, warum Jessica so ein Tamtam macht. Und an deiner Stelle, würde ich das echt heute noch tun, Emmi. Je eher, desto besser.“
Dann wandte sie sich wieder Emilia zu, um herauszufinden, was die Freundin von dieser Idee hielt und brach unverzüglich in schallendes Gelächter aus:
„Oh mein Gott! Sieh mich nicht so an! Man muss ja Angst haben, dass dir die Augen aus dem Gesicht fallen! Du schaust aus wie eine von diesen Eulen, die sie jetzt überall im Internet posten. Und warum bist du überhaupt noch nicht angezogen? Stehst du unter Schock, oder was?“
Doch anstelle einer Antwort trocknete Emilia sich endlich im Zeitlupentempo ab, zog sich nachdenklich ihre normalen Klamotten wieder an, verstaute die verschwitzten Sportsachen zusammen mit dem nassen Handtuch in ihrem Rucksack und setzte sich schließlich mit ernster Miene auf eine der hölzernen Bänke.
Olivia hatte die Freundin gespannt beobachtet und wartete nun ungeduldig darauf, dass diese ihr Schweigen brach.

„Du hast Recht“, sagte Emilia dann auch unvermittelt und wunderte sich selbst über diese Worte, die ihr so selbstverständlich über die Lippen kamen.
Auf der einen Seite zitterten ihr schon jetzt die Knie und das Herz schlug ihr bis zum Hals, wenn sie nur daran dachte, mit Noah O’Neill über Jessica zu sprechen, aber auf der anderen Seite hatte Olivia natürlich Recht.
„Niemand darf so furchtbare Lügen über eine andere Person verbreiten“, fand Emilia. „Selbst wenn Jessica solche Dinge über Peter McKenzie erzählen würde, müsste man ihm helfen.“
An dieser Stelle konnte Olivia sich ein Grinsen nicht verkneifen. Peter McKenzie hatte den zweifelhaften Ruf, nicht nur die Wochenenden Gras rauchend in seiner Garage zu verbringen. Außerdem war er so hager wie seine Haare lang waren und er hatte ziemlich abstehende Ohren. So jemanden würde Jessica mit Sicherheit keine fünf Meter an sich heranlassen, und erst recht keine Geschichten mit ihm erfinden, in denen es um heiße Küsse und intime Berührungen ging.
Aber Emilia ließ sich durch die Grimassen ihrer Freundin nicht beeindrucken und fuhr unbeirrt fort: „Ich glaube, ich schreibe Noah gleich, wenn ich zu Hause bin, einfach alles, was ich heute so gehört habe. Anrufen will ich ihn aber nicht. Schreiben ist doch auch okay, oder? Was meinst Du, Livi? Hast du überhaupt noch den Zettel mit seiner Nummer?“
Das blonde Mädchen kramte in den Taschen seiner Jeans und schüttelte dann entschuldigend den Kopf:

„Nein, ich hatte doch gestern meine Shorts an, als ich zu dir gekommen bin. Dann ist der Zettel bestimmt noch da drin. Aber warte mal!“
Olivia zog ihr Handy aus der Sporttasche und entsperrte es mit ihrem Fingerabdruck.
„Ich hab den Knaben doch längst in meiner Kontaktliste“, freute sich das Mädchen und lächelte triumphierend. „Ich schicke ihn dir schnell mal rüber. Das wir da nicht sofort drauf gekommen sind.“
Und schon nach ein paar Sekunden, machte Emilias Handy sein altbekanntes ‚Pling‘ und Noahs Nummer erschien im Display. Emilia bekam bei diesem Anblick ganz heiße Wangen.
„Na, dann los“, sagte sie halb zu sich selbst, halb zu Olivia.
Die beiden Mädchen machten sich gemeinsam mit ihren Rädern auf den Heimweg bis Olivia schließlich links in die Esplanade Gardens abbog und Emilia die letzten Meter allein nach Hause zurücklegte.
Sie stellte ihr Rad in die Garage und suchte ihre Schwester, um ihr Bescheid zu sagen, dass sie wieder da wäre. Sie fand Sofia im Garten, wo diese gerade dabei war, die welken Blüten des Lavendels abzuschneiden.
„Hey Soso!“, begrüßte sie die junge Frau, die ganz und gar in die Gartenarbeit vertieft war. „Bin wieder da.“
Als Emilia klein war, hatte sie Sofias Namen noch nicht richtig aussprechen können, stattdessen hatte sie sie immer ‚Soso‘ genannt. Diesen Kosenamen benutzte bis heute nur Emilia für ihre große Schwester. Und Sofia

war die einzige, die ihre kleine Schwester hin und wieder ‚Em‘ nannte.
„Oh, hey!“ Sofia drehte sich zu Emilia um und strich sich eine blonde Locke aus dem Gesicht. „Wie war das Training? Hat es Spaß gemacht?“
„Ja, hat es“, antwortete das Mädchen ehrlich. „Das Training macht eigentlich immer Spaß, auch wenn es anstrengend ist. Kevin ist halt ein prima Trainer.“
Und dabei beobachtete Emilia genau, welche Reaktion der Name Kevin wohl bei ihrer Schwester hervorrufen würde.
Diese drehte sich abrupt um und widmete sich, ohne noch ein Wort zu verlieren, wieder dem Lavendel.
Obwohl es also offensichtlich war, dass Sofia dieses Thema absolut nicht behagte, redete Emilia, einem inneren Drang folgend, dennoch munter weiter, als ob nichts gewesen wäre: „Ich soll dich übrigens schön grüßen. Hab ihm erzählt, dass du noch für ein paar Wochen in der Stadt bist, bevor du nach London zurückfährst.“
Sofia schnitt energisch einige Stängel der verwelkten Pflanzen ab, warf sie in einen schwarzen Eimer und schwieg.
‚Jetzt oder nie‘ dachte Emilia und fuhr unbeeindruckt fort: „Wusstest du eigentlich, dass er nach dir keine neue Freundin mehr hatte? Also, wenn du mich fragst, Kevin liebt dich noch immer. Wahrscheinlich stirbt er eines Tages einsam und verlassen, aber dafür war er dann bestimmt ein toller Arzt.“

Emilia biss sich auf die Lippen. Der letzte Satz war viel zu schnell und ohne Nachdenken über ihre, Lippen gekommen. Und sie spürte instinktiv, dass sie mit diesen Äußerungen zu weit gegangen war.
Darum stand sie nun auch stocksteif da, ein wenig erschrocken über sich selbst und starrte auf Sofias Rücken.
Diese hielt abrupt inne in ihrer Gartenarbeit, richtete sich schließlich kerzengerade auf und schaute eine Weile in die Ferne, bevor sie sich zu Emilia umdrehte und diese mit zusammen gekniffenen Augen ansah.
„Misch dich nicht ein in Dinge, die dich nichts angehen und von denen du sowieso keine Ahnung hast", zischte sie kaum hörbar und Emilia zuckte beim Tonfall ihrer Stimme augenblicklich zusammen.
Dann standen sich die beiden Schwestern einige Sekunden lang schweigend gegenüber und sahen einander an bis Emilia beschämt zu Boden blickte.
Es tat ihr unendlich leid, dass sie ihrer Schwester wehgetan hatte. Sie hatte sie noch nie so verbittert gesehen. Darum stammelte sie irgendwann: „Sorry, Sofia! Ich dachte bloß... Ich wollte ja nur... Ach, ich weiß auch nicht. Tut mir echt leid."
Sofias Gesichtszüge wurden wieder weicher, dennoch sagte sie etwas steif: „Schon gut. Erwähne seinen Namen einfach gar nicht mehr! Das wäre mir am liebsten."
Und dann drehte sie sich wieder um und kümmerte sich um den verwelkten Lavendel. Das Thema Kevin war für sie nun offensichtlich erledigt.

Emilia atmete einmal tief durch und ging schließlich ins Haus, um ihre Sportsachen auszupacken und endlich die Nachricht an Noah zu schreiben.
Vorher ging sie aber noch in die Küche, um sich einen Kakao und ein leckeres Brot zu machen. Nach dem Training hatte sie immer einen Bärenhunger.
Sie holte sich Milch, ein Stück Käse, Cocktailtomaten und Gurke aus dem Kühlschrank, schnitt sich ein Stück Baguette ab und überlegte dabei, wie sie Noah am besten beschreiben könnte, was Jessica für Schauermärchen über ihn erfunden hatte, ohne dass es allzu sehr nach Ablästern klang.
Emilia war so in Gedanken, dass sie Sofia gar nicht bemerkt hatte, die inzwischen ebenfalls wieder ins Haus gekommen war, dicht gefolgt von Figaro, der ihr schnurrend um die Beine schlich. Der Kater fand vermutlich, dass es auch für ihn langsam Zeit fürs Abendessen war.
Darum fuhr Emilia erschrocken zusammen, als Sofia sie leise von hinten ansprach: „Em, was ich vorhin zu dir gesagt habe, das war vielleicht so nicht ganz richtig.“
„Wie? Was?“, stammelte Emilia verwirrt und ließ vor Schreck eine Tomate auf den Küchenfußboden plumpsen.
„Dass ich seinen Namen am liebsten gar nicht mehr hören würde“, offenbarte Sofia und griff dabei nach einer Dose Katzenfutter.
Emilia sammelte ihre Tomate wieder ein und starrte ihre große Schwester verblüfft an. Diese füllte gerade

Figaros Futter in sein Schälchen, was dem Kater allerdings viel zu lange dauerte. Maunzend lief er in der Küche auf und ab und zuckte dabei aufgeregt mit dem Schwanz.
„Außerdem hast du mit deinen sechzehn Jahren inzwischen bestimmt schon eine Ahnung von dem, was zwischen Jungs und Mädchen so vorgeht, habe ich Recht?“, fragte Sofia vorsichtig lächelnd und stellte dem Kater endlich sein Futter hin.
Emilia nickte stumm und war gespannt, ob ihre Schwester noch etwas erzählen wollte.
Sofia zog sich einen Küchenstuhl heran, setzte sich umständlich darauf, schlug die Beine übereinander und seufzte.
Und dann erzählte sie ihrer kleinen Schwester endlich, warum sie damals mit Kevin Schluss gemacht hatte.
„Im Grunde hatte ich einfach nur Angst“, begann Sofia. „Er sah so gut aus und alle mochten ihn. Er war ja auch immer nett zu den Leuten und so hilfsbereit. Man musste ihn einfach gern haben.“
Wieder nickte Emilia erwartungsvoll und hatte inzwischen ihren Hunger komplett vergessen.
„Irgendwann habe ich mir dann vorgestellt, wie er eines Tages als angesehener Arzt im weißen Kittel durchs Krankenhaus eilt und hinter ihm eine Horde verliebter Krankenschwestern, die ihn anhimmeln und ihm jeden Wunsch von den Lippen ablesen.“
Bei diesem Szenario musste Emilia unwillkürlich grinsen, obwohl sie absolut nicht verstand, wie ihre

Schwester derartige Wahnvorstellungen bekommen konnte.
„In meinem Kopf waren das dann immer so hübsche Frauen wie Models, mit glatten langen Haaren, tiefem Ausschnitt und ordentlich Holz vor der Hütte“, bei diesen Worten verzog nun auch Sofia ihr Gesicht zu einem entschuldigenden Grinsen und Emilia schüttelte ungläubig den Kopf.
„Und als dann klar war, dass ich nach London gehen würde“, fuhr Sofia mit ernster Miene fort, „da dachte ich mir: Okay, bevor er dir sagt, dass er eine andere hat, weil du ja sowieso kaum noch Zeit für ihn hast, komme ich ihm lieber zuvor und räume freiwillig das Feld. Bahn frei für die Models dieser Welt. Dann müsste ich nie wieder Angst haben, ihn zu verlieren, weil er ja eh nicht mehr zu mir gehört. Ich habe geglaubt, das wäre besser so: Einfach Schluss, aus, vorbei und vergessen.
Aber die Wahrheit ist: Ich werde ihn wohl nie vergessen.“
Die letzten Worte hatte Sofia kaum hörbar und mehr zu sich selbst gesprochen.
Aber Emilia hatte natürlich dennoch alles verstanden. Darum ging sie sofort auf ihre Schwester zu, umarmte sie und hielt sie eine Weile ganz fest.
Endlich hatte sich Sofia ihr anvertraut, endlich hatte sie ihr offenbart, was sie all die Jahre hatte wissen wollen. Es war, als hätte Sofia sie endlich ganz und gar in ihr Herz schauen lassen. Und Emilia war darüber sehr, sehr glücklich.

Ab heute waren sie nicht mehr große Schwester und kleine Schwester, ab heute waren sie einfach nur Schwestern. Nach einer Weile aber ließ Emilia Sofia wieder los und sah ihr direkt in die blau-grauen Augen.
„Du bist total bescheuert“, war Emilias ehrliche Meinung und Sofia war zu verblüfft, um deswegen beleidigt zu sein.
„Ich meine, du warst die ganze Zeit über eifersüchtig auf irgendwelche Hirngespinste“, erklärte Emilia. „Und darum bist du nicht mehr mit der Liebe deines Lebens zusammen? Das klingt ja beinahe wie die Story von einem dieser schlechten Liebesfilme, die keiner sehen will.“
„Na hör mal!“, verteidigte sich Sofia. „Du weißt doch gar nicht, wie es damals in mir aussah. Ich hätte es einfach nicht ertragen, in der Angst zu leben, dass Kevin eines Tages nichts mehr mit mir zu tun haben will. Ich in London und er hier an der Küste. Zwischendurch hatte ich sogar schon überlegt, einfach nicht zu studieren, sondern mir hier irgendeine Stelle zu suchen. Aber ich wusste natürlich, dass mich das am Ende auch nicht glücklich gemacht hätte. Ich brauche einfach das kreative Arbeiten, die Stoffe, die Farben, die ganze Aufregung und Hektik auf den Modenschauen...“
„Aber Kevin brauchst du auch“, brachte es Emilia auf den Punkt und Sofia nickte seufzend.
„Ja, Kevin brauche ich auch. Und du sagst, dass er die ganze Zeit über mit keinem anderen Mädchen ausgegangen ist?“, wollte Sofia wissen.

„Naja, ob er mal mit einer ausgegangen ist, weiß ich auch nicht so ganz genau“, antwortete Emilia ehrlich. „Aber auf jeden Fall war er mit keiner richtig fest zusammen so wie mit dir.“
„Hm“, machte Sofia nur und drehte nachdenklich eine Locke um ihren Zeigefinger. „Wann hast du denn das nächste Mal Training?“
„Am Donnerstag“, erwiderte Emilia sofort.
„Übermorgen also.“
„Okay. Und was würdest du davon halten, wenn ich dich übermorgen zum Sportplatz begleiten und euch ein bisschen beim Training zuschauen würde. Ich meine, es interessiert mich ja auch, was du so treibst in deiner Freizeit. Schließlich bin ich deine große Schwester. Oder fändest du das irgendwie blöd?“, fragte Sofia etwas unsicher.
„Nein, nein, absolut nicht!“, beeilte sich Emilia. „Ich finde die Idee sogar richtig super.“
„Gut“, meinte Sofia nur und wirkte plötzlich merkwürdig aufgekratzt, als sie von ihrem Stuhl aufstand, um sich ein Glas Wasser einzuschenken.
Emilias Magen fing auch langsam wieder an zu knurren und so machte sie sich endlich daran, ihren Abendbrotteller weiter zu füllen, um diesen schließlich zusammen mit einer großen Tasse Kakao mit in ihr Zimmer zu nehmen.
Inzwischen war es schon richtig spät geworden und sie wollte doch unbedingt noch die Nachricht an Noah schreiben.

Aber sie freute sich auch riesig, dass sie mit Sofia endlich über Kevin gesprochen hatte. Und wer weiß, vielleicht gäbe es ja doch noch ein Happy End in dieser bizarren Liebesgeschichte.
Emilia hatte gerade ihr Handy aus dem Rucksack herausgeholt und das erste Mal von ihrem Käsebrot abgebissen, als es an der Tür klopfte und Sofia den Kopf ins Zimmer steckte.
„Em?“, flüsterte der blonde Lockenkopf fragend und Emilia konnte nur ein kauendes „hmhm“ erwidern.
„Also, ich wollte dir nur sagen: Ich bin froh, dass du meine Schwester bist. Schlaf schön, Emilia!“
Und bevor diese noch irgendetwas sagen konnte, verschwand Sofias Kopf genauso schnell wieder, wie er gekommen war und ließ ein etwas verdutztes, aber sehr zufriedenes Mädchen mit langen dunklen Haaren zurück.
Und dann schrieb Emilia endlich mit klopfendem Herzen ihre erste Nachricht an Noah. Immer wieder überflog sie ihren Text, änderte hier ein Wort, löschte dort einen Satz und zögerte am Ende doch noch einige Minuten, bis sie endlich das Symbol für Senden berührte.

Emilias Geheimnis

Emilia gehörte eigentlich nicht zu der Sorte Mensch, die morgens als erstes ihr Smartphone zur Hand nahm, um entweder die neuesten Nachrichten zu checken oder zu erkunden, ob irgendjemand sein Profilbild oder seinen Status geändert hatte.
Heute Morgen jedoch war sie vermutlich der erste Mensch in ganz Südengland, der auf das Display seines Handys schaute.
Denn nachdem Emilia gestern endlich die Nachricht an Noah verschickt hatte, hatte sie anschließend alle zwei Minuten nachgesehen, ob er geantwortet hatte.
Sie hatte mit dem Smartphone in der Hand Zähne geputzt, sich direkt daneben ihren Schlafanzug angezogen und quasi blind die Schulsachen für den nächsten Tag gepackt, weil sie währenddessen fast ununterbrochen auf das Handydisplay gestarrt hatte.
Aber Noah hatte nicht geantwortet und irgendwann war sie dann hundemüde eingeschlafen, das Handy fest umklammert.
Und jetzt war sie viel zu früh wieder aufgewacht.
Draußen war es noch dunkel und doch war Emilia von einer Sekunde zur nächsten hellwach.
Noah hatte ihr geschrieben. Es war nur ein einziger Satz, eigentlich eine einzige Frage mit drei Wörtern, die dem Mädchen ein Lächeln auf das hübsche Gesicht zauberte:
‚Glaubst Du das?'

Emilia zögerte nicht lange. Sie tippte ein ‚Nein' als Antwort und schickte es quer durch Portsmouth.
Die Reaktion ließ nicht lange auf sich warten.
Auf Emilias Display erschien ein lächelnder Smiley und kurz darauf die passende Erklärung für diesen Emojy: ‚Da bin ich aber froh!'
Emilias Herz hüpfte vor Freude und ihre Wangen glühten.
Schrieb sie hier wirklich gerade mit Noah O'Neill Nachrichten hin und her? Vor zwei Tagen noch hatte sie das für unmöglich gehalten.
Und während Emilia überlegte, was sie Noah als nächstes schreiben könnte, machte ihr Smartphone erneut ‚Pling'.
Sie traute ihren Augen kaum und hielt einen Moment lang sogar den Atem an.
Wieder und wieder las Emilia Noahs Nachricht, erneut eine Frage, so als ob sie Angst hätte, dass die Wörter irgendwann verschwinden könnten. Aber sie blieben natürlich, wo sie waren. ‚Können wir uns mal treffen?', stand da schwarz auf weiß.
Am liebsten hätte sie so etwas geantwortet wie ‚Liebend gerne', ‚Ja, sicher' oder ‚Na klar', aber das wäre natürlich viel zu uncool gewesen.
Also tippte Emilia ‚Ok, ich kann aber leider erst am Freitag' als Antwort in ihr Handy, stand dann aber doch auf, um sich langsam für die Schule fertig zu machen.
Sie ging als erstes zum Waschen ins Bad und als sie anschließend wieder in ihr Zimmer zurückkam, um sich

anzuziehen, hatte Noah bereits geantwortet: ‚Also dann Freitag 6:00 pm am South Parade Pier?'
Es fiel Emilia richtig schwer, ein einfaches ‚Ok' zurückzusenden anstatt ‚Wunderbar' oder ‚Großartig', denn in ihrem Innern schlugen die Gefühle gerade Purzelbaum und am liebsten hätte sie die ganze Welt umarmt.
Sie hatte ein Date mit Noah. Das musste sie gleich erst einmal Olivia erzählen.
Das South Parade Pier war ein guter Treffpunkt, denn es lag genau zwischen Emilias Zuhause und dem Haus in Old Portsmouth, in dem Noah mit seinen Eltern lebte. Sie könnten einen Spaziergang am Strand machen oder sich auf dem Pier etwas zu trinken bestellen und aufs Meer hinausschauen bis die Sonne unterging. Bei dem Gedanken daran spürte Emilia ein sanftes Kribbeln in ihrem Bauch aufsteigen.
Als sie noch einmal ins Bad hinüber ging, um sich die langen Haare zu einem Pferdeschwanz zusammen zu binden, bemerkte Emilia, dass auch Sofia inzwischen aufgestanden war. Ihre große Schwester stand unter der Dusche und sang ‚When the rain begins to fall' von Pia Zadora und Jermaine Jackson. Das tat sie immer, wenn sie gute Laune hatte und gerade duschte. Der Song passte dann ja auch richtig gut.
Vielleicht dachte Sofia gerade an Kevin, so wie sie selbst an Noah dachte. Zu gerne hätte Emilia ihrer Schwester von dem bevorstehenden Treffen erzählt. Aber sie wollte sich lieber zuerst selbst ganz sicher sein, ob Noah

wirklich der war, für den sie ihn hielt, vor allem nach der Geschichte mit Jessica.
Darum behielt sie ihr kleines Geheimnis vorerst für sich und radelte wenig später neben Olivia, die heute ebenfalls direkt zur ersten Stunde Unterricht hatte, in Richtung Schule.
Nachdem diese auf den neusten Stand der Ereignisse gebracht worden war, schlossen die Mädchen schließlich ihre Räder nebeneinander vor der Schule ab. Sie waren noch ganz ins Gespräch vertieft, als plötzlich eine männliche Stimme direkt hinter ihnen „Hallo, ihr beiden!“ sagte.
Emilia fuhr sofort herum und berührte mit ihrem Arm den des jungen Mannes. Es war Noah und Emilia konnte es nicht vermeiden, augenblicklich rot anzulaufen.
Doch der Junge mit dem dichten blonden Haar und dem sonnengebräunten Gesicht schien das gar nicht zu bemerken.
Er lächelte die Mädchen gut gelaunt an, um dann in seinen Rucksack zu greifen und ein dunkelgrünes Buch herauszuholen.
„Sorry“, sagte er und überreichte es dabei Olivia. „Ich hatte gestern ganz vergessen, dir dein Biologiebuch wiederzugeben. Hoffe, du hast es nicht allzu sehr vermisst.“
„Naja“, feixte das Mädchen. „Ich hätte mich schon gerne mal in unser neues Thema eingelesen. Aber das kann ich ja dann heute nachholen.“

Doch dann wurde Olivia mit einem Mal ganz hektisch und murmelte entschuldigend: „Oh, da ist Samantha! Die muss ich noch was fragen wegen Psychologie. Also, wir sehen uns dann Leute. Bis später!"
Und schon eilte sie Richtung Schule davon und ließ Emilia und Noah alleine bei den Fahrradständern zurück.
Zum Glück hatte das Mädchen sich inzwischen von seinem ersten Schock erholt und die Fassung einigermaßen zurückgewonnen.
„Cooles Rad", sagte sie darum unverfänglich und deutete auf das weiße Mountainbike des Jungen.
„Oh, danke!", erwiderte dieser höflich. „Ich habe es zum siebzehnten Geburtstag bekommen. Wenn mein Dad frei hat, fahren wir manchmal zusammen ins Dartmoor und machen dort ein paar Kilometer."
„Das stelle ich mir sehr schön vor", meinte Emilia ehrlich, „aber auch ganz schön anstrengend."
In diesem Moment klingelte es zum Unterricht und so machten sich die beiden auf den Weg in die Schule. Sie gingen wie selbstverständlich nebeneinander her und unterhielten sich dabei angeregt übers Radfahren.
So bemerkte Emilia auch nicht, dass sie die ganze Zeit über mit argwöhnischen Augen beobachtet wurden.
Erst als sie sich von Noah verabschiedet hatte und schließlich an ihrem Platz im Kursraum still vor sich hinlächelnd ihre Buchführungssachen aus dem Rucksack holte, kamen Zoe und Lauren auf sie zu, um ihre Freundin zur Rede zu stellen.

„Sag mal, hast du jetzt gerade echt mit Noah O'Neill gesprochen?", wollte Zoe wissen, obwohl sie die Antwort natürlich längst kannte.
„Hast du etwa vergessen, was er Jessica angetan hat?", fragte Lauren ebenfalls mit vorwurfsvollem Unterton in der Stimme.
Emilia fühlte sich wie auf der Anklagebank und versuchte sich zu rechtfertigen: „Er hat bloß Olivia ihr Biobuch zurückgegeben und wir sind kurz ins Gespräch gekommen. Das ist alles. Und außerdem wissen wir doch gar nicht..."
„Jessica möchte nicht, dass noch irgendein Mädchen aus unserer Stufe etwas mit Noah zu tun hat", unterbrach Zoe sie mitten im Satz. „Das hat sie heute Morgen extra nochmal gesagt."
„Ja, sie möchte nicht, dass einer von uns dasselbe passiert wie ihr", ergänzte Lauren. „Sie will uns damit beschützen. Das ist so lieb von ihr"
‚Die blöde Tussi kann mich mal', dachte Emilia, aber laut sagte sie etwas lahm: „Ja, das ist wirklich nett von Jessica."
Sie wusste, dass sie jetzt mit keinem Argument der Welt gegen den blonden Engel gewinnen konnte.
Offensichtlich hatten sich sämtliche Mädchen aus Jessicas Umfeld auf deren Seite geschlagen und sahen fortan in Noah den Feind.
Emilia hatte vor zwei Jahren erlebt, was es hieß, eine ganze Gruppe von Mädchen gegen sich zu haben.
Damals war eine Schülerin der Parallelklasse so heftig

gemobbt worden, dass sogar die Schuldirektorin und später auch die Polizei eingeschaltet werden mussten. Zuerst war das Gerücht im Umlauf gewesen, dass sich dieses Mädchen immer wieder aggressiv gegenüber seinen Mitschülerinnen verhalten hätte und deshalb keine mehr etwas mit ihm hatte zu tun haben wollen. Aber am Ende war klar, dass es manchmal einfach nur anderer Meinung gewesen war als die damalige Wortführerin der Klasse und dass es seinen Standpunkt dann auch offen und selbstbewusst vertreten hatte.
Die Anführerin aber hatte sich dadurch offenbar in ihrer Position bedroht gefühlt und schließlich einen Rachefeldzug vom Feinsten angezettelt.
Die folgenden Wochen mussten für die vermeintliche Gegnerin die Hölle gewesen sein: Beinahe täglich waren gemeine Dinge über sie erzählt worden, sie hatte fiese Hassbotschaften bekommen und am Ende waren sogar heimlich in der Umkleidekabine aufgenommene Fotos von ihr im Internet veröffentlicht worden.
Niemand hatte damals zu diesem Mädchen gehalten. Alle hatten Angst gehabt, selbst in die Schusslinie der Rädelsführerin zu geraten. Erst als die Polizei schließlich zusammen mit einer Schulpsychologin die Schülerinnen der Reihe nach einzeln befragt und ihnen Anonymität zugesichert hatte, war die ganze Wahrheit nach und nach ans Licht gekommen.
Natürlich war die boshafte Wortführerin anschließend der Schule verwiesen worden und es hatte viele Gespräche mit allen Schülerinnen und Schülern der

Klasse gegeben, um ihnen bewusst zu machen, dass auch sie sich furchtbar verhalten hatten.
Doch zum Ende des Schuljahres hin hatte auch das gemobbte Mädchen die Schule gewechselt, um woanders einen Neuanfang zu wagen.
Wahrscheinlich war sein Vertrauen in die Klassenkameraden durch die schlimmen Ereignisse so erschüttert worden, dass es lieber nichts mehr mit ihnen hatte zu tun haben wollen.
Emilia konnte das gut verstehen und fragte sich insgeheim, was wohl aus dem Mädchen geworden war. Sie hoffte sehr, dass es dort, wo es jetzt war, gute Freunde gefunden hatte und glücklich war.
Auf jeden Fall aber wusste sie durch diese Geschichte, dass es manchmal einfach besser war, die eigene Meinung für sich zu behalten, wenn man nicht den Zorn aller auf sich lenken wollte.
Sie würde also weder Zoe noch Lauren von ihrem Date mit Noah erzählen.
Irgendwann würde sich die Lage schon wieder beruhigen. Hoffentlich hatte Jessica schon nächste Woche einen reichen, gutaussehenden Freund, dann würde keiner mehr an die Geschichte mit Noah denken.
Später in der Mittagspause war die Stimmung zwischen Emilia, Zoe und Lauren wieder heiter wie eh und je. Das kleine Zwischenspiel von heute Morgen war offenbar vergessen und irgendwann fragte Lauren: „He, wollt ihr beiden am Samstag nicht mit ins Stadion kommen und das Spiel der Pompeys anschauen. Jordan

kann Freikarten besorgen und da ist immer richtig was los. Sie spielen gegen den FC Southampton, ihren Erzrivalen. Das wird ganz sicher ein spannendes Match. Was meint ihr? Habt ihr Lust, mit mir hinzugehen und unsere Jungs anzufeuern?“

„Nein, sorry“, sagte Zoe bedauernd.

„Meine Großeltern kommen am Wochenende zu Besuch und wir wollen einen Ausflug rüber zur Isle of Wight machen. Mein Grandpa wird am Sonntag siebzig Jahre alt. Er hat sich diesen Familienausflug von uns zum Geburtstag gewünscht. Aber beim nächsten Mal komme ich bestimmt mit, Lauren.“

Eigentlich hätte auch Emilia ihrer Freundin lieber einen Korb gegeben. Aber Lauren sah sie mit ihren großen braunen Augen so erwartungsvoll an, dass sie sie einfach nicht enttäuschen mochte.

Zwar verspürte Emilia nicht gerade große Lust, zweiundzwanzig testosterongeladenen jungen Männern beim Kampf um einen Lederball zuzuschauen, aber Lauren zu Liebe nickte sie freundlich und meinte nur knapp: „Na, klar! Ich komme mit dir mit.“

„Super!“, freute sich das Mädchen mit den dunkelblonden Haaren und strahlte übers ganze Gesicht. „Ich sage dir dann noch, wann es genau losgeht.“

„Ja, ist gut“, antwortete Emilia und war nun doch froh darüber, Lauren diesen Gefallen zu tun. Sie mochte das sanfte Mädchen und diese Freundschaft war ihr auf jeden Fall wichtig.

Als sie später am Nachmittag zu Haus ankam, lag ein Zettel auf dem Küchentisch. Er war natürlich von Sofia und sie schrieb, dass sie bis sieben Uhr im Fitness-Studio sein würde und im Kühlschrank wäre eine Schüssel Quark mit Himbeeren. Außerdem wollten Mom und Dad heute Abend noch mit ihren Töchtern skypen.
Das wusste Emilia allerdings schon, denn Mom hatte ihr heute Morgen ebenfalls bereits aus Paris geschrieben. Einer von beiden, Mom oder Dad, meldete sich morgens immer kurz, um ihr einen schönen Tag zu wünschen und zu berichten, welches Programm die Musiker heute zu absolvieren hätten.
Trotzdem war es etwas anderes, die beiden zu sehen und mit ihnen sprechen zu können. Eigentlich hatte Emilia in den letzten drei Tagen gar nicht so oft an ihre Eltern gedacht.
Es waren einfach so viele andere Dinge geschehen, über die sie hatte nachgrübeln müssen, dass dafür gar keine Zeit mehr übrig geblieben war. Aber nun merkte sie doch, dass sie die beiden vermisste.
Das Haus wirkte plötzlich so still und leer ohne Moms leises Summen, wenn sie Gemüse fürs Essen klein schnitt oder im Garten arbeitete. Und ihr fehlten Dads lustige Geschichten, die er dann und wann auf der Baustelle oder mit seinen Klienten erlebte und ihnen dann später zum Besten gab.
Darum war Emilia froh, als sich Figaro zu ihr gesellte und es sich auf ihrem Bett gemütlich machte, während

sie noch einiges für den nächsten Schultag vorbereiten musste.
Und als Sofia schließlich erschöpft aber zufrieden von ihrem Training nach Hause kam, waren Emilias trübe Gedanken ohnehin sofort wie weggeblasen.
Fröhlich erzählten die Mädchen ihren Eltern später, dass zu Hause alles bestens wäre und sie sich auch bestimmt keine Sorgen machen bräuchten.
„Wie geht es denn in der Schule, Emilia?“, wollte Dad natürlich wissen. „Gefallen dir deine neuen Fächer?“
„Naja, ich hatte ja bis jetzt erst zwei Mal Buchführung und Wirtschaft“, berichtete Emilia ordnungsgemäß. „Aber ich glaube, dass es ganz interessant wird und Mrs. Harper ist eine tolle Lehrerin. Aber Französisch wird anstrengend, da habe ich jetzt bei Mme Dupont. Die ist ziemlich streng.“
„Ach, aber Französisch ist eine so wundervolle Sprache“, schwärmte Mom. „Ich wünschte, ich könnte es wenigstens ein klein wenig sprechen, um die Leute hier zu verstehen oder zumindest nach dem Weg zu fragen. Gestern haben Dad und ich uns auf dem Weg zum Louvre fast verlaufen.“
Dann erzählten die beiden noch begeistert von ihrem Bummel durch Montmartre und vom Orangerie Museum mit all seinen Kunstwerken von Monet und Matisse, die sie nachmittags bewundert hatten, denn vormittags wurde immer mehrere Stunden geprobt.
Für morgen stand noch eine Führung durch die Katakomben der Stadt auf dem Plan und am Samstag

würde es dann das Abschlusskonzert in Paris geben, bevor es einen Tag später weiter gehen sollte nach Hamburg.
Am Ende jedoch beteuerten Mom und Dad, wie sehr sie ihre Mädchen und das Meer schon jetzt vermissten und versprachen, sich bald wieder zu melden. Sofia hielt noch einmal ihr Tablet, mit dem sie skypten, so herum, dass ihre Eltern Figaro sehen konnten und somit Gewissheit hatten, dass es auch dem Kater an nichts fehlte.
„Verhungern lassen kann man ihn jedenfalls nicht", lachte Sofia. „Bei dem Theater, was er schon eine halbe Stunde vor seiner eigentlichen Essenszeit immer macht."
Mit den üblichen Sätzen wie ‚Hab euch lieb' und ‚Passt auf euch auf' verabschiedeten sie sich voneinander und schließlich war das Display wieder schwarz.
Es war schön gewesen, die beiden so glücklich von ihrer Reise erzählen zu hören und die fröhlichen Gesichter zu sehen.
Und Emilia fühlte sich wieder einmal bestärkt in dem Wunsch, später, wenn sie erwachsen sein würde, ebenfalls viel von der Welt zu sehen.
Doch nun waren die Mädchen erst einmal ziemlich müde und sagten einander schon bald „Gute Nacht".
Als Emilia in ihrem Bett lag, schaute sie wie üblich ein letztes Mal auf ihr Handy, bevor sie es ausschalten und auf das kleine Nachttischschränkchen legen wollte.
Sie hatte tatsächlich noch eine Nachricht bekommen und traute ihren Augen kaum: ‚Träum was Schönes'

stand dort und dahinter ein schlafender Smiley. Die Nachricht war von Noah.
Emilia schloss lächelnd ihre Augen und versuchte, sich den sportlichen Jungen mit den blonden Haaren und den seegrünen Augen vorzustellen.
Wie schade, dass er als Profilbild kein Foto von sich selbst gewählt hatte. Stattdessen war dort ein großes graues Schiff auf dem Atlantik zu sehen. Sie würde ihn am Freitag auf jeden Fall fragen, was es damit auf sich hätte.
Jetzt aber überlegte sie, wie sie auf seine Nachricht reagieren sollte. Sollte sie überhaupt reagieren? Ihm auch etwas Nettes schreiben? Emilia war unsicher. Immerhin stand immer noch diese „Jessica-Sache“ im Raum und sie wollte nicht den Anschein erwecken, als sei sie schon mit ein paar freundlichen Worten zu ködern. Zuerst wollte sie Noah ein bisschen besser kennen lernen.
Und doch gab sie am Ende ihrem Herzen nach und schrieb mit etwas Verspätung ihre Antwort: ‚Gute Nacht! See you soon! ☺‘

Operation Wiedervereinigung

Der Vormittag konnte für Emilia an diesem Donnerstag nicht schnell genug vorüber gehen. Immer wieder schaute sie auf ihre Uhr, sodass Zoe irgendwann fragte: „Sag mal, hast du heute noch irgendwas Wichtiges vor?“
Natürlich hatte Emilia heute noch etwas vor. Am Nachmittag war wieder Leichtathletik-Training, welches sie voll Ungeduld herbei sehnte, weil dann endlich das geschehen würde, was sie sich die letzten zweieinhalb Jahre erhofft hatte: Sofia würde endlich wieder mit Kevin reden.
Irgendwann war auch die letzte Unterrichtsstunde zu Ende und Emilia packte erleichtert ihre Sachen zusammen, um sich mit Olivia zu treffen. Sie hatten sich bei den Fahrrädern verabredet, um gemeinsam zum Sportplatz in die St George's Road zu radeln.
Die Royal Navy gestattete ihnen die Nutzung der Sportanlage HMS Temeraire, zu der auch mehrere Sqashplätze, ein großes Schwimmbecken, ein Fitnesscenter und zwei Sporthallen gehörten, weil Kevins Mutter einen guten Draht zur zuständigen Verwaltung hatte.
Als Emilia ihr Rad aufschloss, schaute sie sich verstohlen nach allen Seiten um.
Einerseits hoffte sie, Noah nicht zu begegnen, um nicht wieder mit lästigen Fragen von Zoe und Lauren konfrontiert zu werden, andererseits aber hätte sie es

schön gefunden, in seiner Nähe zu sein und mit ihm reden zu können.
Aber Noah kam nicht, statt dessen jedoch eine hoch motivierte Olivia, die schon von weitem winkte.
„So, Operation Wiedervereinigung kann beginnen. Hauptsache, deine Schwester erscheint nachher wirklich auf dem Sportplatz und überlegt es sich nicht im letzten Moment noch einmal anders!"
„Oh, nein! Sie wird kommen", war sich Emilia sicher. „Sie war heute Morgen sogar schon eher auf als ich und stand vor ihrem Kleiderschrank. Dabei hat sie immer so Sachen gemurmelt wie ‚Das? Nein, zu sexy!' oder ‚Das? Oh Gott, nein! Das macht mich zu fett!' und so weiter und so weiter."
Olivia lachte: „Na, wenn das kein gutes Zeichen ist?"
In Windeseile radelten die beiden Mädchen zum Sportplatz und zogen sich schließlich mit ihren Teamkameradinnen schwatzend und lachend um.
Doch das Lachen verging ihnen im Nu, als nicht Kevin sie wie üblich auf der Tartanbahn erwartete sondern ein großer, schlanker, junger Mann mit braunem, lockigen Haar, der sich ihnen als Josh vorstellte.
„Kevin hat mich gebeten, das Training heute ausnahmsweise zu übernehmen", erklärte Josh. „Er musste dringend mit seinem Hund zum Tierarzt und wusste nicht, wie lange es dauern würde."
Alle fingen sofort an, besorgt miteinander zu flüstern, die gute Laune war wie weggefegt. Sie kannten Max gut, den schwarzen Labrador von Kevin, der hin und wieder

mit zum Training kommen durfte, wenn Kevin ihn für die Zeit nicht bei seinen Eltern lassen konnte. Max war ein freundliches Energiebündel und er war schon so manche Runde mit ihnen Schwanz wedelnd um den Platz gelaufen.
„Hoffentlich ist es nichts Ernstes“, sagte Emilia leise wie zu sich selbst.
„Ja, und echt blöd, dass es Kevins Hund ausgerechnet heute nicht gut geht“, stellte Olivia fest.
Da erst fiel es Emilia auch wieder ein, dass Sofia ja gleich zum Zuschauen kommen wollte. Und sie hatte sich so auf diesen Nachmittag gefreut.
Schweigend fingen sie an zu laufen, um ihre Muskeln für das bevorstehende Training aufzuwärmen. Für heute standen Weitsprung und Kugelstoßen auf dem Plan, denn Kevin wollte seine Sportler nach und nach in allen Disziplinen wieder fit machen für die nächsten Wettkämpfe.
Josh hatte sich schon mit Harke, Besen und Maßband bewaffnet und ging hinüber zur Sprungkuhle.
„So, Leute“, wies er seine neuen Schützlinge an, nachdem diese das Aufwärmen beendet hatten. „Messt doch als erstes bitte alle mal eure Anläufe ab! Hier sind Stifte und Kreppband, da kann jeder seinen Namen draufschreiben und seinen Anlauf neben der Bahn markieren. Los geht’s!“
Gerade als Emilia ein Stück Krepp mit ihrem Namen darauf auf den Tartanboden geklebt hatte, sah sie in den Augenwinkeln eine hübsche, junge Frau mit blonden

Locken hinter der Bande des Sportplatzes stehen. Es war natürlich Sofia, die mit suchendem Blick zu ihnen hinüber schaute.
„Das da drüben ist meine Schwester“, gab Emilia Josh zu verstehen. „Ist es okay, wenn ich kurz zu ihr rüber gehe? Es dauert nicht lang, ich möchte ihr nur kurz etwas sagen.“
„Na, klar! Geh nur!“, meinte Josh großzügig und schielte interessiert in Sofias Richtung. „Du kannst dich ja dann gleich einfach hinten einreihen.“
„Ja, mache ich“, erwiderte Emilia und flitzte quer über den Platz zu ihrer Schwester.
„Kevin ist mit Max beim Tierarzt“, platzte sie etwas atemlos mit der schlechten Nachricht heraus.
„Oh!“, machte Sofia nur und Emilia wusste nicht, ob dies der Sorge um den schwarzen Labrador galt oder der Enttäuschung, dass sie Kevin heute wohl nicht sehen würde.
Doch die blonde, junge Frau rang sich ein Lächeln ab und sagte: „Wenn ich schon mal hier bin, dann schaue ich dir aber trotzdem ein bisschen beim Training zu. Schließlich bist du mir auch wichtig.“
Emilia schenkte ihrer Schwester ein warmes Lächeln und meinte nur kurz: „Gut, bis später dann. Ich muss wieder los“, bevor sie sich zurück in Richtung Sprungkuhle auf den Weg machte.
Doch nach ein paar Schritten hielt sie an und drehte sich noch einmal um: „Sofia? Du siehst mega hübsch aus!“

Dann trabte sie, ohne noch eine Antwort abzuwarten, weiter zu den anderen hinüber.
Es war ihr wichtig gewesen, Sofia noch etwas Nettes zu sagen. Sie hatte so verloren gewirkt, allein vor all den leeren Rängen. Und außerdem sah sie wirklich unglaublich schön aus. Sie hatte sich für ein sportliches Outfit mit Jeans, weißen Turnschuhen sowie einem weiß-rosa Hoodie entschieden und ein dezentes Make-up aufgetragen, welches ihre blauen Augen gut zur Geltung brachte.
Ein Jammer, dass Kevin sie so nicht sehen konnte.
Emilia reihte sich also wie ihr geheißen hinten in die Schlange der wartenden Springer ein und versuchte, sich wieder auf das Training zu konzentrieren.
Sie beobachtete aufmerksam, wie die zierliche Amanda lossprintete, wie ein Flummi am Brett absprang, um schließlich gekonnt mit den Füßen zuerst im Sand zu landen.
Weitsprung war schon immer Amandas Stärke gewesen. Da machte ihr so leicht keiner etwas vor.
„Super!“, rief Josh dann auch begeistert und las laut das Ergebnis dieses Sprungs am Maßband ab: „Vier Meter und neunzig! Du bist ein Naturtalent, was? Nimm das nächste Mal deine Arme noch mehr mit nach vorne für den Schwung! Ich wette, dann schaffst du die fünf Meter!“
Als Amanda den Sand mit der Harke wieder glatt gezogen hatte, war Ben an der Reihe. Der kräftige Junge mit der dunklen Stoppelfrisur war der beste Speer- und

Diskuswerfer aus ihrer Truppe und machte daher bei seinem Sprung in den Sand natürlich keine so elegante Figur wie zuvor Amanda.
Doch Ben nahm es mit Humor und klopfte sich grinsend den gelben Sand von seinem Hintern, auf den er bei der Landung geplumpst war. Er wollte gerade die Sprungkuhle wieder verlassen, als ein schwarzes Etwas von der Seite auf ihn zukam und ihn stürmisch begrüßte. Es war Max, Kevins Labrador, und Ben knuddelte den Hund freudig: „Na, mein Alter, du lebst ja doch noch! Schön dich zu sehen!"
Alle auf dem Platz atmeten erleichtert auf, als sie den schwarzen Hund bemerkt hatten und es ihm offensichtlich wieder besser ging.
„Er hat mal wieder irgendwas gefressen, was ihm nicht bekommen ist", erklärte Kevin dann auch, als er ebenfalls bei seinen Schützlingen und Josh angekommen war. „Sein Bauch war bis gerade eben so hart wie Stein und er konnte nur noch liegen. Er muss ziemliche Schmerzen gehabt haben. Aber der Doktor hat ihm zwei Spritzen gegeben und nach einer halben Stunde war er wieder wie neu geboren. Ich fürchte nur, dass ihm seine Gefräßigkeit nicht zum letzten Mal zum Verhängnis geworden ist. Der dumme Kerl lernt einfach nicht..."
Doch weiter kam Kevin nicht. Denn von einer Sekunde zur nächsten hob Max den Kopf, hielt seine schwarze Nase in die Luft und sprintete auch schon los.
Alle sahen dem Labrador verdutzt hinterher, der geradewegs mit fliegenden Ohren auf eine zierliche

Gestalt am Rande des Sportplatzes zusteuerte. Olivia, die sich inzwischen neben Emilia gestellt hatte, stieß diese mit ihrem Ellbogen in die Seite und deutete mit ihrem Kopf in Richtung Kevin. Emilia folgte dem Blick ihrer Freundin und grinste zufrieden.
Der junge Mann hatte anscheinend erkannt, auf wen sein verfressener Hund da gerade zu rannte. Er stand mit offenem Mund wie versteinert da und brauchte tatsächlich ein paar Sekunden, um sich zu fangen. Dann strich er sich mit der Hand durch das dichte schwarze Haar und murmelte: „Macht schon mal weiter! Bin gleich wieder da!"
Und während Josh versuchte, die Konzentration der jungen Leichtathleten wieder auf die Sprungkuhle zu lenken, marschierte Kevin quer über die Wiese zu Max und Sophia, die gerade ausgiebig ihr Wiedersehen feierten.
Natürlich fiel es Emilia schwer, sich so wie sonst auf das Training zu konzentrieren und sie schaffte heute nur mehr oder weniger passable Weiten beim Sprung. Doch es war ihr dieses Mal egal und sie haderte nicht mit ihrer mäßigen Leistung. Denn immer wieder schaute sie zu Sophia und Kevin hinüber und versuchte, in ihrem Gesichtern abzulesen, was sie wohl gerade besprachen. Doch die beiden waren einfach zu weit weg, sodass es unmöglich war, irgendetwas von den Lippen ablesen zu können.
Immerhin standen sie ziemlich dicht beieinander und einmal konnte Emilia erkennen, wie ihre Schwester sich

eine blonde Locke um den Finger wickelte und kurz damit spielte. Flirtete Sophia da etwa mit ihrem Exfreund? Emilia mochte ihren Augen kaum trauen. Und tatsächlich kam nach einer gefühlten Ewigkeit ein gut gelaunter Kevin zurück zu seinen Sportlern, um selig lächelnd das anschließende Training im Kugelstoßen vorzubereiten.
In einem unbeobachteten Moment nickte Olivia Emilia verschwörerisch zu und zeigte mit dem Daumen nach oben.
Das schien ja wirklich besser geklappt zu haben, als gedacht. Emilia konnte das Ende des Trainings kaum erwarten. Denn natürlich brannte sie darauf zu erfahren, worüber ihre Schwester mit Kevin gesprochen hatte. Dummerweise hatte sich Sophia kurz darauf auf den Heimweg gemacht, sodass Emilia sie erst zu Hause würde ausfragen können. Soviel also zum Thema ‚Dein Training interessiert mich wirklich sehr. Schließlich bist du meine Schwester‘.
Kaum hatte Sophia Kevin wieder Eintritt in ihr Leben gewährt, vergaß sie prompt alle familiären Bande.
Aber egal! Emilia würde schon noch früh genug erfahren, wie das erste Treffen der beiden seit über zwei Jahren gelaufen war.
Leider musste sie nach dem Duschen und Umziehen allein nach Eastney zurück radeln, denn Olivia wollte noch kurz bei ihrer Grandma vorbeifahren, die in einem kleinen Apartement in Southsea wohnte. Also trat Emilia energisch in die Pedale und genoss den kühlen

Abendwind auf ihrer Haut. Langsam aber sicher setzte die Dämmerung ein. Doch bevor die Straßenlaternen angingen, würde sie bestimmt zu Hause sein.
Bald schon würde es Herbst werden in Südengland und wenn die Tage noch kürzer wurden, holten meistens Mom oder Dad sie vom Training ab und packten dann ihr Fahrrad hinten in den Kofferraum des SUV.
Olivia genoss diesen Taxiservice ab Mitte Oktober ebenfalls von ihren Eltern. Das war eben der Nachteil, in Eastney zu wohnen: Er galt zwar als einer der besseren Stadtteile von Portsmouth und hatte außerdem den schönsten Strand, aber, wohin man auch wollte, die Wege waren immer ein bisschen weiter.
Darum fluchte Emilia auch wie ein Rohrspatz, als sie bemerkte, dass ihr Mountainbike vorne einen Platten hatte.
Sie hatte gerade den Elm Grove verlassen und war in die Victoria Road eingebogen, als sie absteigen musste, um ihr Rad zu schieben. Eigentlich wäre sie in einer Viertelstunde zu Hause gewesen, so aber würde sie sicher dreimal so lange brauchen.
‚So ein Mist! Ausgerechnet heute!', dachte Emilia missmutig und überlegte, ob sie Sophia anrufen sollte, um ihr Bescheid zu geben, dass sie etwas später käme. Vielleicht würde ihre Schwester ja sogar kommen, um sie abzuholen.
Gerade als Emilia angehalten hatte, um im Rucksack nach ihrem Handy zu kramen, hielt neben ihr ein Wagen am Straßenrand.

Es war ein anthrazitfarbenes Cabriolet und der Fahrer war ein junger Mann mit braunem, sportlich nach hinten gegeltem Haar. Und obwohl er eine verspiegelte Sonnenbrille trug, um seine Augen gegen die tief stehende Sonne zu schützen, erkannte Emilia ihn sofort: Es war Jakob Merton, doch alle nannten ihn nur Jake. Er war schon achtzehn, ging aber in dieselbe Stufe wie Olivia und war sogar ein guter Freund von Noah. Emilia hatte die beiden schon oft auf dem Pausenhof oder vor der Schule zusammen gesehen. Und jetzt saß er also hier vor ihr in diesem schicken Wagen und grinste sie an.
„Na, schöne Frau, gibt es ein Fahrradproblem?“, wollte Jake wissen und deutete auf das Vorderrad von Emilias Mountainbike.
„Kann man so sagen“, bestätigte Emilia. „Ich muss wohl irgendwo reingefahren sein, ohne es zu merken. Nach Hause komme ich damit jedenfalls nicht mehr. Ich wollte gerade meine Schwester anrufen.“
„Oh, also, wenn du willst, kann ich dich auch nach Hause bringen. Dieses Auto hier ist zwar nicht ganz so riesig, aber nach oben raus haben wir ja jede Menge Platz. Denke, da kriegen wir dein Fahrrad schon rein.“ Und damit machte Jake mit seinen Armen eine ausladende Bewegung in Richtung Abendhimmel.
Emilia zögerte: „Danke, aber ich will dir wirklich keine Umstände machen. Am Ende macht mein Rad dir noch Kratzer oder Schmierflecken in die schönen Ledersitze.“

Doch Jake ließ sich so schnell nicht von seinem Vorhaben abbringen und zog eine karierte Wolldecke hinter seinem Sitz hervor.
„Und damit das nicht passiert, haben wir hier diese wunderschöne Decke im Schottendesign“, erklärte der junge Mann und sprang elegant aus dem Wagen, um die Rückbank des Cabrios damit abzudecken.
„Voilà!“, sagte er triumphierend und wandte sich dann wieder an Emilia: „Na, was sagst du? Überzeugt oder überzeugt?“
„Absolut überzeugt“, lachte Emilia und stieg dankbar lächelnd in den Wagen, nachdem Jake ihr galant die Beifahrertür geöffnet hatte.
Dann verstaute er gekonnt ihr Rad im Fond des Cabrios, sodass das kaputte Vorderrad oben herausragte und sich im Fahrtwind leise drehte. So fuhren die beiden gemächlich durch die Straßen der Stadt bis nach Driftwood Gardens und Emilia genoss ihre erste Fahrt in einem offenen Wagen. Dieser gehörte natürlich nicht Jake sondern seinem Vater. Aber Mr. Merton ließ seinen Sohn hin und wieder damit fahren, was Emilia sehr nett von ihm fand. Überhaupt war die ganze Fahrt mit Jake sehr nett gewesen. Er schien ein lustiger Typ zu sein und außerdem hatte er auch noch gute Manieren. Man konnte sich in seiner Gegenwart wirklich wohl fühlen und Emilia war fast ein bisschen enttäuscht, dass die Heimfahrt so schnell vorüber war.
Als sie am Haus der Bennetts angekommen waren, schob Jake Emilia noch das Rad in die Garage und

verabschiedete sich schließlich mit einem langen Hupen. Vorher aber versprach er ihr mit gespieltem Ernst, nächste Woche um dieselbe Zeit wieder durch Portsmouth zu fahren, falls sie erneut gerettet werden müsste.
Emilia beteuerte, dass das wohl nicht der Fall sein würde und winkte dem davon fahrenden Cabrio kurz hinterher.
In dem Moment ging auch schon die Haustür auf und Sophia kam ihrer Schwester mit interessiertem Blick entgegen.
„Wer war denn das?“, wollte sie auch direkt wissen. „Schickes Auto!“
„Das war Jake und der Wagen gehört seinem Vater“, erklärte Emilia und ging an Sophia vorbei ins Haus.
„Aha!“, machte diese nur und folgte ihrer Schwester in die Küche.
„Was heißt da ‚Aha‘?“ Emilia machte den Kühlschrank auf und goss sich ein großes Glas Apfelschorle ein.
„Naja, ‚aha‘ heißt ‚aha‘“, meinte Sophia orakelnd und bohrte dann aber doch weiter: „Hat er dich vom Training abgeholt?“
Emilia genoss es, ihre neugierige Schwester noch ein bisschen zappeln zu lassen und trank erst einmal in aller Ruhe ihr Glas leer, bevor sie antwortete:
„Nein, hat er nicht. Mein Fahrrad hatte unterwegs einen Platten und Jake kam zufällig vorbei. Er hat es gesehen und mir angeboten, mich nach Hause zu bringen und da habe ich natürlich nicht nein gesagt.“

„Nett von ihm“, fand auch Sophia. „Aber das mit deinem Rad ist ja blöd. Ich bringe dich morgen früh am besten mit Dads Auto zur Schule. Dein Mountainbike können wir dann gleich in den Kofferraum packen. Gegenüber vom Fitness-Studio ist doch dieser Fahrradladen, da können sie bestimmt schnell einen neuen Schlauch in den kaputten Reifen ziehen. Dann kannst du nachmittags schon wieder damit fahren.“

„Ja, prima! Das ist lieb von dir“, freute sich Emilia und dachte im Stillen an ihr bevorstehendes Treffen mit Noah. Gut, dass sie morgen nicht den weiten Weg zum South Parade Pier würde laufen müssen.

Doch bei dem Gedanken an Noah kam dem Mädchen auch Kevin wieder in den Sinn. Und nun war es Emilia, die ihrer Schwester neugierige Fragen stellte: „Sag mal, was hast du eigentlich vorhin mit meinem Trainer so lange zu besprechen gehabt?“

„Och, eigentlich nichts bestimmtes“, antwortete Sophia ausweichend und schaute dabei eigenartig beschämt auf ihre Hände.

„Er hat mir nur von Max erzählt und dass er gerade ein Praktikum in der Klinik macht. Aber am Wochenende hat er frei und dann wollen wir mal zusammen essen gehen.“

„Oh, mein Gott, ich fasse es nicht!“, jubelte Emilia, packte ihre Schwester bei den Schultern und drehte sie übermütig im Kreis. „Dein Ex ist also gleichzeitig dein Zukünftiger“, überlegte sie schließlich und sah Sophia Freude strahlend an.

Dieser war das Thema offensichtlich nicht ganz geheuer, denn wie immer, wenn sie unsicher war, dreht sie auch dieses Mal wieder eine ihrer blonden Locken durch die Finger.
„Da!“, rief Emilia aus. „Das hast du vorhin bei Kevin auch gemacht. Ich hab’s genau gesehen. Und er ist voll darauf abgefahren.“
„Emilia!“ Sophias Stimme klang entrüstet.
„Nein, das ist echt wahr“, verteidigte sich die gescholtene Schwester. „Als du mit deinem Haar gespielt hast, hat er dich total verliebt angesehen. Olivia hat das auch mitbekommen.“
Sophia stöhnte: „Na, super! Da haben sich ja die beiden richtigen Kupplerinnen zusammengefunden.“
„Na, klar!“, meinte Emilia bloß ungerührt. „War ja wohl nicht schlecht für den Anfang, oder?“
Ohne eine Antwort abzuwarten, griff sie nach ihrem Rucksack und marschierte schnurstracks aus der Küche hinaus. Doch bevor sie in ihrem Zimmer angekommen war, blieb sie noch einmal kurz stehen und rief ihrer Schwester zu: „Ach und Sophia, übrigens, gerne geschehen.“
Emilia hörte gerade noch Sofias Stimme, die ihr „dumme Nuss“ hinterherrief, bevor sie ihre Zimmertür hinter sich schloss. Zufrieden mit diesem ereignisreichen Tag, checkte Emilia noch einmal ihr Handy.
Vielleicht hatte Noah ihr ja auch heute wieder eine gute Nacht gewünscht. Und tatsächlich, ein Blick auf das Display verriet ihr, dass sie eine Nachricht bekommen

hatte. Doch etwas enttäuscht musste sie feststellen, dass diese von Olivia war, die natürlich wissen wollte, was Sophia über ihr Zusammentreffen mit Kevin erzählt hatte.
Also, berichtete Emilia ihr kurz, wie es gelaufen war und Olivia antwortete auch prompt mir einem Daumen nach oben, bevor das Handydisplay für den Rest des verbleibenden Abends schwarz bleiben sollte.
Schade, dass Noah nicht geschrieben hatte. Aber morgen würde sie ihn ja sehen und sich den ganzen Abend lang mit ihm unterhalten können.
Hoffentlich, war er wirklich der nette Junge, für den sie ihn hielt und hoffentlich gab es eine vernünftige Erklärung für diese sonderbare Jessicageschichte.
Aber dann kam Emilia noch eine völlig andere und doch ebenso wichtige Frage in den Sinn: Was sollte sie morgen überhaupt anziehen? Doch bevor sie darauf eine Antwort gefunden hatte, war sie schon längst eingeschlafen.

Noah

Heute würde sie Noah treffen! Das war der erste Gedanke, der Emilia in den Sinn kam, nachdem sie den Wecker früh am Morgen ausgestellt hatte. Und dieser Gedanke begleitete sie von da an den ganzen Tag.
Vor der Schule wurde sie schon Freude strahlend von Lauren erwartet, die sie an das morgige Derby der Pompeys erinnerte: „Jordan hat gesagt, dass um fünf Uhr Anpfiff ist. Wir sollten uns aber eine halbe Stunde vorher am Stadion treffen. Es wird bestimmt mega voll."
„In Ordnung, Lauren. Ich werde pünktlich sein", versicherte Emilia lächelnd, zuckte jedoch innerlich kurz zusammen, weil sie dieses Fußballspiel schon fast wieder vergessen hatte. Und sie hatte direkt ein schlechtes Gewissen deswegen. Gemeinsam mit Zoe, die sich inzwischen ebenfalls zu ihren Freundinnen gesellt und ihnen ein müdes „Morgen Mädels" entgegen gegähnt hatte, marschierten sie wenig später zu dritt über die Collegeflure zum Kursraum für Französisch.
Emilia hatte sich extra nach dem Waschen noch einmal die neuen Vokabeln angesehen, aber ein paar von ihnen wollten einfach nicht in ihrem Kopf hängen bleiben. Hoffentlich verschonte Madame Dupont sie heute Morgen und nahm jemand anderen dran.
So in Gedanken bemerkte Emilia den attraktiven Jungen mit den kurzen braunen Haaren gar nicht, der ihr charmant grinsend entgegenkam.

„Na, wen haben wir denn da?“, fragte er, als er mit den drei Mädchen auf einer Höhe war.
„Wenn das nicht die Prinzessin mit dem kaputten Fahrrad ist.“
Es war natürlich Jake und als Emilia ihn erkannte, antwortete sie schlagfertig: „Kaputtes Fahrrad ja, Prinzessin wohl eher nein!“
Jake lachte und meinte im Weitergehen theatralisch: „Wie schade! Und ich wäre so gerne wieder dein Ritter gewesen!“
Dann verschwand er winkend im Kursraum für Englisch und ließ zwei verdatterte und ein grinsendes Mädchen auf dem Flur zurück.
„Was war denn das?“ Zoe hatte wie immer als erste ihre Sprache wiedergefunden.
„Das war Jake Merton aus der Stufe über uns“, antwortete Emilia wahrheitsgemäß.
Doch das war nicht die Erklärung, auf die Zoe es abgezielt hatte, und darum bohrte sie noch einmal nach: „Das weiß ich selber, Schlaumeier! Ich habe ja auch nicht gefragt ‚wer‘ sondern ‚was‘ war das denn da gerade bitteschön? Prinzessin, Ritter... Der Typ fährt ja total auf dich ab. Hab ich hier irgendwas verpasst“
„Ach, Quatsch!“, winkte Emilia ab. „Ich hatte nur gestern nach dem Training einen Platten an meinem Fahrrad und Jake kam zufällig vorbei und hat mich nach Hause gefahren. Das ist auch schon alles.“
„Aber Zoe hat Recht“, mischte sich jetzt auch Lauren ein.

„Der findet dich schon ziemlich cool. Würde mich nicht wundern, wenn er jetzt nach dem Training öfters mal auf dich wartet.“
„Nein, nein!“, beeilte sich Emilia. „Jake ist einfach nur lustig drauf. Und außerdem fahre ich sowieso lieber mit dem Fahrrad. Sophia lässt es heute für mich reparieren.“
„Dann willst du also wirklich nichts von ihm?“, hakte Zoe nach und fuhr, nachdem Emilia energisch den Kopf geschüttelt hatte, mit säuselnder Stimme fort: „Oh, gut! Dann werde ich mich demnächst mal als holde Jungfrau zur Verfügung stellen und Hilfe suchend durch die Straßen irren. Vielleicht werde ich ja auch von diesem überaus gutaussehenden Rittersmann gerettet.“
Emilia gab ihrer Freundin lachend einen leichten Klaps auf den Hinterkopf und dann mussten sich die drei Mädchen auch schon beeilen, um noch vor Madame Dupont, die eben mit energischen Schritten um die Ecke bog, in den Kursraum zu schlüpfen.
Und dann kam es, wie es kommen musste: Mit einem „Bonjour mesdames et messieurs! Asseyez-vous s’il vous plaît!“, betrat die Französichlehrerin den Raum. Sie zog ein kleines schwarzes Notizbuch aus ihrer braunen Ledertasche und blätterte kurz darin herum.
Dann ließ sie ihre Blicke über die Schülerinnen und Schüler schweifen, die allesamt versuchten, möglichst unschuldig dreinzuschauen und blieb bei Emilia hängen.
„Mademoiselle Bennett, les verbes en français, s’il vous plaît!“

Die ersten vier Vokabeln konnte Emilia noch, bei der fünften flüsterte Lauren ihr die Übersetzung zu und handelte sich einen strengen Blick von Madame Dupont ein, sodass sie es nicht mehr wagte, bei den folgenden Wörtern zu helfen.
Die Französischlehrerin schnalzte mit der Zunge, notierte etwas in ihrem kleinen Büchlein und sagte: „Mademoiselle Bennett, isch bin mir sischer, dass Sie das besser können. Alors, beim nächsten Mal!"
Dann ging sie zur Tagesordnung über und Emilia atmete einmal tief durch. Das war wirklich eine blamable Vorstellung. Für die nächste Französischstunde würde sie sich besser vorbereiten.
So dumm wollte sie sich nicht noch einmal fühlen. Aber in letzter Zeit waren so viele Dinge um sie herum geschehen, die sie einfach wichtiger fand als französische Verben.
Das hatte sie nun davon. Und die mitleidigen Blicke von Lauren munterten Emilia auch nicht gerade auf. Einzig der Gedanke an den heutigen Abend besserte die Laune des Mädchens allmählich wieder.
Doch von Noah war den ganzen Tag über weit und breit keine Spur. Zwar sah sie Jake noch einmal in der Pause am anderen Ende des Schulhofes stehen, doch Noah war nicht in seiner Nähe. Hoffentlich war er nicht krank? Aber dann hätte er ihr doch sicher schon geschrieben und für heute Abend abgesagt? Oder hatte er Emilia und das Treffen vielleicht schon wieder vergessen?

Über diese Möglichkeit konnte und wollte das Mädchen lieber nicht weiter nachdenken. Und als Sophia ihre Schwester später mit dem Auto des Vaters von der Schule abholte, schob sie deren trübe Stimmung auf den vergeigten Vokabeltest, von dem Emilia ihr zähneknirschend erzählt hatte. Dieser war das nur recht. So ließ Sophia sie wenigstens in Ruhe und bohrte nicht weiter nach. Wenigstens stand Emilias Fahrrad wieder heile in der Garage. Zu Fuß wäre der Weg zum Pier auch ganz schön weit gewesen und ihre Schwester hätte Emilia auch nicht noch einmal bemühen wollen. Sophia hätte mit Sicherheit neugierige Fragen gestellt, die sie momentan einfach noch nicht beantworten wollte.
Irgendwann stand Emilia dann vor ihrem Kleiderschrank und überlegte, was sie zu ihrem Treffen mit Noah anziehen sollte.
Für ein Kleid war es definitiv schon zu kühl.
Also entschied sie sich für ihre hellblaue Jeans mit den Löchern darin, von der Dad immer sagte, die wäre direkt für den Altkleidersack produziert worden. Er hatte eben keine Ahnung von Mode. Das sagte Sophia auch immer und die musste es ja wissen.
Dazu streifte sich Emilia einen weißen Kapuzenpulli über und schlüpfte in ihre weiß-grauen Turnschuhe.
Ihre Haare wollte sie offen lassen und kämmte sie darum noch einmal gründlich durch.
Um halb sechs rief sie Sophia, die am Flügel saß und ‚Für Elise' spielte, zu: „Ich bin nochmal kurz weg. Handy hab' ich dabei."

„Fährst du zu Olivia?“, wollte Sophia wissen ohne ihr Spiel zu unterbrechen.
„Ja“, log Emilia und zog die Haustür hinter sich zu.
Sie wollte sich gerade auf ihr Mountainbike setzen, als Figaro ihr von einem seiner Streifzüge entgegenkam. Sie streichelte den Kater, der ihr schnurrend um die Beine strich und flüsterte: „Wünsch mir Glück, mein Bester!“ Und dann fuhr sie mit klopfendem Herzen los.
Was, wenn er nicht da wäre? Was, wenn er sie vergessen hätte?
‚Hör auf mit dem Blödsinn‘, schalt sie sich selber in Gedanken und versuchte, sich auf die Strecke zu konzentrieren.
Von weitem konnte sie jetzt schon den weißen Pier erkennen. Das Meer darunter war dunkelblau mit vielen kleinen Schaumkrönchen auf den unzähligen Wellen, die unentwegt gegen die Stützpfeiler des langen Steges klatschten.
Bis zur verabredeten Zeit waren es noch fast zehn Minuten. ‚Sicher ist er sowieso noch gar nicht da‘, überlegte Emilia genau einen Augenblick, bevor sie ihn sah.
Noah stand schon draußen auf dem Pier, stützte sich mit den Unterarmen lässig auf dem weißen Geländer ab und schaute genau in ihre Richtung.
Sollte sie ihm winken? ‚Nein, viel zu uncool‘, fand Emilia und stellte ihr Rad an einer Laterne vor dem Pier ab. Sie hatte es gerade abgeschlossen, da stand Noah auch schon neben ihr.

„Hey!“, begrüßte er sie etwas verlegen, die Hände in den Taschen seiner dunkelblauen Jeans.
Er trug ein schwarzes Shirt und darüber eine sportliche olivgrüne Jacke, die unglaublich gut zu seinen grünen Augen passte. Emilias Herz hörte einen kurzen Augenblick lang auf zu schlagen, als sie ihn so vor sich sah, um dann umso schneller wieder anzufangen.
Zum Glück brachte sie auch irgendwie ein „Hey! Wie geht's?“ zustande und strich sich ein paar braune Haarsträhnen aus dem erhitzten Gesicht.
„Na, jetzt auf jeden Fall gut“, meinte Noah verschmitzt. „Möchtest du vielleicht etwas trinken? Ich würde dich gerne einladen.“
„Ja, danke“, antwortete Emilia höflich.
Also gingen die beiden nebeneinander hinaus auf den Pier und setzten sich an einen der Tische im Außenbereich des ‚Deep Blue Restaurant‘.
Noah bestellte zwei Cola light und als die Kellnerin wieder gegangen war, lächelte er Emilia noch etwas unsicher an.
„Ich hab‘ dich heute gar nicht in der Schule gesehen“, fing diese an zu reden. „Ging es dir nicht gut?“
„Oh, nein! Alles okay“, beeilte sich der Junge. „Mister Scott, unser Lehrer in Technologie hat einen alten Motor aus einer ausrangierten Propellermaschine von der Navy bekommen. Er hat da wohl Verwandtschaft und wurde gefragt, ob er das Teil für seinen Unterricht gebrauchen kann. Da hat er natürlich nicht lange überlegt und heute Morgen haben sie uns den Motor

dann zur Schule gebracht. Wir dürfen ihn Stück für Stück auseinandernehmen, damit wir genau sehen, wie er funktioniert. Das macht echt mehr Spaß, als alles nur in Büchern nachzulesen. Das Schwierigste kommt aber ganz zum Schluss. Mister Scott will, dass wir am Ende alles wieder richtig zusammen bauen. Darum müssen wir jedes Teil und jeden Schritt beim Abbauen dokumentieren, sonst kommt nachher ein Riesentoaster oder so was zustande, wenn wir nicht aufpassen."
„Das hätte bestimmt auch seine Vorteile", lachte Emilia. „Also habt Ihr den ganzen Vormittag im Wissenschaftstrakt zugebracht?", wollte das Mädchen wissen und als Noah nickte hakte es nach: „Möchtest du später so etwas auch mal beruflich machen? Als Ingenieur arbeiten oder so was in der Art?"
„Ja, auf jeden Fall", bestätigte der Junge ihre Vermutung. „Nach den A-Levels würde ich gerne ein technisches Studium anfangen. Mal sehen, vielleicht auch irgendwas Duales bei der Navy."
Und dann erzählte Noah, dass sein Vater ebenfalls bei der Navy arbeitete. Früher war er Pilot gewesen, doch seine Augen wurden vor einigen Jahren immer schlechter, sodass er nicht mehr fliegen durfte. Darum bildete er nun selbst die angehenden Navy-Piloten aus. Noahs Mom war froh darüber, denn nun musste sie sich nicht mehr so viele Sorgen machen, wenn ihr Mann zu Auslandseinsätzen abkommandiert wurde und außerdem hatte er jetzt viel geregeltere Arbeitszeiten und war am Wochenende meistens zu Hause.

Emilia erfuhr auch, dass sein Vater und der von Jake damals zusammen die Ausbildung bei der Navy begonnen hatten und seitdem gute Freunde waren. Dadurch waren auch Noah und Jake von klein auf zusammen gewesen und inzwischen fast so etwas wie Brüder, zumal beide Jungs ohne Geschwister aufgewachsen waren.
Doch Noah erzählte natürlich nicht nur von sich.
Er interessierte sich ebenso für Emilias Familie und fragte sie besonders über Figaro aus, da er selbst schon immer gerne ein Haustier gehabt hätte, seine Eltern es aber nie erlaubt hatten.
So saßen sie beieinander und erzählten sich gegenseitig alles, was ihnen in den Sinn kam und was sie übereinander wissen wollten.
Die Zeit verging und Emilia fiel plötzlich ein, dass sie ja noch gar nicht gefragt hatte, was da überhaupt zwischen Noah und Jessica gelaufen war.
Sollte sie die Sache einfach auf sich beruhen lassen? Hinterher machte sie die gute Stimmung zwischen ihnen noch kaputt. Das aber wollte Emilia auf gar keinen Fall, sie fühlte sich einfach viel zu wohl in Noahs Gegenwart. Doch auf der anderen Seite, würde diese dumme Jessica-Geschichte sonst immer zwischen ihnen stehen und am Ende bekam sie noch genauso blöde Hirngespinste wie ihre Schwester wegen Kevin.
Also fasste sich das Mädchen ein Herz und als Noah gerade einen Schluck von seiner zweiten Cola genommen hatte, holte sie tief Luft und fing etwas

zögerlich an: „Also, was ich dich die ganze Zeit schon fragen wollte: Hast du überhaupt eine Ahnung, warum Jessica diese Lügen über dich erzählt hat? Ich meine, wollte sie sich damit vielleicht rächen, oder so?"
Noahs Gesichtszüge wurden bei dieser Frage plötzlich ernst und das Lächeln um seine Mundwinkel verschwand.
Er stellte sein Glas auf den Tisch und drehte es eine Weile schweigend von links nach rechts, bevor er anfing zu erzählen: „Es war irgendwann am Ende der Sommerferien. Meine Mutter spielt einmal in der Woche Tennis mit ein paar Freundinnen drüben beim Canoe Lake und an diesem Tag hatte sie vergessen, ihr Handtuch für die Dusche einzustecken. Beim Anziehen ihrer Tennisschuhe hat sie es gemerkt und mich dann angerufen und gebeten, es ihr vorbeizubringen, damit sie nicht wieder zurückfahren müsste und pünktlich mit den anderen ihre Tennisstunde beginnen könnte. Natürlich habe ich mich direkt auf mein Rad geschwungen und mich auf den Weg zum Tennis-Club gemacht. Die Ladies duschen nach der Stunde immer und setzen sich anschließend noch bei einer Tasse Tee zusammen, um den neuesten Klatsch und Tratsch auszutauschen. Naja, also, was soll ich sagen? Als ich dann dort angekommen war, kam Jessica mir entgegen. Ihre Tennisstunde war wohl gerade zu Ende und so sind wir uns zufällig über den Weg gelaufen."
Emilia sah vor ihrem inneren Auge eine sonnengebräunte Jessica im Designer-Tenniskleidchen mit

leicht geröteten Wangen, die gold-blonden Locken zu einem sportlichen Pferdeschwanz zusammengehalten und spürte, wie Übelkeit in ihr aufstieg. Keine Frage: Jessica musste in dem Moment einfach umwerfend ausgesehen haben.
„Wir sind dann halt so ins Gespräch gekommen“, fuhr Noah fort und schaute dabei weiterhin konzentriert auf seine Hände. „Sie hat mich gefragt, was ich hier mache und was ich in den Ferien noch so vor habe und ich dachte mir: Okay, die ist ja eigentlich ganz nett. Gar nicht so eingebildet, wie immer alle sagen. Und als sie mich dann gefragt hat, ob ich noch einen Moment auf sie warten würde, bis sie geduscht hätte, weil sie gerne einen Eistee mit mir trinken gehen würde, da habe ich ja gesagt.“
An dieser Stelle schaute Noah das erste Mal auf und direkt in Emilias Augen, so als versuchte er zu ergründen, was diese über die Geschichte bisher dachte. Er wirkte dabei eigenartig verlegen, fast so wie ein Kind, das aus dem Bonbonglas genascht hatte, obwohl es genau wusste, dass das verboten war.
Aber Emilias Gesichtsausdruck verriet nichts über den Tsunami der gerade in ihr wütete. Sie schaute scheinbar ruhig und gelassen der orange-roten Sonne zu, die langsam im Meer zu versinken schien, was Noah ermutigte, weiter zu erzählen: „Also, wie gesagt, wir haben uns eigentlich ganz gut unterhalten und nach einer Stunde oder zwei, als ich dann wieder nach Hause musste, da hat sie mich gefragt, ob wir uns nicht für den

nächsten Tag wieder verabreden wollten, weil sie ohne mich vor Langeweile sterben müsste."
Bei diesem Satz schaute Emilia ihr Gegenüber nun doch etwas Stirn runzelnd an.
„Weil sie sonst vor Langeweile sterben müsste?", wiederholte das Mädchen ungläubig. Auf die Idee, so etwas zu sagen, musste man auch erst einmal kommen.
„Ja, so hat sie sich ausgedrückt", bestätigte Noah. „Naja, und da habe ich mich irgendwie geschmeichelt gefühlt." Der Junge schaute abermals auf seine Hände und fuhr etwas leiser fort: „Es war das erste Mal, dass sich ein Mädchen so offensichtlich für mich interessiert hat. Und dann auch noch eines, das nicht gerade hässlich ist..."
Emilia seufzte innerlich und konnte Noah doch irgendwie sogar verstehen, auch wenn sie ihn am liebsten geohrfeigt hätte für seine Dummheit. Jessica hatte ihm Honig um den Mund geschmiert und mühelos um den kleinen Finger gewickelt.
So machte sie es immer, wenn sie etwas wollte – oder jemanden.
Noah nahm einen langen Schluck aus seinem Glas und sprach dann ruhig weiter: „Nun, du kannst dir ja denken, dass wir uns danach noch ein paar Mal getroffen haben. Wir sind durch Gunwarf geschlendert und ins Kino gegangen.
Aber irgendwann habe ich gemerkt, dass sie sich im Grunde doch gar nicht so für mich interessiert. Schon bei unserem zweiten Treffen ging es eigentlich nur noch um ihr neues Handy, ihren Urlaub an der Côte d'Azur

und dass sie sich zum Geburtstag Ohrringe und eine Kette von Swarowski wünscht."
‚Am Ende kann halt keiner leugnen, wer er wirklich ist', dachte Emilia bei sich und war gespannt zu hören, wie es weiterging.
„Als wir dann im Kino saßen, so nah nebeneinander in dem schummrigen Licht, da wollte sie mich dann irgendwann küssen", erzählte Noah. „Ich weiß auch nicht, jeder andere wäre wahrscheinlich hin und weg gewesen. Aber genau in dem Moment wusste ich, dass ich das nicht wollte. Trotzdem habe ihren Kuss kurz erwidert, sonst wäre die Situation furchtbar peinlich geworden und außerdem wollte ich ihr irgendwie nicht wehtun."
Also stimmte es doch, was Jessica am ersten Schultag ihren Freundinnen so triumphierend erzählt hatte. Noah und Jessica hatten sich wirklich geküsst.
Emilia wurde schon wieder flau im Magen und sie versuchte vergeblich, dieses Bild der beiden im dunklen Kino aus ihrem Kopf zu vertreiben.
„Ich habe sie dann noch nach Hause gebracht, weil ich dachte, dass sich das einfach so gehört", erklärte der Junge und fuhr sich mit seiner Hand durch das dichte blonde Haar.
„Am nächsten Tag war ja dann auch schon wieder Schule. Und ich habe die halbe Nacht nicht geschlafen, weil ich mir Gedanken darüber gemacht habe, wie ich Jessica am besten sagen könnte, dass wir uns demnächst besser nicht mehr verabreden sollten. Ich wollte es ihr

irgendwie schonend beibringen, sodass sie nicht allzu verletzt ist. Aber ich schätze, das geht in so einem Fall überhaupt nicht."

Da hatte Noah wohl Recht. Und wie sie alle wussten, musste Jessica ziemlich wütend und enttäuscht darüber gewesen sein, dass Noah sie, ausgerechnet sie, hatte abblitzen lassen.

„Jedenfalls hat sie mich dann irgendwann nach eurer Infoveranstaltung angetextet, ob sie auf mich warten soll, damit wir noch was zusammen unternehmen", fuhr Noah fort. „Und ich hab ihr dann einfach zurückgeschrieben, dass das nicht nötig wäre. Dann hat sie mich sofort wieder angeschrieben und gefragt, wie sie das jetzt zu verstehen hätte und ich habe ihr geantwortet, dass es wohl besser wäre, jeder von uns ginge wieder seiner eigenen Wege, weil es halt einfach nicht so passt."

Emilia sog die Luft hörbar ein und schaute den Jungen, der ihr mit ernster Miene gegenüber saß, mit großen Augen an.

Das war bestimmt das allererste Mal in Jessicas Leben, dass jemand ihr einen solchen Dämpfer versetzt hatte. Aber trotzdem fand sie: „Per Handy mit jemandem Schluss zu machen, ist natürlich schon eine ziemlich unschöne Nummer."

„Ja, du hast Recht", bestätigte Noah Emilias Meinung. „Aber es hatte sich dummerweise einfach so ergeben. Ich hatte absolut nicht das Bedürfnis, mich noch einmal mit ihr zu treffen. Und im Grunde genommen waren wir ja auch noch gar nicht richtig zusammen."

„Hm...“, machte Emilia gerade, als ihr Handy klingelte. Sie kramte es aus ihrer Hosentasche hervor und schaute auf das Display. Es war Sofia, die sie anrief.
„Hey, Soso“, begann sie das Gespräch gänzlich unbekümmert und zuckte zusammen, als sie die aufgebrachte Stimme ihrer Schwester hörte: „Hast du mal auf die Uhr geschaut, Emilia? Ich habe dir schon ein Dutzend Nachrichten geschrieben. Es ist fast stockdunkel und ich sitze zu Hause und mache mir Sorgen um dich. So geht das nicht!“
„Oh, tut mir echt Leid, Sofia! Ich habe die Zeit irgendwie ganz vergessen“, gab Emilia kleinlaut zu. „Ich mach mich dann jetzt gleich auf den Weg.“
„In Ordnung“, kam die Stimme wieder durchs Handy. „Und dann reden wir nochmal.“
Emilia seufzte und Noah schaute sie etwas sorgenvoll an: „War das deine Schwester? Die klang aber ganz schön sauer.“
„Ja, eigentlich ist sie wirklich in Ordnung, aber manchmal auch schlimmer als meine Mutter“, erklärte Emilia und lächelte Noah entschuldigend an. „Auf jeden Fall sollte ich wohl jetzt besser nach Hause radeln, bevor sie nachher noch explodiert.“
„Ja, klar“, beeilte sich Noah. „Das verstehe ich, obwohl ich es auch sehr schade finde, weil... Also, weil ich den Abend mit dir wirklich schön fand.“
Noah bezahlte die Getränke und sie gingen gemeinsam den Pier entlang zu ihren Fahrrädern. Es war wirklich schon dunkel, aber die Promenade wurde durch

unzählige Laternen in ein milchiges Licht getaucht. Vorhin, im Windschatten des Restaurants, hatte Emilia gar nicht bemerkt, wie kühl es geworden war.
Doch nun streifte sie der Nachtwind und sie musste unwillkürlich frösteln.
Noah war dies offensichtlich nicht entgangen, denn er zog sofort seine Jacke aus und legte sie Emilia behutsam um die Schultern. Sie spürte seinen Arm auf ihrem Rücken und fast zeitgleich ein wohliges Kribbeln in ihrem Bauch.
Trotzdem protestierte sie: „Oh, nein! Kommt gar nicht in Frage! Du hast ja jetzt nur noch ein T-Shirt an, das ist doch viel zu kalt. Und dann bin ich schuld, wenn du dich erkältest."
„Keine Sorge, ich friere nicht so schnell", beruhigte Noah das Mädchen und fügte augenzwinkernd hinzu: „Außerdem habe ich jetzt einen Grund, dich wieder zu sehen. Du musst mir ja schließlich meine Jacke vorbei bringen."
Emilia wusste zum ersten Mal nicht, was sie sagen sollte. In ihrem Kopf schlugen die Gedanken Purzelbaum: ‚Er will mich also wirklich wiedersehen. Eigentlich war ja auch zwischen ihm und Jessica gar nichts Richtiges. Er will sich tatsächlich nochmal mit mir verabreden. War das da gerade so etwas wie eine Umarmung? Das könnte er glatt nochmal machen...'
„Also, hast du denn morgen schon was vor?", wollte Noah wissen und sah das Mädchen erwartungsvoll an.
„Leider ja", antwortete Emilia und ärgerte sich wieder

einmal, dass sie Lauren versprochen hatte, zu diesem blöden Fußball-Match zu gehen.
„Oh!“, machte Noah nur und konnte seine Enttäuschung kaum verbergen.
Darum beeilte sich Emilia vorzuschlagen: „Aber Sonntag ginge bei mir. Passt dir das auch?“
Noahs Miene hellte sich schlagartig wieder auf und im Schein des Laternenlichts konnte Emilia ein Funkeln in seinen Augen erkennen. ‚Wie grün sie sind‘, schoss es ihr dabei durch den Kopf.
„Sonntag passt auch“, nickte der Junge erfreut. „Hättest du Lust auf Adventure Golf? Sagen wir so um drei?“
„Na, klar!“, erwiderte Emilia. „Da sind wir früher oft mit Mom und Dad hingegangen als wir noch kleiner waren. Aber ich war schon lange nicht mehr dort. Das ist eine gute Idee. Also dann, Sonntag um drei.“
Emilia machte Anstalten, sich auf ihr Rad zu setzen und auch Noah schwang sich auf sein weißes Mountainbike, hielt sich aber noch einen Moment lang am Laternenpfahl fest.
„Gut, also, bist du sicher, dass ich dich nicht lieber noch bis nach Hause begleiten soll?“, fragte er fürsorglich.
„Nein, nein, ist ja alles beleuchtet“, wehrte Emilia ab, obwohl sie Noahs Gegenwart eigentlich gerne noch ein bisschen länger genossen hätte. Aber sie wollte auch auf gar keinen Fall den Anschein eines kleinen, ängstlichen Mädchens erwecken. Denn das war sie ganz sicher nicht. Also sagte sie noch etwas steif: „Komm gut nach Hause! Ich freu mich auf Sonntag!“

Und dann radelte sie auch schon los.
„Ich freu mich auch!“, rief Noah ihr hinterher. „Und träum was Schönes!“
Er schaute ihr noch eine Weile hinterher und sagte dann leise zu sich selbst: „Am besten von mir.“
Als er sie schließlich nicht mehr auf der Uferpromenade erkennen konnte, fuhr auch Noah endlich nach Hause.

Jake

Sofia erwartete ihre jüngere Schwester bereits an der offenen Haustür. „Mach sowas nie wieder mit mir!“, war das erste, was Emilia zu hören bekam.
Doch dann stutzte die aufgebrachte, junge Frau, als ihre jüngere Schwester das Haus betrat und sie diese bei Licht betrachten konnte.
„Was ist denn das für eine Jacke?“, fragte Sofia neugierig. „Deine ist es jedenfalls nicht. Die ist ja mindestens zwei Nummern zu groß.“
Emilia seufzte. Offensichtlich war jetzt der Moment, in dem sie ihrer Schwester von Noah erzählen sollte.
Und das tat sie dann auch. Ohne seine Jacke auszuziehen, ging sie hinüber zur Küche und setzte sich an den langen Esstisch. Sofia folgte ihr. Sie war nun gar nicht mehr verärgert, sondern einfach nur gespannt darauf, zu erfahren, was Emilia ihr erzählen würde.
Und so wie sie nur zwei Tage zuvor der kleinen Schwester ihr Herz ausgeschüttet hatte, tat diese es jetzt umgekehrt bei ihr.
Sofia war eine gute Zuhörerin, stellte nur hin und wieder eine kurze Frage und staunte nicht schlecht darüber, was für Dramen sich wieder einmal am College abspielten.
Am Ende war Emilia froh, dass alles heraus war und sie nun keine Geheimnisse mehr vor ihrer Schwester hatte.
„Nimm dich vor dieser Jessica in Acht!“, riet diese ihr zum Schluss noch.

„Ich kenne diesen Typ Mädchen nur zu gut aus meiner eigenen Schulzeit. ‚Verlieren' gehört nicht zu ihrem Wortschatz. Wenn das wirklich was Ernstes werden sollte zwischen dir und Noah, dann warte erst noch ein Weilchen, bis Gras über ihre hässliche erfundene Geschichte gewachsen ist, bevor du den Mädels von deinem neuen Freund erzählst, sonst kann dir diese Zicke das Leben zur Hölle machen."
„Keine Sorge, ich pass schon auf!", versprach Emilia. Dann ging sie zu Sofia, gab ihr einen schwesterlichen Kuss auf die Wange und sagte gähnend: „Ich bin froh, dass du meine Schwester bist. Und jetzt bin ich müde und gehe ins Bett."
„Schlaf gut, meine Kleine!", erwiderte Sofia mütterlich und ergänzte noch grinsend: „Aber vergiss bei aller Verliebtheit nicht, dass du morgen dran bist mit Katzenklo saubermachen."
Emilia zeigte ihr im Weggehen noch den erhobenen Daumen, bevor sie in ihr Zimmer abbog und das erste Mal in ihrem Leben in Pyjama und Jacke einschlief.
Obwohl sie erst nach Mitternacht eingeschlafen war, wachte Emilia am nächsten Morgen bereits recht früh wieder auf. Draußen dämmerte es noch und die Tür zu Sofias Zimmer war verschlossen.
Heute Abend war sie mit Kevin bei ‚Zizzi' in Gunwarf zum Essen verabredet. Vielleicht wollte sie da jetzt lieber noch ein bisschen Schönheitsschlaf holen.
Doch Emilia machte sich wegen dieses Dates überhaupt keine Sorgen. Sie lächelte bei dem Gedanken an ihre

Schwester, die Kevin bei leckerem italienischen Essen und Kerzenschein aufmerksam zuhören würde, während sie sich dabei verträumt eine blonde Locke um ihren Zeigefinger wickeln würde.
Für Emilia war es eine glasklare Sache, dass das Happy End bei dieser Geschichte mit großen Schritten im Anmarsch war.
Gutgelaunt machte sie Figaro das Frühstück fertig und säuberte wie verabredet die Katzentoilette, bevor sie mit zwei Honigtoasts und einer großen Tasse Tee in ihr Zimmer zurückging und entschlossen ihr Französischbuch zur Hand nahm. Bis zur nächsten Stunde bei Madame Dupont musste sie unbedingt alle Vokabeln im Schlaf herunterbeten können. Ansonsten hätte die Französischlehrerin sie bestimmt bis zu den A-Levels auf dem Kieker und das wollte das Mädchen unbedingt vermeiden.
Doch vorher warf Emilia noch einen kurzen Blick auf ihr Handy und stellte fest, dass sie heute Morgen nicht als einzige so früh auf den Beinen war. Das Display zeigte drei neue Nachrichten an. Lauren hatte geschrieben, dass sie sich besser schon um viertel nach vier am Nachmittag treffen sollten, um gute Plätze zu ergattern und dass Jordan ihr gestern schon die beiden Freitickets mitgebracht hätte. Emilia antwortete ihr kurz, dass sie auf jeden Fall pünktlich am Stadion sein würde und dass sie sich schon auf das spannende Spiel freute. Olivia hatte ihr eine Sprachnachricht geschickt, in der sie sich darüber beschwerte, dass Emilia ihr noch keinen

‚Date-mit-Noah-Bericht' geliefert hätte und erwartete diesen ausführlich noch am selben Tag. Allerdings müsste sie jetzt ein Referat in Psychologie vorbereiten und wäre bis zum Mittag in Büchern versunken.
Emilia tippte ihr schmunzelnd eine Antwort ins Smartphone: ‚Falls ich dich zwischen Bettelheim, Jung und Freud wieder herausziehen muss, sag Bescheid. Du kannst mich ja heute Mittag mal anrufen ☺'
Die dritte Nachricht war von Noah und Emilia las sie mit klopfendem Herzen: ‚Hey, bist Du gestern gut nach Hause gekommen? Hoffe, Deine Schwester war nicht allzu sauer! :O Freu mich auf morgen! Bd Noah'
Emilia antwortete mit rosigen Wangen und bemerkte dabei gar nicht den schwarzen Kater, der sich auf leisen Pfoten in ihr Zimmer geschlichen hatte und es sich jetzt auf ihrem Bett bequem machte.
‚Halb so schlimm', schrieb sie zurück. ‚Ich lebe noch und freue mich auch auf morgen! Deine Jacke hält übrigens schön warm, aber Du bist gestern bestimmt als Eiszapfen zu Hause angekommen?! :O LG Emilia mit schlechtem Gewissen'.
Die Antwort kam so prompt, dass das Mädchen kurz zusammenzuckte, als ihr Smartphone in der Hand vibrierte.
‚Alles gut! Habe mir warme Gedanken gemacht! ;)' las Emilia und überlegte, wie das jetzt wohl gemeint sein könnte.
Sie schaute zu ihrem Bett hinüber, auf das sie vorhin Noahs Jacke gelegt hatte, als sie schnell in Jeans und

Pulli geschlüpft war, und war im ersten Moment entsetzt über den Anblick, der sich ihr bot: Figaro lag bequem mitten auf der Jacke.
Er hatte sich behaglich ausgestreckt und blinzelte das Mädchen mit nur einem Auge verschlafen an, als er ihre Blicke auf sich spürte.
Zuerst wollte Emilia das dreiste Tier hinunter scheuchen, aber dann kam ihr plötzlich eine bessere Idee. Sie machte ein Handyfoto von diesem Stillleben und schickte es Noah mit der Bemerkung ‚Hier macht sich gerade noch einer warme Gedanken! ☺‘.
Wieder ließ Noahs Antwort nicht lange auf sich warten: ‚Dein Kater ist mir sehr sympathisch! ;) Vielleicht lerne ich ihn ja irgendwann mal persönlich kennen? Jake ist gerade gekommen, wir gehen jetzt ein bisschen laufen. See you soon!‘
Emilia antwortete mit einem lächelnden Smiley und legte ihr Handy dann beiseite, um sich mit einem tiefen Seufzer nun endlich den französischen Vokabeln zu widmen.
Am Nachmittag brachte Sofia ihre Schwester zur verabredeten Zeit zum Stadion und fuhr dann direkt weiter zu Kevin. Die beiden wollten einen der letzten sonnigen Nachmittage des beginnenden Herbstes nutzen und einen ausgiebigen Spaziergang am Meer machen, bevor sie später zum Essen gehen würden.
Sofia trug eine enge schwarze Jeans, eine samtblaue Seidenbluse und darüber ihren eisblauen Wollmantel, den sie in einem Second Hand-Laden in New York

günstig ergattert hatte und der ihre blauen Augen ganz wunderbar zur Geltung brachte. Ihre schwarzen Stiefel waren chic aber trotzdem bequem genug, um eine Weile darin laufen zu können,
Emilia kam sich in ihren Bluejeans, dem grauen Hoodie und der weinroten Steppweste dagegen fast schäbig vor. Aber schließlich ging sie ja auch nur zu einem Fußballspiel und nicht zum Date ihres Lebens.
Vor dem Stadion war schon richtig was los und Emilia brauchte eine Weile, bis sie Lauren entdeckte, die zwischen all den Fußballfans winkend auf sie zukam. Die Mädchen umarmten sich zur Begrüßung und es dauerte nicht lange, da schwappte die Aufgeregtheit der vielen Menschen und Laurens gute Laune auch auf Emilia über.
Im Grunde war es doch wirklich schön, heute hier zu sein, überlegte das Mädchen mit dem dunklen Pferdeschwanz.
Außerdem dauerte dadurch die Vorfreude auf das nächste Wiedersehen mit Noah ein kleines bisschen länger an.
„Sieh mal! Südtribüne“, verkündete Lauren stolz und wedelte mit den Tickets in ihrer Hand.
„Super!“, fand auch Emilia und ließ sich mit der Masse ins Stadion treiben.
Die Spieler waren schon auf dem Platz und machten sich warm.
„Da ist Jordan“, rief Lauren erfreut, nachdem sie zwei freie Plätze gefunden hatten und zeigte auf einen

gutaussehenden Pompey-Spieler im blau-weißen Trikot.
„Er sieht nett aus, soweit man das von hier oben beurteilen kann“, meinte Emilia und Lauren stimmte ihr umgehend zu: „Ja, das ist er auch!“ und dabei schaute sie ganz verliebt in Richtung Spielfeld.
Plötzlich ließ sich jemand ziemlich unsanft auf den noch freien Sitz neben Emilia plumpsen und rempelte diese dabei auch noch rücksichtslos an. Das Mädchen drehte sich zu dem Rüpel um und staunte nicht schlecht, als es in ein wohl bekanntes Gesicht schaute: Es war Jake, der sie schelmisch angrinste und ihr eine große Tüte Popcorn hinhielt.
„So sieht man sich wieder, Prinzessin“, sagte der Junge gutgelaunt. „Popcorn?“
„Nein Danke“, erwiderte Emilia artig. „Bist du ganz allein hier?“
„Zuerst schon“, antwortete Jake. „Aber das Schicksal hat es ja gut mit mir gemeint, sodass ich das Spiel nun in netter Gesellschaft anschauen kann. Und du?“
„Ich bin mit meiner Freundin Lauren hier“. Emilia deutete auf das Mädchen, welches den Blick noch immer konzentriert auf das Spielfeld gerichtet hatte. „Ihr Freund spielt beim FC, die Nummer zehn.“
„Ah, verstehe“, meinte Jake. „Mein Cousin ist die Nummer eins, der große Junge dort drüben im Tor.“
„Cool“, sagte Emilia. „Und du bist hier, um ihn anzufeuern?“
„Na, klar“, bestätigte Jake ihre Vermutung und steckte sich etwas Popcorn in den Mund. „Wir verstehen uns

ziemlich gut und hin und wieder schaue ich mir mal ein Spiel an. Ist immer eine Bombenstimmung hier, besonders, wenn es gegen Southampton geht."
„Ja, ist richtig was los", fand auch das Mädchen und griff nun doch in die große Papiertüte, um sich ebenfalls etwas Popcorn zu gönnen.
Jake lächelte sichtlich zufrieden und bot auch Lauren etwas an, nachdem Emilia ihr zu verstehen gegeben hatte, dass sie nun quasi zu dritt waren.
Das Spiel wurde angepfiffen und das Stadion glich einem Hexenkessel. Die Spieler kämpften um jeden Ball und schenkten der anderen Mannschaft nicht einen Zentimeter in der eigenen Hälfte.
Als es einem der Saints, wie die Spieler vom FC Southampton auch genannt wurden, doch gelang, die gegnerische Abwehr zu durchbrechen und auf das Tor der Pompeys zu schießen, hielt Jakes Cousin den Ball mit einem Hechtsprung in die linke Ecke.
Jubel brandete auf und die Fans stimmten sofort in freudige Gesänge ein: „Tom Merton ist die Nummer eins, die Nummer eins, die Nummer eins! Tom Merton ist ein Held!"
Auch Jake war aufgesprungen und hatte seine Arme dabei jubelnd nach oben gerissen. Offensichtlich hatte er in dem Moment komplett vergessen, dass er ja immer noch eine recht gut gefüllte Tüte Popcorn in der Hand hielt. Diese leerte sich allerdings nun schlagartig in Form von süßem Popcornregen auf alle, die um den Jungen herum saßen.

Doch natürlich fing niemand an zu schimpfen – im Gegenteil: die Leute lachten nur und klatschten und sangen fröhlich weiter.
Einmal hatte auch Jordan die Chance, ein Tor zu schießen, als ihm ein Tempogegenstoß gegen die rot-weißen Saints gelang. Doch mit den Gegnern auf den Fersen hatte er keine Zeit, sich den Ball vernünftig zurechtzulegen und der Schuss ging über die Latte. Dennoch wurde sein mutiger Versuch mit langem Beifall belohnt und Lauren, die die ganze Zeit über Nägel kauend mitgefiebert hatte, klatschte bestimmt am lautesten.
Am Ende stand es zwei zu eins für Portsmouth und alle Fans in blau und weiß waren sichtlich zufrieden mit diesem Ergebnis.
Die Rotweißen trösteten sich damit, dass es ja auch noch ein Heimspiel in der Rückrunde geben würde und fingen sofort an, über die Gründe der Niederlage zu fachsimpeln.
„Und, hab ich dir zu viel versprochen?“, wollte Lauren von Emilia wissen und lächelte zufrieden.
„Nein, hast du nicht“, antwortete Emilia ehrlich. „Das war wirklich ein tolles Spiel und super, dass unsere Jungs sogar gewonnen haben. Es hat echt Spaß gemacht, zuzuschauen.“
„Ja, das hat es“, stimmte Lauren ihr zu. „Jordan hat gesagt, wenn sie gewinnen, gibt der Trainer anschließend noch einen aus. Dann treffen sie sich immer drüben in der ‚Popworld‘. Die Cocktails sollen da richtig gut sein.

Was meinst du? Hättest du nicht Lust, für eine Stunde oder zwei noch dorthin mit zu gehen? Dein Freund Jake kann ja auch mitkommen?“
„Nein, lieber nicht“, lehnte Emilia den Vorschlag ihrer Freundin ab.
„Ich habe Sofia versprochen, nach dem Spiel direkt nach Hause zu gehen. Sie hat es nicht so gerne, wenn ich alleine im Dunkeln durch die Stadt laufe. Du weißt doch, sie ist jetzt meine gestrenge Oberaufseherin.“
Doch in Wahrheit verspürte das Mädchen auch keine große Lust, sich in einen Raum mit zwanzig oder mehr feiernden, jungen Männern zu begeben, die innerhalb weniger Minuten die erste Flasche Bier geleert haben dürften.
Außerdem würde Lauren sowieso die ganze Zeit über mit Jordan beschäftigt sein, aber das sagte Emilia natürlich nicht laut.
So schoben sie also durch das Gedränge Richtung Ausgang, verabschiedeten sich fröhlich voneinander und Emilia wünschte ihrer Freundin noch einen tollen Abend.
Wie eigenartig es doch war, dass ausgerechnet die schüchterne Lauren jetzt mit ihrem hübschen Fußballer und all den anderen Pompeys feiern ging.
Wenn irgendjemand Emilia vor den Ferien erzählt hätte, dass es dazu kommen würde, das Mädchen hätte es nicht geglaubt. Auf jeden Fall aber schien Lauren sehr glücklich zu sein und Emilia gönnte es ihr von ganzem Herzen.

In der Menschenmenge hatten die beiden Mädchen Jake vorhin aus den Augen verloren. Emilia hätte sich eigentlich gerne noch von ihm verabschiedet. Er war wirklich ein sehr netter Kerl und sie konnte Noah gut verstehen, dass Jake sein bester Freund war.
Emilia kehrte dem Fratton Park Stadion den Rücken zu und machte sich zu Fuß auf den Weg nach Eastney. Wenn sie zügig ging, konnte sie in gut zwanzig Minuten zu Hause sein.
Nach einigen Metern jedoch musste sie sich die Kapuze ihrer roten Weste aufsetzten, denn ausgerechnet jetzt fing es an zu regnen.
Mit gesenktem Kopf und den Händen in den Taschen lief sie zügig weiter, immer so nah wie möglich an den Fassaden der Häuser entlang, um nicht allzu nass zu werden.
Daher bemerkte sie auch den alten grünen Mini zunächst gar nicht, der bereits ein kurzes Stück neben ihr hergefahren war.
Erst, als er vor ihr anhielt und die Scheibe hinuntergekurbelt wurde, hielt Emilia inne.
„Nun, ich denke es ist gut, dass Dad mir für heute Abend nicht sein Cabrio geliehen hat, was?", vernahm das Mädchen die vertraute Stimme von Jake, bevor sich die Beifahrertür neben ihr einladend öffnete. „Taxi gefällig?“
Emilia überlegte nicht lange und setzte sich in das kleine Auto. Dann schaute sie Jake halb erstaunt, halb dankbar an und fragte ihn: „Wie machst du das nur immer?“

„Ich verstehe nicht ganz“, erwiderte der Junge amüsiert.
„Na, dass du immer genau dann um die Ecke kommst, wenn ich offensichtlich ein Transportproblem habe“, erklärte das Mädchen und lachte.
„Wer weiß?“ Jake tat geheimnisvoll. „Vielleicht habe ich ja so eine Art Rittergen in mir.“ Und dann lachte er auch.
Als sie von der Goldsmith Avenue in die Eastney Road abgebogen waren, fragte Jake: „Also, ich habe nach diesem anstrengenden Fußballspiel einen Bärenhunger. Wie sieht's aus? Hättest du auch noch etwas Zeit und Lust, beim ‚Basmati‘ vorbei zu fahren?“ Dabei schaute er Emilia erwartungsvoll von der Seite an.
Das ‚Basmati‘ war ein kleines, ungezwungenes Restaurant und Takeaway, welches bekannt war für sein leckeres aber dennoch günstiges indisches Essen. Hin und wieder hatten die Bennetts dort schon etwas bestellt und nach Hause liefern lassen, wenn niemand Zeit oder Lust zum Kochen hatte, denn die Speisekarte hatte immer für jeden von ihnen etwas zu bieten.
Darum zögerte Emilia auch nicht lange und stimmte Jakes Vorschlag zu, zumal auch ihr Magen allmählich zu knurren begann.
So kam es, dass die beiden wenige Minuten später auf orangen Plastikstühlen an einem kleinen weißen Tisch saßen.
Emilia löffelte genüsslich ihr vegetarisches Curry, während Jake sich für ein Gericht mit gebratenem Hühnchen und Reis entschieden hatte.

„Stimmt es eigentlich, dass deine Mutter Italienerin ist?“, fragte der Junge irgendwann scheinbar beiläufig und trank einen großen Schluck von seinem Bitter Lemon.
„Ja, stimmt. Woher weißt du das?“, wollte Emilia wissen. Doch Jake erwiderte nur achselzuckend: „Keine Ahnung. Hab's wohl irgendwann mal von jemandem gehört.“
Also erklärte Emilia: „Meine Mom war früher Konzertpianistin in Rom. Da haben sich meine Eltern auch kennen gelernt. Naja, und irgendwann ist sie dann zu meinem Dad nach London gezogen und nun sind wir hier gelandet.“
„Cool“, fand Jake. „Und kannst du das auch? Also, das mit dem Klavierspielen, meine ich?“
„Oh, nein“, wehrte Emilia ab. „Ich habe zwar eine Zeit lang Unterricht bekommen, aber leider habe ich nicht das musikalische Talent meiner Mutter geerbt. Das ist wohl komplett bei Sofia gelandet. Also habe ich nach ein paar Jahren aufgehört. Und ich glaube, meine Klavierlehrerin war darüber genauso erleichtert wie ich.“
Jake schmunzelte und steckte sich ein Stück Hähnchen in den Mund, bevor Emilia ihn fragen konnte: „Und wie sieht es bei dir aus, von wem hast du das Rittergen geerbt?“
Da wurde der Junge plötzlich ernst und sah zunächst eine Weile schweigend aus dem Fenster, bevor er antwortete: „Weißt du, mein Dad ist Pilot bei der Navy und manchmal muss er dann auch zu Einsätzen in anderen Ländern – in Kriegsgebiete.“

Er schaute weiter hinaus in den Regen, als sähe er dort draußen die Soldaten im Krieg und vielleicht auch seinen Vater.
Darum bemerkte er auch Emilias stummes Nicken nicht, die sich daran erinnerte, dass Noah ihr von seinem Vater und dem von Jake erzählt hatte.
„Es ist schon über zehn Jahre her, da wurde mein Dad in den Irak abkommandiert. Die Engländer haben ja damals die Amerikaner im Golfkrieg unterstützt. Naja, jedenfalls wurde eines Tages seine Basis bombardiert, während er und ein paar andere Piloten mit ihren Eurofightern auf einem Kontrollflug waren. Er hat mir erzählt, dass er bis heute nicht weiß, warum er das getan hat. Aber plötzlich hatte er das Gefühl, dass er sofort umdrehen und zur Basis zurückfliegen müsste. Es war wohl so etwas, wie eine Eingebung. Und weil er schon damals einer der erfahrensten Piloten war, folgten die anderem ihm und kamen in dem Moment beim Camp an, als die Bombardierung durch den Feind gerade begonnen hatte. Natürlich erwiderten sie das Feuer, sobald sie in Reichweite waren und konnten dadurch Schlimmeres verhindern. Trotzdem gab es damals viele Verwundete, aber zum Glück ist niemand gestorben."
„Das ist schrecklich und trotzdem wie ein Wunder", sagte Emilia leise.
„Ja, das ist es wohl", bestätigte Jake. „Auf jeden Fall wurde mein Dad dadurch zu so einer Art Held.
Jeder kannte damals seinen Namen. Also, so viel zu der Sache mit dem Rittergen."

„Willst du das später auch machen?“, wollte Emilia wissen. „Zur Navy gehen und Marinepilot werden so wie dein Vater – oder zur Royal Air Force?“
„Ja, das war schon immer mein Traum. Als kleiner Junge habe ich mir oft die Uniform von meinem Dad angezogen. Natürlich war sie viel zu groß, aber ich fühlte mich damit immer, als wäre ich etwas Besonderes, als wäre ich unbesiegbar. Und ich glaube, inzwischen könnte sie mir wirklich passen“, überlegte Jake und lächelte Emilia nun wieder an.
„Hast du denn keine Angst, dass du eines Tages auch mal zu so einem gefährlichen Einsatz musst“, wollte Emilia wissen. „Ich meine, man begibt sich da doch ständig in Lebensgefahr, oder nicht?“
„Oha, macht sich da etwa jemand Sorgen um den guten, alten Jakob?“, neckte der Junge, nun wieder so gut gelaunt wie zuvor.
„Naja, lebendig bist du mir auf jeden Fall lieber als tot, soviel steht fest“, meinte Emilia sachlich, grinste ihr Gegenüber dann aber doch an.
„Na klar“, lachte Jake. „Kommt ja sonst auch keiner mehr, um dich aus misslichen Lagen zu befreien.“
„Blödmann“, schimpfte Emilia und musste dann aber doch mitlachen.
Nachdem sie alles restlos aufgegessen hatten, bestand Emilia darauf, Jake einzuladen. Schließlich wollte sie sich endlich einmal für die freundlichen Mitfahrgelegenheiten revanchieren. Jake war das zwar überhaupt nicht recht, doch er wollte sich im Beisein

des Kellners auch nicht mit Emilia streiten und gab schließlich seufzend nach.
Als der Mini wenig später in Driftwood Gardens ankam und vor dem Haus der Bennetts hielt, versuchte Jake möglichst beiläufig zu klingen, als er Emilia fragte: „So, da wären wir also. Ein schönes Haus habt ihr. Und, ähm, was machst du morgen so?"
Emilia schaute den Jungen, der sich scheinbar interessiert den Vorgarten ansah, forschend von der Seite an.
Worauf wollte Jake hinaus? Wollte er sich etwa mit ihr verabreden? Irgendwie lief das hier gerade in eine völlig falsche Richtung.
Sie mochte den gutaussehenden Jungen wirklich sehr. Und sie hatte sich insgeheim gewünscht, dass sie beide eines Tages genauso gute Freunde sein könnten wie er und Noah.
Bisher waren ihre Begegnungen immer zufällig gewesen. Und auch wenn es jedes Mal nett und lustig mit Jake gewesen war, Emilia konnte sich nicht vorstellen, sich zu einem echten Date mit ihm zu verabreden. Denn der einzige, der ihr wirklich etwas bedeutete und der ihr Herz schneller schlagen ließ, war nun einmal Noah.
Doch um Jake nicht zu verletzen, entschied sich das Mädchen für eine Notlüge: „Oh, also, morgen früh muss ich erst noch ein bisschen was für die Schule erledigen und Sofia und ich haben uns zum Hausputz verabredet. Und, ähm, am Nachmittag treffe ich mich mit Olivia."
Der erste Teil dieser Aussage stimmte zumindest.

Und um von ihren eigenen Plänen für den Sonntag abzulenken, fragte Emilia schnell noch: „Was hast du denn noch vor?"
Jake versuchte, seine Enttäuschung so gut es ging zu verbergen und antwortete beinahe fröhlich: „Oh, keine Ahnung. Auf jeden Fall treffe ich mich morgen Vormittag mit Noah im Gym. Und dann mal sehen, was der Tag noch so bringt."
„Gut. Also, dann danke für's nach Hause bringen", bedankte sich Emilia artig und stieg aus dem Wagen. Es hatte aufgehört zu regnen und die ersten Sterne funkelten schon zwischen den Wolken hindurch am dunkelblauen Nachthimmel.
„Wir sehen uns dann am Montag in der Schule. Schlaf gut, Prinzessin", sagte Jake noch, bevor Emilia die Beifahrertür schließen konnte.
Sie winkte dem davonfahrenden, kleinen Auto kurz hinterher und kramte dann nach ihrem Schlüssel, um die Haustür aufzuschließen.
Sofia war natürlich noch nicht wieder zu Hause und im ganzen Haus war es stockdunkel, sodass Emilia erst einmal das Licht anmachte. Schon im Flur kam ihr ein laut maunzender Figaro entgegen, der energisch sein Abendessen einforderte.
Emilia gab ihm eine extra große Portion Futter auf seinen Katzenteller als Wiedergutmachung für die lange Wartezeit und schaute dem schwarzen Kater gedankenverloren dabei zu, wie er genüsslich seine Thunfischpastete verspeiste.

‚Hoffentlich erzählt Noah Jake morgen früh nicht, dass wir beide am Nachmittag verabredet sind', überlegte Emilia und kaute dabei auf ihrer Unterlippe, ohne es zu merken. Es wäre ihr absolut peinlich, wenn Jake merken würde, dass sie ihn angeschwindelt hatte. Sie mochte ihn wirklich, aber mögen war eben nicht dasselbe wie verliebt sein.
Vielleicht sollte sie Noah morgen von ihrem Treffen mit Jake erzählen und auch, dass sie nicht ganz die Wahrheit gesagt hatte? Ja, das wollte sie auf jeden Fall machen, schon allein deshalb, um Missverständnissen vorzubeugen.
Während Emilia noch so vor sich hin grübelte, machte ihr Handy plötzlich sein altbekanntes ‚Pling' und riss das Mädchen jäh aus seinen Gedanken.
Leider war es keine Nachricht von Noah, wie Emilia zuerst gehofft hatte, sondern von Sofia, die wissen wollte, ob es für ihre Schwester in Ordnung wäre, wenn sie über Nacht bei Kevin bleiben würde. Hinter diese Frage hatte Sofia einen verlegenen Smiley mit roten Bäckchen eingefügt.
Emilia seufzte. Zumindest ihre Schwester schien ihr Liebesleben wieder im Griff zu haben. Und obwohl es ihr schon ein wenig unheimlich war bei dem Gedanken, die ganze Nacht über alleine in dem großen Haus zu sein, antwortete sie:
‚Alles paletti! Mache mir mit Figaro einen gemütlichen Abend!' und schickte einen zwinkernden Smiley hinterher.

Sofia wiederum reagierte umgehend mit einem Küsschen-Smiley und Emilia legte ihr Handy nun wieder beiseite.
Wenig später lag sie neben dem Kater auf der Couch, eine kleine Packung Eiskonfekt in der Hand, und schaute sich ‚Valentine's Day' im Fernsehen an. Ein Film, in dem alle möglichen Leute mit Beziehungsproblemen zu kämpfen hatten, war jetzt genau das Richtige.

Hand in Hand

Als Sofia am Sonntagmorgen recht früh wieder nach Hause kam, überraschte sie ihre kleine Schwester mit einer Tüte frischer Brötchen.
„Warum hast du denn nicht mit Kevin gefrühstückt“, fragte Emilia, die noch im Schlafanzug durchs Haus lief, und machte sich daran, eine Kanne Tee zu kochen.
„Na, ich hatte halt schon ein schlechtes Gewissen, dass ich dich gestern Abend allein gelassen habe“, erklärte Sofia und fing an, den Tisch zu decken. „Da wollte ich dir wenigstens beim Frühstück Gesellschaft leisten. Und für Kevin war das übrigens auch vollkommen in Ordnung.“
„Das ist lieb von dir“, fand Emilia. „Aber du hättest ruhig noch bleiben können. Schließlich bin ich ja kein Baby mehr.“
„Ich weiß“, erwiderte Sofia und holte die Erdbeermarmelade aus dem Kühlschrank.
„Zumindest scheint das Projekt Wiedervereinigung ein voller Erfolg gewesen zu sein, oder nicht?“, neckte Emilia ihre Schwester, stellte die Teekanne auf den Tisch und setzte sich schließlich vor ihren Teller. Dann nahm sie sich ein Mohnbrötchen, bestrich die eine Hälfte mit Honig und die andere mit Marmelade, während sie Sofias Erzählungen lauschte.
„Zuerst haben wir uns nur ein bisschen über alles Mögliche unterhalten. Du weißt schon, er hat erzählt,

was er in letzter Zeit so gemacht hat und ich habe von New York erzählt und von meinem Studium", begann die junge Frau und strich sich mit der Hand durch die blonden Locken.
Dann trank sie einen Schluck aus ihrer Teetasse, bevor sie fortfuhr: „Aber irgendwann hat Kevin mich dann gefragt, warum ich damals nicht mehr mit ihm zusammen sein wollte. Es hat ihn große Überwindung gekostet, das zu fragen. Das habe ich richtig gespürt. Darum habe ich all meinen Mut zusammen genommen und habe ihm genau das erzählt, was ich neulich auch dir erzählt habe. Also, von meinen Ängsten, ihn eines Tages sowieso zu verlieren, wenn eine kommt, die ihm jeden Wunsch von den Augen abliest und auch noch viel hübscher ist als ich."
„Ja, und eine, die noch dazu eine wesentlich größere Oberweite hat als du. Ich hoffe, das hast du Kevin nicht verschwiegen", feixte Emilia und wurde prompt mit einem Brötchen beworfen.
„He, mit Essen spielt man nicht", beschwerte sie sich empört. „Das sage ich alles Mom und Dad."
„Blödi", meinte Sofia nur und fuhr dann wieder ernsthaft fort: „Auf jeden Fall hat er mir zugehört und genauso gestaunt wie du, dass ich mir so viele verrückte Gedanken mache. Aber dann hat er meine Hand genommen und sie ganz lange fest gehalten. Und dann hat er mich geküsst und gesagt, dass ich die Frau seines Lebens bin und er sowieso nur mit mir glücklich sein könnte und dass er das noch nie so sehr gefühlt hat, wie

in diesem Moment. Naja, und was dann passiert ist, kannst du dir ja denken."
„Oh, mein Gott", seufzte Emilia. „Das ist ja so romantisch und außerdem kitschiger als ‚Notting Hill' und ‚Pretty Woman' zusammen. Aber trotzdem bin ich natürlich froh, dass jetzt alles wieder so ist zwischen euch, wie es sein soll. Happy End könnte man sagen."
„He, und bitte nichts gegen Julia Roberts, ja?", meinte Sofia nur, biss ein großes Stück von ihrem Croissant mit Marmelade ab und fragte dann kauend:
„Und wie war dein Nachmittag gestern so? Hattet ihr Spaß im Stadion, Lauren und du?"
„Ja, es war cool", erwiderte Emilia und entschied sich spontan dazu, ihrer Schwester lieber nicht zu erzählen, dass da auch noch ein Dritter im Bunde gewesen war.
„Die Pompeys haben sogar gegen die Saints gewonnen. War echt eine irre Stimmung im Stadion."
„Das glaube ich dir gerne", meinte Sofia. „Früher sind wir mit der ganzen Clique auch manchmal zu einem Spiel hingegangen. Hat immer viel Spaß gemacht."
Sie schenkte sich eine zweite Tasse Tee ein, als sie plötzlich das Thema wechselte: „Sag mal! Was mir gerade einfällt: Triffst du dich heute nicht mit diesem Noah?"
„Dieser Noah?", imitierte Emilia ihre Schwester entrüstet.
„Wie hört sich das denn an? Aber ja, ich treffe mich heute mit ihm. Wir sind nachmittags beim Adventuregolf verabredet."

„Bist du schon aufgeregt?“, wollte Sofia wissen.
„Ein bisschen“, antwortete Emilia ehrlich und schaute aus dem Fenster in den Garten. Dort draußen schien zwar schon die Sonne, doch hatte sie kaum eine Chance, ihre Strahlen durch die dichte Wolkendecke zur Erde zu schicken. Umso gemütlicher war es, hier drinnen in der Küche zu sitzen und heißen Tee zu schlürfen.
Nach dem Frühstück verzog sich Emilia in ihr Zimmer und Sofia setzte sich irgendwann an den Flügel, um ein paar heitere Stücke von Mozart zu spielen.
‚Passend zur Stimmung‘, dachte Emilia lächelnd und setzte sich mit ihrem Buchführungsbuch und einem Block mit vorgedruckten T-Konten an ihren Schreibtisch.
Die Musik störte sie kein bisschen bei ihren Hausaufgaben.
Sie lockerte im Gegenteil den eher trockenen Stoff sogar ein wenig auf. Emilia konzentrierte sich so gut es ging auf ihre Aufgaben, dennoch schweiften ihre Gedanken immer wieder zu dem bevorstehenden Date mit Noah ab. Denn natürlich war sie aufgeregt – aufgeregt und voller Vorfreude.
Um kurz vor zwei stand Emilia schließlich, noch immer im Pyjama, vor ihrem Kleiderschrank und überlegte, was sie anziehen sollte. Der Himmel war genauso wolkenverhangen wie heute Morgen und die Welt dort draußen zeigte sich weiterhin leider nur grau in grau, ein typischer Herbsttag in England eben. Emilias Laune

konnte das trübe Wetter jedoch nichts anhaben. Noah hatte ihr soeben geschrieben, dass sie seine Jacke gleich nicht mitbringen müsste, da er sowieso noch eine andere hätte, die er anziehen könnte.
Emilia fand das sehr aufmerksam von ihm, denn so konnte sie ihren Rucksack zu Hause lassen. Ihr Portemonnaie passte schließlich auch in die Tasche ihres dunkelblauen Parkas.
Doch was sie noch viel mehr freute, und zwar so sehr, dass ihr Herz wieder einmal schneller anfing zu schlagen, war dieser letzte Satz von Noahs Nachricht: ‚Die letzten vierzig Stunden waren die längsten meines Lebens!'
Emilia rechnete nach: Vorgestern so gegen zehn Uhr abends hatten sie sich voneinander verabschiedet. Und das war wirklich ziemlich genau vierzig Stunden her. Sie lächelte in sich hinein und wollte ihm auf jeden Fall etwas zurückschreiben.
Aber was?
Emilia kaute auf ihrer Unterlippe bis ihr endlich eine Idee kam. Dann tippte sie ‚See you soon' in ihr Handy und ergänzte diese drei Worte um einen Emoji – ein Pärchen.
Sie überlegte kurz, ob das vielleicht zu gewagt sein könnte. Aber schließlich war Noahs Botschaft auch ziemlich eindeutig gewesen und darum schickte Emilia kurz entschlossen ihre Nachricht ab. Zwei kleine blaue Häkchen verrieten ihr kurz darauf, dass der Empfänger die drei Worte nun auch gelesen hatte.

‚Vielleicht hat er jetzt genauso Herzklopfen wie ich', dachte Emilia und schlüpfte in ihre schwarze Jeans.
„Soll ich dich nicht doch lieber mit dem Auto hinbringen", wollte Sofia wissen, die ihren Kopf zur Tür herein steckte, als Emilia wenig später im Bad mit ihrer Bürste hantierte. „Es sieht irgendwie nach Regen aus, finde ich."
„Nein, danke", antwortete das Mädchen und strich sich die langen braunen Haare glatt. „Ich weiß ja nicht, was wir nach dem Minigolf noch machen. Mit dem Fahrrad bin ich einfach flexibler."
„Gut, okay", murmelte Sofia. „Aber, dass du mir ja um acht wieder zu Hause bist. Morgen ist schließlich Schule."
„Ja, Mami", erwiderte Emilia ein wenig genervt und zog die Tür des Badezimmers energisch wieder zu.
„Schon gut, ich meine ja nur", kam es gedämpft von der anderen Seite, bevor die Schritte sich wieder entfernten.
Zwanzig Minuten später war Emilia endlich zufrieden mit sich und schwang sich begleitet von einem ‚Toi, toi, toi' ihrer Schwester auf ihr Fahrrad.
Zum Clarence Pier, neben dem sich das Treasure Island Adventure Golf befand, brauchte sie nur die Promenade entlang radeln und trotz des kühlen Windes, der vom Meer herüber wehte, spürte sie, dass ihre Wangen glühten. Pünktlich um drei Uhr schloss sie ihr Mountainbike vor dem Minigolfplatz ab. Von Noah jedoch war weit und breit nichts zu sehen, auch zehn Minuten später noch nicht.

Ob er es sich anders überlegt hatte? Vielleicht war das mit den vierzig Stunden ja auch ganz anders gemeint? Und sie hatte ihm diesen Pärchen-Emoji geschickt! Warum war sie nur so voreilig gewesen?
Doch gerade, als Emilia auf ihrem Handy nachschauen wollte, ob Noah im letzten Moment abgesagt hatte, sah sie ihn von weitem auf sich zukommen. Er raste so schnell im Zickzack zwischen den Passanten hindurch, dass Emilia kurz die Luft anhielt, weil sie Angst hatte, er würde einen von ihnen über den Haufen fahren.
Doch schließlich hielt er unbeschadet und mit quietschenden Bremsen vor ihr an und entschuldigte sich noch etwas außer Atem: „Sorry, tut mir echt leid, dass du warten musstest. Meine Mom hat sich gestern ein neues Bücherregal gekauft und wollte es heute unbedingt aufbauen. Naja, und weil sie es alleine nicht hingekriegt hat, hat sie mich gebeten, ihr zu helfen. Jetzt steht das Teil und sie räumt es gerade glücklich und zufrieden ein. Aber darum bin ich nicht eher weggekommen. Ich hoffe, du bist nicht sauer?"
„Ach, Quatsch!", schwindelte Emilia. „Bin ja selber gerade erst angekommen."
„Dann ist ja gut", erwiderte Noah ehrlich erleichtert und stellte sein Rad genau neben das von Emilia.
‚Pärchen-Emoji', dachte diese und lächelte.
Sie zahlten ihren Eintritt beim Treasure Island, bekamen zwei Minigolfschläger und einen Ball und fingen gutgelaunt an zu spielen. Schon bei der dritten Bahn zeigte sich allerdings, dass Noah für diese Art von

Spiel wohl mehr Talent hatte als Emilia. Während bei ihm der Ball jedes Mal nach wenigen Schlägen am Ende der Bahn in der kleinen Kuhle landete, brauchte Emilia fast doppelt so lang.
„Das gibt es doch gar nicht", fluchte das Mädchen scherzhaft und schaute kopfschüttelnd auf ihren Schläger. „Gib es zu, du hast heimlich geübt. Wahrscheinlich warst du gestern schon zwei Stunden lang hier."
„Aber nein", versicherte Noah, „großes Indianerehrenwort. Das ist bloß Anfängerglück. Aber vielleicht sollte ich dich lieber gewinnen lassen, sonst kannst du mich am Ende gar nicht mehr leiden."
Und dabei schaute er Emilia mit schiefgelegtem Kopf so theatralisch an, dass diese sofort lachen musste: „Jetzt guckst du wie Figaro, wenn sich jemand auf seinen Lieblingsstuhl gesetzt hast. Nur, dass seine Augen gelb sind und deine grün."
‚So schön grün', dachte das Mädchen, strich sich eine Strähne ihres dunklen Haars aus dem Gesicht und lächelte Noah an.
„Außerdem brauchst du keine Angst haben, ich kann dich schon noch leiden, auch wenn du gewinnst."
„Da bin ich aber froh", strahlte der Junge und lächelte sichtlich zufrieden zurück.
Doch bevor sie weiterspielen konnten, öffnete der Himmel plötzlich seine Schleusen und es fing so heftig an zu regnen, als ob jemand eine Dusche über Portsmouth angemacht hätte.

Noah und Emilia rannten gemeinsam mit all den anderen Adventure Island-Besuchern zum Unterstand vor dem kleinen Kassenhäuschen, um Schutz zu suchen.
„Vielleicht ist es ja nur ein Schauer?“, überlegte Emilia. Doch ein älterer Herr, der mit seinen beiden Enkelkindern die ganze Zeit vor ihnen gespielt hatte, war anderer Meinung: „Nein, ich fürchte, das hört so schnell nicht wieder auf zu regnen. Ist alles ziemlich grau da oben. Na, kommt Kinder! Gehen wir lieber in die Eisdiele!“
Der Mann gab Schläger und Ball zurück und die drei flitzten durch den Regen in Richtung Clarence Pier davon.
„Was meinst Du?“, wandte sich Noah an Emilia. „Sollen wir noch ein bisschen abwarten, ob es doch noch aufhört oder möchtest du auch lieber etwas anderes machen?“
„Ich weiß nicht“, antwortete das Mädchen unsicher. „Aber ich glaube, der Mann hat Recht. Der Himmel ist voll dunkler Wolken. Wahrscheinlich hat es sich jetzt erst mal eingeregnet.“
„Hm“, machte Noah. „Was hältst du von Kino?“
„Gute Idee“, fand Emilia. „Da ist es trocken und warm. Aber ich habe keine Ahnung, was für Filme da zurzeit überhaupt laufen.“
„Es“, kam es da von Noah wie aus der Pistole geschossen.
Er schien sich offensichtlich vorher informiert zu haben. Und ein Blick auf seine Armbanduhr verriet ihm: „Die

nächste Vorstellung fängt um halb fünf an. Das schaffen wir locker."
„Also gut", willigte Emilia ein. „Ich soll um acht Uhr wieder zu Hause sein, hat Sofia gesagt. Aber das passt ja dann auf jeden Fall mit dem Film."
Der Junge nickte und setzte sich entschlossen die Kapuze seines Windbreakers auf den Kopf. Emilia tat es ihm gleich und folgte Noah kurz darauf zu den Fahrrädern.
Zum Glück regnete es nun etwas weniger heftig, sodass die beiden zumindest nicht völlig durchnässt bei den Gunwarf Quays ankamen, wo sich auch das ‚Vue Cinema' befand.
Da Noah bereits die Tickets für das Minigolf bezahlt hatte, bestand Emilia nun darauf, die Kinokarten zu kaufen.
Und als sie mit zwei Karten für die vorletzte Reihe vom Schalter zurückkam, wartete der Junge bereits mit einer Tüte Popkorn auf sie.
Emilia schluckte kurz. Der Letzte, der ihr Popkorn angeboten hatte, war Jake gewesen. Sie wollte Noah lieber nachher noch erzählen, dass sie seinen Freund gestern zufällig im Stadion getroffen hatte. Aber sie würde ihm lieber nicht sagen, das Jake sie nach einem erneuten Treffen gefragt hatte. Wahrscheinlich war das auch gar nicht so wichtig.
Also gingen sie nun gemeinsam in den Kinosaal Nummer drei, zogen die nassen Jacken aus, um sie auf den leeren Platz neben sich zu legen und machten es

sich in den bequemen Sesseln gemütlich. An Unterhaltung war nun allerdings nicht mehr zu denken, denn die Werbung hatte bereits begonnen und beschallte die Zuschauer in voller Lautstärke.
Darum beugte sich Noah auch ganz nah zu Emilia hinüber, um sie zu fragen, ob sie gerne etwas trinken wollte. Sie spürte seinen Atem auf ihrer Wange und sofort durchströmte eine warme Welle ihren Körper. Es dauerte einen kurzen Moment, bis sie wieder zu sich kam und ihm kopfschüttelnd ein ‚Nein, danke' zuraunen konnte.
Sein Arm berührte ihren Arm und eigentlich waren sie nur durch die Lehne der Kinosessel voneinander getrennt. Emilia konnte jetzt sogar Noahs Parfüm riechen.
Sie kannte es nicht, doch es roch unglaublich gut.
Dann begann der Film und Emilia brauchte eine Weile, um sich auf den Inhalt konzentrieren zu können.
Noahs Gegenwart lenkte sie ziemlich ab. Sie spürte seine Nähe so intensiv, dass das Geschehen auf der Leinwand zunächst kaum eine Chance hatte.
Doch nach einigen Minuten packte der Film sie doch und sie schaute gebannt zu, wie Bill, Beverly, Mike und die anderen Kids aus dem Klub der Verlierer versuchten, den Horrorclown Pennywise zu besiegen.
Irgendwann mitten im Film jedoch kam plötzlich und unerwartet eine so gruselige Szene, dass sich Emilia ganz furchtbar erschreckte. Reflexartig schlug sie die Hände vors Gesicht und drehte sich zur Seite weg. Dabei stieß

sie mit dem Kopf gegen Noahs Arm, was ihr im ersten Moment etwas peinlich war.
Doch bevor sie sich für ihre Ängstlichkeit schämen konnte, spürte sie Noahs Arm um ihrer Schulter und hörte seine sanfte Stimme ganz dicht an ihrem Ohr: „Kannst wieder hinsehen, ist schon vorbei! Außerdem pass ich ja eh auf dich auf."
„Alles klar, es war nur... irgendwie...", stammelte das Mädchen und versuchte, sich wieder zu entspannen. Allerdings war das gar nicht so einfach, wenn der Junge, in den man verliebt war, gerade den Arm um einen gelegt hatte. Außerdem drückte die blöde Armlehne so in Emilias Rippen, dass schon deshalb nicht an Entspannung zu denken war.
Doch als ob Noah ihre Gedanken gelesen hätte, beugte er sich zu ihr rüber, betätigte einen seitlichen Knopf und schob die Armlehne vorsichtig nach oben.
Automatisch rutschte Emilia nun ganz an ihn heran und legte ihren Arm langsam auf seinem Oberschenkel ab. ‚Oh, mein Gott', war das erste, was sie dachte, als sie sich seiner Nähe bewusst wurde. ‚Ich kann seinen Herzschlag spüren'.
Es war ein so gutes Gefühl, dass Emilia am liebsten für immer so sitzen geblieben wäre. Und wahrscheinlich war sie die einzige Person im ganzen Kinosaal, die diesen Horrorfilm bis zum Ende mit einem seeligen Dauergrinsen im Gesicht anschaute.
Viel zu schnell war die Kleinstadt Derry schließlich vom bösen ‚Es' befreit und als Bill seiner Freundin Beverly

zum Schluss noch einen Kuss gab, fand Emilia, dass dies die beste Szene im ganzen Film war.
Als der Abspann lief, mussten sich Noah und Emilia wohl oder übel wieder voneinander lösen und zogen ihre inzwischen getrockneten Jacken wieder an.
„Das nächste Mal suche ich aber einen Film aus“, verlangte Emilia mit gespielter Entrüstung.
„Ich geh mit dir überall rein“, schwor Noah feierlich. „Musst nur sagen, wann und wo.“
„Okay“, erwiderte das Mädchen, während sie mit den anderen Kinobesuchern langsam zum Ausgang gingen. „Ich dachte da an sowas wie ‚Barbie und der Nussknacker‘ oder ‚Alice im Wunderland‘.“
„Oh, nein“, stöhnte der Junge scheinbar verzweifelt. „Bitte nicht ‚Alice im Wunderland‘! Als kleines Kind hatte ich immer so furchtbare Angst vor der Herz Königin.“
„Tja, das hättest du dir eher überlegen müssen“, meinte Emilia nur ungerührt und knuffte Noah scherzhaft in die Seite.
Draußen war es schon dunkel und sie hatten noch eine gute Stunde Zeit, bis Emilia wieder zu Hause sein musste.
Also beschlossen sie, gemeinsam noch einen Abendspaziergang am Meer entlang Richtung Eastney zu machen.
Sie schoben ihre Fahrräder links und rechts von sich, so dass sie direkt nebeneinander herlaufen konnten.
Emilias Hände waren im Nu eiskalt, denn es hatte zwar

aufgehört zu regnen, doch die feuchte Luft war bereits empfindlich kalt geworden.
Darum wollte das Mädchen zumindest die linke Hand in ihrer Jackentasche aufwärmen, während sie mit der rechten ja ihr Rad schieben musste.
Doch da bemerkte sie, dass Noah seine freie Hand keineswegs in die Tasche gesteckt hatte. Ohne noch lange zu überlegen, ergriff Emilia Noahs erstaunlich warme Hand und erntete dafür ein glückliches Lächeln von dem Jungen.
So gingen die beiden eine Weile schweigend Hand in Hand die Promenade entlang, während neben ihnen die Wellen unaufhörlich an den Kiesstrand rollten und der Mond sich im Meer spiegelte.
Emilia genoss die Nähe zu Noah und die Vertrautheit zwischen ihnen. Sie hätte ewig so weitergehen können, ohne ein Wort zu reden. Und doch gab es etwas, das sie unbedingt mit ihm besprechen musste und sie hoffte, dass das die wundervolle Atmosphäre nicht verderben würde.
„Ich wollte dich noch um etwas bitten", begann Emilia also und Noah sah sie erwartungsvoll an.
„Ich habe dir ja schon erzählt, dass sogar Lauren und Zoe dieser blöden Geschichte glauben, die Jessica über dich verbreitet hat. Zoe ist sogar richtig ausgerastet, als sie gesehen hat, dass wir uns unterhalten haben, neulich bei den Fahrradständern. Und, naja, ich finde das zwar selber total dumm, aber ich habe auch Angst, dass die anderen mir die Hölle heiß machen, wenn sie wissen,

dass wir uns treffen. Also, darum wollte ich dich bitten, ob wir das vielleicht noch eine Weile geheim halten könnten. Nur so lange bis Gras über die Sache mit Jessica gewachsen ist, oder bis sie einen neuen Freund hat. Ich komme mir jetzt echt total bescheuert vor und es fühlt sich irgendwie auch völlig falsch an, weil es nicht das ist, was ich wirklich möchte. Aber ich habe eben auch Angst davor, mich jeden Tag vor den anderen rechtfertigen zu müssen oder dass sie am Ende nichts mehr mit mir zu tun haben wollen. Kannst du das verstehen?“

„Hm“, machte Noah nur und starrte mit ernster Miene auf den Weg vor ihnen.

Emilia sah ihn mit bangen Blicken von der Seite an. Hoffentlich verstand Noah sie nicht falsch. Hoffentlich wusste er, dass ihre Bitte nichts mit ihren Gefühlen ihm gegenüber zu tun hatte.

Sie wollte auf keinen Fall etwas beenden, was gerade erst so wunderbar begonnen hatte.

„Du meinst also, wir sollen in der Schule so tun, als würden wir uns nicht kennen“, brach Noah sein Schweigen, „und uns eine Weile nur heimlich treffen?“

„Ich will das eigentlich auch nicht“, beteuerte Emilia. „Aber du weißt nicht, wozu Mädchen fähig sind, wenn du nicht mit dem Strom schwimmst, wenn du dich nicht der Meinung der Gruppe anpasst. Ich habe das ein paar Mal bei anderen mitbekommen. In dieser Beziehung wäre ich wirklich manchmal lieber ein Junge. Da gibt es solche Zickenkriege bestimmt nicht.“

„Also, ich bin ziemlich froh, dass du kein Junge bist", meinte Noah und lächelte Gott sei Dank nun wieder. „Und ich verstehe dich. Es wird mir zwar verdammt schwer fallen, dich nicht zu sehen, wenn du mir auf dem Flur entgegen kommst, aber wenn es dir hilft, dann machen wir das erstmal so."
„Und du bist mir auch wirklich nicht böse deswegen?", hakte Emilia noch einmal nach, um ganz sicher zu sein.
Da blieb Noah stehen und sah Emilia direkt in die Augen.
„Ich könnte dir niemals böse sein", sagte der Junge ernst.
Dann ließ er ihre Hand los, um ihr zärtlich eine Strähne aus dem Gesicht zu streichen, beugte sich zu ihr hinunter und küsste sie sanft auf den Mund.
Emilia stand ganz still und fühlte das vertraute Kribbeln in sich aufsteigen. Noah hatte sie geküsst. Er hatte sie tatsächlich geküsst. Und er war ihr nicht böse wegen ihrer dummen Geheimhaltungsidee. Emilia hätte die ganze Welt umarmen können.
Aber da nahm Noah auch schon wieder ihre Hand und sie setzten den Spaziergang fort. Nun allerdings war es Emilia überhaupt nicht mehr kalt, im Gegenteil, ihre Wangen glühten.
„Auf jeden Fall werde ich Jake Bescheid geben, dass er sich mit seinem Cousin Tom in Verbindung setzt, um einen geeigneten Freund für Jessica zu besorgen" überlegte Noah laut. „Beim FC gibt es mit Sicherheit einige Jungs, die gerne mit ihr anbandeln würden."

„Gute Idee“, kicherte Emilia. „Die müssten dann einfach eine Weile vor dem Tennis Club hin- und herlaufen, damit Jessica ihre Angel auswerfen kann.“
Ja, das wäre wirklich am allerbesten. Wenn Jessica erst einen attraktiven, neuen Freund hätte, dann wäre das mit Sicherheit Gesprächsthema Nummer eins und schon bald würde keiner mehr an die Geschichte mit Noah denken. Dann könnten sie auch in der Schule Hand in Hand über den Pausenhof laufen, ohne schief von der Seite angesehen zu werden.
Emilia hielt Noahs Hand bei diesen Gedanken ein bisschen zu fest, so als wollte sie ihn nie wieder loslassen und erntete einen besorgten Blick des Jungen.
Doch sie lächelte ihn nur still an und da wusste Noah, das alles in Ordnung war.
Das letzte Stück die Esplanade entlang legten sie wieder schweigend zurück und genossen diesen magischen Moment, die Zweisamkeit, das wunderbare Gefühl des Verliebtseins.
Als sie schließlich vor Emilias Haus angekommen waren, wartete Noah noch, bis diese ihr Mountainbike in der Garage verstaut hatte. Sein Fahrrad hatte er an den Zaun gelehnt und ging dann langsam auf Emilia zu, nachdem diese das Garagentor ordentlich wieder verschlossen hatte.
Einen Augenblick lang stand er einfach nur vor ihr und sah sie mit leicht verträumtem Blick an ohne ein Wort zu sagen. Dann nahm er behutsam ihr Gesicht in seine Hände und küsste sie ein zweites Mal. Doch dieses Mal

war es nicht nur ein zärtlicher, kurzer Kuss auf den Mund.
Nein, jetzt küsste er sie so leidenschaftlich und drängend, dass Emilia ganz schwindelig wurde und sie sogar ein wenig anfing zu taumeln. Doch Noah hielt sie fest und Emilia spürte instinktiv, dass er ihr immer Halt geben würde, wenn es nötig wäre. Und in diesem Moment wusste sie, dass sie ihn liebte. Sie erwiderte seinen Kuss bis sie fast keine Luft mehr bekam und schaute ihm schließlich tief in die Augen.
Noah hielt Emilia noch immer in seinen Armen und keiner von beiden wagte es, diesen besonderen Moment zu beenden.
Doch irgendwann öffnete sich die Haustür im Nachbarhaus und Mister Carter schlurfte in Pantoffeln zur Mülltonne, um einen Beutel Hausmüll darin zu versenken. Er nickte Emilia kurz zu, ohne eine Miene zu verziehen, und schlurfte dann grußlos wieder zurück.
„So viel zum Thema Romantik in Driftwood Gardens“, scherzte Emilia und grinste Noah entschuldigend an.
„Naja“, meinte dieser bedauernd, „ich denke, ich muss mich dann jetzt auch mal auf den Heimweg machen. Sonst gibt meine Mom am Ende noch eine Vermisstenanzeige auf.“
„Ich wünschte, du würdest nicht so furchtbar weit weg wohnen“, seufzte Emilia aus tiefster Seele und Noah lachte:
„Es ist ja nur ein anderer Stadtteil und kein anderer Kontinent.“

Doch Emilia fand: „Das ist für mich aber jetzt gerade dasselbe, nämlich einfach viel zu weit weg."
„Morgen sehen wir uns ja schon wieder", tröstete Noah das Mädchen. „Denn du kannst sicher sein, dass ich dich sehen werde, auch wenn es kein anderer merken wird."
Dann küsste er sie ein letztes Mal und ließ sie vorsichtig wieder los, um sein Fahrrad zu holen. Emilia kam sich mit einem Mal ganz einsam und schutzlos vor ohne seine starken Arme, die sie fest hielten, und sie fing an zu frösteln.
„Schlaf gut, Emilia. Und träum was Schönes", sagte Noah noch zum Abschied, bevor er sich auf sein Fahrrad schwang, um nach Old Portsmouth zurück zu fahren.
„Komm gut nach Hause!", murmelte das Mädchen. „Heute Nacht träume ich ganz bestimmt von Dir."
Doch die letzten Worte konnte Noah schon nicht mehr hören. Emilia sah ihm hinterher, so wie sie gestern Jake hinter gesehen hatte. Nur, dass sie gestern irgendwie erleichtert gewesen war, als die Rücklichter von Jakes Mini in der Ferne immer kleiner geworden waren. Heute Abend jedoch fühlte sie sich sonderbar leer, als Noah sich weiter und weiter von ihr entfernte. So, als ob ein Teil von ihr selbst langsam fortgehen würde. Sie schaute ihm noch nach, obwohl er schon längst in der Dunkelheit verschwunden war. Irgendwann aber ging Emilia dann doch ins Haus und ihr fiel ein, dass sie Noah nun gar nicht erzählt hatte, dass sie Jake gestern

im Fußballstadion getroffen und er sie nach Hause gebracht hatte. Aber wahrscheinlich war das jetzt auch gar nicht mehr wichtig. Noah und sie gehörten zusammen. Das war das Einzige, was zählte. Alles andere würde sich schon irgendwie ergeben.

Neue Pläne

Emilia zog Jacke und Schuhe aus und ging hinüber ins Wohnzimmer, um Sofia Bescheid zu geben, dass sie wieder da wäre. Sie fand ihre Schwester gemütlich an Kevin gekuschelt auf dem Sofa, wo sich beide einen Film im Fernsehen anschauten.
Als Sofia die Schwester bemerkte, sagte sie leise etwas zu Kevin, der Emilia fröhlich zuwinkte, und kam dann direkt zu ihr, um sie mit gedämpfter Stimme zu fragen: „Na, wie war's? Hattet ihr einen schönen Abend?"
„Ja, sehr schön", antwortete Emilia wahrheitsgemäß und spürte, dass ihr Gesicht noch immer ganz warm war vor Glück.
Sofia lächelte ihre kleine Schwester an und sagte: „Das freut mich für dich, Em. Aber irgendwann will ich ihn dann auch mal kennen lernen, hast du gehört? Kannst ihn ja nächstes Wochenende mal mit nach Hause bringen, okay?"
„Ja, mal sehen", erwiderte Emilia ausweichend.
Sie wusste schließlich nicht, ob Noah überhaupt Lust dazu hatte, sich mit Sofia zu unterhalten.
Wahrscheinlich würde sie ihm tausend neugierige Frage stellen und ihn am Ende noch vertreiben. Darum sagte sie schnell: „Ich gehe dann jetzt mal meine Schulsachen für morgen packen. Und ich wollte auch noch mit Olivia telefonieren. Also, dann macht es euch noch schön gemütlich beim Film, Kevin und du."

„Er schaut sich mit mir ‚Sweet home Alabama' an", erklärte Sofia und grinste. „Wenn das nicht wahre Liebe ist?"
„Vielleicht steht er auf Rheese Witherspoon?", überlegte Emilia laut und rettete sich kreischend vor einem Tritt ihrer Schwester.
Olivia ging schon nach dem zweiten Klingeln an ihr Telefon und wollte natürlich alles ganz genau wissen. Was für Klamotten hatte Emilia angehabt? Was hatte Noah angehabt? Was hatte Emilia gesagt? Was hatte Noah gesagt?
Und außerdem musste Emilia bestimmt dreimal erzählen, wie es war, als Noah sie geküsst hatte. Olivia seufzte jedes Mal ein ‚romantisches Seufzen', wie sie es selbst nannte, und fand Emilias Vorsichtsmaßnahme, zunächst die Treffen mit Noah geheim zu halten, ebenfalls sehr vernünftig.
„Die anderen haben sich bestimmt bald beruhigt und wenn sie einsehen, dass von Noah keine Gefahr ausgeht und er sowieso noch nie jemandem etwas Schlimmes angetan hat, dann können sie sich sicher auch mit dem Gedanken anfreunden, dass ihr zusammen seid", war Olivias Vermutung.
„Ja, so habe ich mir das auch überlegt", stimmte Emilia der Freundin zu. „In spätestens drei Wochen gibt es wahrscheinlich schon wieder etwas Neues, worüber sich alle aufregen müssen."
„Solange wird es nicht dauern, schätze ich", sagte Olivia gewohnt ironisch.

„Sag mal! Was ist eigentlich mit dir?“, wechselte Emilia nun das Thema. „Ist dir in letzter Zeit keiner über den Weg gelaufen, den du gerne näher kennen lernen würdest?“
„Ja, weißt du“, erklärte Olivia, „ich warte immer noch auf die perfekte Mischung aus Channing Tatum und Albert Einstein. Aber so etwas scheint es irgendwie nicht zu geben – zumindest nicht in Portsmouth.“
„Du solltest vielleicht eine Anzeige aufgeben“, kicherte Emilia. „Suche echten Kerl mit Waschbrettbauch und Hirn. Humor wäre von Vorteil.“
„Keine schlechte Idee“, fand auch Olivia und lachte. „Und dann machen wir ein Casting mit Kopfrechnen und so einer Art Mister-Wet-T-Shirt-Challenge. Aber mal im Ernst, im wahren Leben kenne ich nur Typen, die total süß sind, aber besser den Mund zulassen sollten, oder intelligente, verpickelte Nerds mit Hornbrille.“
„He!“, beschwerte sich Emilia. „Und was ist mit Noah?“
„Der ist eine Ausnahme“, meinte Olivia gnädig und seufzte ein weiteres Mal. „Schade, dass er keinen Bruder hat.“
„Ich könnte ihn nach einem Cousin fragen“, schlug Emilia eifrig vor.
„Oh, ja! Mach das bitte! Dann hätte ich doch noch ein kleines bisschen Hoffnung“, flehte Olivia theatralisch.
„Wird gemacht“, versprach Emilia. „Und wir sehen uns dann morgen in der Schule.“
„Ja, bis morgen“, erwiderte Olivia und gähnte. „Hab dich lieb! Schlaf gut!“

„Hab dich auch lieb", verabschiedete sich Emilia von ihrer besten Freundin. „Gute Nacht, Livi!"

Als Emilia am nächsten Morgen die Schule betrat, hoffte sie inständig, dass keiner ihr oder Noah etwas anmerken würde. Und doch war ihr neuer Freund dank Jessica mal wieder Gesprächsthema Nummer eins bei den Mädchen.
„Natürlich habe ich ihn immer noch unter Beobachtung", hörte Emilia Jessicas aufgebrachte Stimme schon von weitem.
„Das bin ich meinen Freundinnen doch schuldig, nicht wahr?"
Emilia sah, wie sie ihre goldene Mähne nach hinten warf und Aufmerksamkeit heischend in die Runde blickte. Alle Mädchen, die sie umringten, nickten ihr gefällig zu, auch Zoe und Lauren. Jessica nickte zufrieden und fuhr fort: „Gestern Abend jedenfalls, hat Noah seinen Status geändert.
Ein rotes Herz und das Pärchen-Emoji. Wenn das nicht absolut eindeutig ist? Da, seht selbst!"
Jessica zeigte ihr Handy in die Runde, damit alle sehen konnten, dass sie die Wahrheit sagte und Emilia dachte bei sich: ‚Jetzt ist sie komplett übergeschnappt. Sie stalkt Noah, weil sie noch nicht über seine Abfuhr hinweg gekommen ist. Wie krank ist das denn?'
Außerdem spürte Emilia eine leise Enttäuschung in sich aufsteigen, dass Noahs Status, über den sie sich gestern Abend noch so gefreut hatte, nun nicht mehr ihr eigenes, kleines Geheimnis war, sondern von allen

angeglotzt wurde wie ein obszöner Artikel in der Klatschpresse. Gut, dass sie an ihrem Status keine Änderungen vorgenommen hatte. Zwar hatte sie kurz daran gedacht, es Noah gleich zu tun, den Gedanken aber schnell wieder als zu unvorsichtig verworfen und war jetzt heilfroh darüber.
„Sieht ja echt so aus, als ob er tatsächlich eine Freundin hätte“, meinte Ellie und rümpfte angeekelt die Nase.
„Vielleicht sollten wir versuchen rauszukriegen, wer es ist?“, überlegte Zoe. „Damit wir sie warnen können.“
„Gute Idee“, lobte Jessica und schenkte Zoe ihr schönstes Lächeln. „Früher oder später laufen die beiden einer von euch bestimmt über den Weg und dann gebt ihr mir am besten sofort Bescheid, ja? Ich regle das dann schon mit dem armen, ahnungslosen Ding.“
In dem Moment klingelte es und da alles gesagt war, was aus Jessicas Sicht gesagt werden musste, gingen die Mädchen nun murmelnd auseinander und weiter zu ihren Kursräumen.
Erst jetzt bemerkten Zoe und Lauren Emilia, die während Jessicas Vorstellung die ganze Zeit hinter ihnen gestanden hatte.
„Oh, hey Emmi!“, sagte Lauren erfreut und nahm Emilia kurz in den Arm. „Hast du gehört, was Jessica gerade gesagt hat? Es ist doch tatsächlich eine auf diesen Noah O’Neill hereingefallen, die Arme!“
„Ja, aber wir werden schon noch in Erfahrung bringen, wer es ist“, wiederholte Zoe ihren Entschluss.

„Und wenn diese dumme Nuss erst einmal weiß, auf wen sie sich eingelassen hat, wird sie uns auf ewig dankbar sein und ganz schnell das Weite suchen.“
„Vielleicht ist es ja gar keine von hier?“, meinte Emilia zaghaft. „Vielleicht eine Urlaubsbekanntschaft, oder so?“
„Quatsch!“, erwiderte Zoe etwas zu energisch. „Dann hätte er seinen Status doch nicht gestern erst geändert, sondern schon in den Ferien. Nein, nein, die ist sicher von hier.“
„Bestimmt kommt sie von einer anderen Schule und weiß darum nichts von der Geschichte mit Jessica“, vermutete Lauren.
„Ach, sag mal“, versuchte Emilia das Thema zu wechseln. „Wie war es denn noch am Samstag? Habt ihr den Sieg auch ordentlich gefeiert.“
„Oh, ja! Haben wir“, schwärmte Lauren. „Ich war erst weit nach Mitternacht zu Hause.“
Und dann erzählte das Mädchen mit leuchtenden Augen von der Party und natürlich von Jordan bis Miss Harper endlich den Raum betrat und alle sich ihren Buchführungsaufgaben widmen mussten.
Emilia war froh, dass Noah und seine geheimnisvolle Freundin jetzt für eine Weile vergessen waren. Es war ihr von Anfang an klar gewesen, dass Jessica die ahnungslose Unbekannte keinesfalls warnen oder gar beschützen wollte.
Vielmehr gönnte sie keiner anderen einen netten und attraktiven Jungen, den sie selbst nicht haben konnte.

Jessica war so missgünstig und durchtrieben, dass es schon fast unheimlich war. Trotzdem versuchte Emilia, sich so gut es ging auf den Unterricht zu konzentrieren. Doch die ganze Sache holte sie schneller ein, als ihr lieb war. Denn gerade in dem Moment, als sie nach ihrer Stunde in Buchführung quer über den Gang liefen, um den Raum für den Französischunterricht bei Madame Dupont zu wechseln, kamen ihnen Noah und Jake entgegen.

Emilia blickte sofort erschrocken zu Boden und spürte, wie die Röte ihr ins Gesicht schoss. Hoffentlich bemerkten ihre Freundinnen das nicht.

Jake schien ihr zumindest nicht nachtragend zu sein, dass sie ihm am Samstag keine Hoffnung auf eine Verabredung gemacht hatte. Gutgelaunt und charmant wie immer flötete er im Vorbeigehen: „Ah, die Sonne geht auf. Gleich drei holde Damen und eine schöner als die andere."

Selbst Zoe, die gerade noch Noah grimmig angefunkelt hatte, konnte sich ein Kichern nicht verkneifen. Emilia aber lächelte nur zaghaft und versuchte den inneren Wunsch zu unterdrücken, sich direkt in Noahs Arme zu werfen, sich an ihn zu schmiegen und seinen Duft einzuatmen, so, wie sie es gestern Abend getan hatte. Es tat richtig weh, so zu tun, als würde sie ihn nicht mögen. Ja, als würde sie ihn nicht einmal kennen.

Doch ihre Freundinnen schienen von ihrem innerem Kampf nichts mitzubekommen, denn kaum waren die beiden Jungs an ihnen vorbeigegangen, da stellte Zoe ganz ungeniert fest: „Also, Noah ist zwar ein ziemliches Ekel, aber sein Freund Jake ist ja schon total süß. Findet ihr nicht?“

„Er sieht zwar nicht so gut aus wie Jordan“, meinte Lauren, „aber man könnte ihn wohl als recht attraktiv bezeichnen.“

„Ja, er ist ganz okay?“, erwiderte Emilia betont beiläufig.

„Ganz okay?“, fragte Zoe entrüstet. „Also, ehrlich gesagt, finde ich ihn mehr als nur ganz okay. Aber dann hast du wohl wirklich kein Auge auf ihn geworfen, oder? Ich meine, weil er dich doch schon zwei Mal mitgenommen hat und so?“

Emilia spürte Zoes forschende Blicke auf sich und beeilte sich, zu bestätigen: „Aber nein, das war doch alles nur reiner Zufall. Das habe ich euch doch schon erzählt. Ich will echt nichts von Jake!“

„Gut“, meinte Zoe und schmiss sich die langen blonden Haare über die Schulter. „Dann hast du ja bestimmt auch nichts dagegen, wenn ich ihn mir angle, oder?“

„Aber nein“, sagte Emilia und hörte gleichzeitig Lauren neben sich aufgeregt hüsteln.

„Komm doch einfach mit zum nächsten Fußballspiel und lauf ihm dort zufällig über den Weg“, schlug diese vor.

„Gute Idee“, konnte Zoe gerade noch raunen, bevor Madame Dupont das Zimmer betrat und es von einer Sekunde zur nächsten mucksmäuschenstill wurde. Natürlich hatte die strenge Französischlehrerin Emilias Vokabel-Desaster von der letzten Unterrichtsstunde

nicht vergessen und fragte das Mädchen heute erneut ab. Doch dieses Mal hatte Emilia sich besser vorbereitet und kannte bis auf ein einziges Wort alle Vokabeln, die sie wissen musste. Madame Dupont nickte wohlwollend und machte sich wieder eine kurze Notiz in ihrem kleinen Büchlein, bevor sie die neuen unregelmäßigen Verben an die Tafel schrieb.
Emilia war erleichtert und die französische Grammatik erforderte nun die volle Aufmerksamkeit der Mädchen, sodass keine mehr an Jake, Noah oder gar Jessica dachte.
Doch irgendwann mitten in der Unterrichtstunde spürte Emilia, wie ihr Handy in der Hosentasche vibrierte. Sie wartete, bis die Lehrerin sich einmal mehr der Tafel widmete, um heimlich nachzusehen, wer ihr geschrieben hatte.
Es war Noah und Emilia las hastig: ‚Ich hab dich gesehen, ma chérie‘ und dahinter ein Smiley mit Herzchenaugen. Schnell steckte das Mädchen sein Smartphone wieder weg und lächelte. Doch Lauren war diese Aktion natürlich nicht entgangen und sie fragte neugierig flüsternd: „Alles okay? Wer war das?“
„Nur meine Mom“, log Emilia so leise wie möglich. Doch Madame Duponts Ohren schienen besser zu sein als die von einem Luchs und so ermahnte sie die Freundinnen: „Mesdemoiselles! Silence s’il vous plaît!“ Also wandten sich Lauren und Emilia ebenfalls wieder der Tafel zu und hielten den Rest der Stunde lieber den Mund, bevor es noch Strafarbeiten hagelte.

Aber Emilias Gedanken drifteten natürlich trotzdem noch einmal ab, weil Noahs Nachricht ihr nicht aus dem Kopf gehen wollte. Und wenn sie ihm hier in der Schule schon nicht wirklich nah sein konnte, so hatte sie nun wenigstens ein bisschen das Gefühl, mit ihm zusammen zu sein.
Später in der Mittagspause verzog sie sich in die Waschräume, schloss sich in einer der Toilettenkabinen ein und holte noch einmal ihr Handy hervor. Hier konnte sie Noah endlich in Ruhe antworten, ohne dass irgendjemand es mitbekam oder Verdacht schöpfen konnte.
‚Hab dich auch gesehen! Hätte so gerne mit dir geredet', tippte Emilia eifrig in ihr Handy und verschickte die Nachricht.
Es dauerte keine zwei Minuten, da hatte Noah auch schon zurückgeschrieben. Emilia vermutete, dass er gerade mit Jake und ein paar anderen Jungs beim Essen in der Schulkantine saß.
Von denen würde bestimmt keiner so neugierige Fragen stellen wie Lauren und Zoe.
‚Nur geredet? ;)', las das Mädchen und musste unwillkürlich schmunzeln.
Emilia antwortete mit einem zwinkernden Smiley und schickte noch eine dringende Frage hinterher: ‚Hast du heute Abend vielleicht Zeit?'
Sie hoffte, Noah würde genauso schnell zurückschreiben wie vorhin. Denn allmählich musste sie wieder zu den anderen zurück. Die würden sich sicher schon fragen,

warum sie so lange verschwunden war. Emilias stille Gebete wurden tatsächlich erhört, denn ein leises ‚Pling' zeigte ihr kurz darauf an, dass eine neue Nachricht eingegangen war.
‚Wann und wo?', wollte Noah wissen und Emilias Herz machte direkt einen kleinen Sprung, so sehr freute sie sich, dass sie ihn heute noch sehen würde.
Sie überlegte kurz und schlug dann vor: ‚Um sieben bei mir?'
Das nämlich fand Emilia sicherer, als sich irgendwo in der City zu treffen und am Ende noch einer von Jessicas Freundinnen über den Weg zu laufen.
‚Freu mich auf dich! See you soon! ☺', antwortete Noah prompt und Emilia schickte noch schnell ein rotes Herz quer durch das Schulgebäude, bevor sie ihr Handy wieder in der Hosentasche verstaute und sich auf den Weg zu ihren Freundinnen machte.
Diese erwarteten Emilia bereits in der Kantine und fragten besorgt:
„Wo warst du denn so lange, Emilia? Wir haben uns schon Sorgen gemacht."
„Ach, ich hab plötzlich Bauchschmerzen bekommen", log das Mädchen erneut und wunderte sich über sich selbst, weil es noch nicht einmal ein schlechtes Gewissen dabei hatte.
„Geht es dir denn jetzt wieder besser?" Laurens Stimme klang ehrlich besorgt.
„Ja, geht schon", erwiderte Emilia, lächelte etwas gequält und setzte sich zu den anderen an den Tisch.

Aus den Augenwinkeln sah sie Noah genau am anderen Ende des Speisesaals sitzen. Doch da sie nun wusste, dass sie sich später noch treffen würden, konnte sie es aushalten, nicht ständig zu ihm rüber zu schielen. Irgendwann würde dieses blöde Spießrutenlaufen schon aufhören.
Und als Zoe erneut anfing, von Jake zu schwärmen, überlegte Emilia, dass es eigentlich richtig gut wäre, wenn die beiden zusammen kämen. Denn Jake, als Noahs bester Freund, würde Zoe schon davon überzeugen, dass sein Kumpel ein guter Kerl wäre. Und dann würde sie auch einsehen, dass Jessica das genaue Gegenteil davon war und die Geschichte mit Noah aus verletzter Eitelkeit nur erfunden hatte.
Darum ermunterte Emilia ihre Freundin auch, Lauren zum nächsten Fußballspiel zu begleiten, um Jake eventuell über den Weg zu laufen und mit ihm ins Gespräch kommen zu können. Er würde sie bestimmt wiedererkennen und Emilia war sich sicher, dass er Zoe mit ihren langen blonden Haaren, den blauen Augen und der fröhlichen Art bestimmt sofort mögen würde. Sie bot außerdem an, Olivia zu fragen, ob diese wüsste, wo Jake in seiner freien Zeit oder am Wochenende anzutreffen wäre.
Schließlich gingen die beiden in dieselbe Stufe, da bekam man ja schon mal das ein oder andere mit. Aber in Wirklichkeit war es natürlich ein Leichtes, Noah all das zu fragen, um Zoe bald einen guten Tipp geben zu können.

So könnten sie ein bisschen Amor spielen und wer weiß, vielleicht würden sich Jake und Zoe am Ende ja wirklich ineinander verlieben und in ein paar Monaten würden sie alle über diese verzwickte Geschichte lachen.
Verstohlen sah Emilia nun doch zur anderen Seite des großen Saales hinüber. Noah war gerade aufgestanden, um mit den anderen Jungs nach draußen zu gehen. Er erwiderte ihren Blick und lächelte sie an. Emilia lächelte kurz zurück und schaute dann schnell wieder zu ihren Freundinnen, die noch immer darüber berieten, wie man einen Jungen am besten ansprechen könnte, ohne aufdringlich zu wirken.
‚Gut, dass Menschen keine Gedanken lesen können', kam es Emilia in den Sinn. Und in ein paar Tagen wäre bestimmt alles wieder normal, ohne Geheimnisse, so wie früher, nur mit Noah.

Geständnisse

Als Noah am Abend pünktlich um sieben Uhr vor der Haustür der Bennetts stand und den Klingelknopf drückte, unterhielten sich Sophia und Emilia gerade noch mit ihren Eltern, die inzwischen Hamburg erreicht hatten, über Skype. Emilia hatte ihrer Schwester nichts von Noahs Besuch erzählt. Eigentlich hatte sie sogar gehofft, Sophia wäre heute Abend mit Kevin unterwegs und sie hätten das Haus für sich allein, aber leider hatte es sich nicht so ergeben.

Darum sah Sophia ihre Schwester nun etwas überrascht an und auch Mom, die das Klingeln gehört hatte fragte aus der Ferne: „Oh, erwartet ihr noch Besuch?"

„Nein, ähm, vielleicht ist es Olivia?", stotterte Emilia etwas unbeholfen.

„Dann lass sie mal nicht so lange warten", erwiderte Mom. „Wir haben ja jetzt auch schon alles erzählt."

„Morgen schicken wir Euch dann wieder Bilder", sagte Dad. „Wir gehen in die Speicherstadt und bekommen eine Führung in der Elbphilharmonie."

„Ja, darauf freue ich mich schon ganz besonders", ergänzte Mom. „Also, dann macht's gut, meine Süßen! Bis bald!"

„Wir haben euch lieb! Ciao bellas!", verabschiedete sich Dad in seinem besten italienisch.

Und nachdem die Mädchen ihren Eltern noch viel Spaß gewünscht hatten, waren diese auch schon wieder hinter

einem schwarzen Bildschirm verschwunden. Sofort lief Emilia zur Haustür und riss sie mit Schwung auf.
„Hey!“, begrüßte sie Noah etwas atemlos. „Entschuldige, dass du warten musstest. Wir haben gerade noch mit unseren Eltern geskypet. Sie sind heute in Hamburg angekommen.“
„Kein Problem“, meinte Noah und lächelte fast schüchtern.
„So lange war es ja auch nicht. Ähm, wo soll ich mein Fahrrad hinstellen?“
„Oh, du kannst es in die Garage bringen“, schlug Emilia vor. „Warte, ich mache sie dir schnell auf.“
Sie holte den Schlüssel und öffnete das große Tor, damit Noah sein Mountainbike in die Garage schieben konnte. Als es sicher verstaut war, wandte sich der Junge zu Emilia um und sagte halb flüsternd: „Ich hab dich ganz schön vermisst.“
Dann nahm er ihr Gesicht in seine Hände und küsste sie, dass es Emilia fast den Atem verschlug.
Doch als er sie wieder frei gab, flüsterte sie leise zurück: „Ich hab dich auch vermisst.“
Dann nahm sie seine Hand und ging mit ihm hinüber zur Haustür, wo sie fast mit Sofia zusammenstießen, die schimpfend durch den Flur gestapft kam: „Mensch, Emilia! Warum lässt du denn die Tür so lange auf? Es ist schon eisig kalt im Haus. Kannst du denn nicht... Oh!“
Plötzlich stand sie vor ihnen und verstummte. Ganz verdattert starrte sie erst auf Noah, dann auf Emilia und

schließlich auf deren verschlungene Hände, bevor endlich der Groschen fiel. Da aber stellte Emilia ihren Freund schon offiziell vor:
„Ähm, das ist Noah. Ich hab dir ja von ihm erzählt. Und das ist Sofia, meine Schwester, die immer friert."
„Hey", sagte der Junge und reichte der jungen blonden Frau höflich die Hand. „Schön, dich kennen zu lernen. Emilia hat mir schon viel von dir erzählt."
„Ich hoffe, nur Gutes?", meinte Sofia augenzwinkernd. „Alles andere wäre nämlich gelogen."
Und als Emilia an ihr vorbei ins Haus ging, raunte sie ihr grinsend zu: „Also doch nicht Olivia, was?"
Die Jüngere zuckte nur mit den Schultern und grinste schelmisch zurück, bevor sie sich an Noah wandte: „Komm, wir machen uns einen Tee und gehen dann rauf in mein Zimmer! Dann kannst du auch gleich Figaro kennen lernen. Der steht nämlich schon in der Küche und wartet auf sein Futter."
Nachdem der Kater also ein paar Streicheleinheiten bekommen hatte, erbarmte sich Sofia und machte ihm seine Abendration fertig, damit Emilia und Noah mit ihrem Tee nach oben verschwinden konnten.
Emilias Zimmer lag ebenso wie das ihrer Schwester auf der Südseite des Hauses und hatte ein großes Fenster, durch das man bei Tag sogar das Meer sehen konnte. Emilia liebte ihr Zimmer. Erst im letzten Jahr hatte sie neue Möbel bekommen und sich für weiß lasiertes Holz entschieden, welches sich gut vom dunklen Parkettboden abhob.

Die Wände hatte sie zusammen mit ihrer Mom etwa hüfthoch in einem warmen Sandton gestrichen, darüber jedoch creme-weiß wie ihre Möbel. Dazu hatte sie sich Kissen, Decken und einen kleinen Teppich in Pastellfarben ausgesucht, die eine richtige Urlaubsatmosphäre ins Zimmer brachten.
Noah war Emilia gefolgt und als diese nun die Tür hinter sich schloss sagte er: „Deine Schwester ist sehr nett."
„Ja, sie ist ganz okay", meinte das Mädchen und stellte das Tablett mit dem Tee auf ihrem Schreibtisch ab. Dann machte sie das kleine Lämpchen auf ihrem Nachttisch an, welches den Raum in ein warmes, etwas schummriges Licht hüllte.
„Und dein Zimmer gefällt mir auch", fuhr Noah fort und sah sich ein wenig um.
„Wir haben es im letzten Jahr ein bisschen renoviert", erklärte Emilia. Dann nahm sie erneut Noahs Hand und zog ihn mit sich zum Fenster.
„Das hier ist mein Lieblingsplatz", sagte sie und setzte sich auf die breite Fensterbank, die mit einer Decke und jeweils zwei Kissen links und rechts so einladend und gemütlich war wie ein weiches Sofa.
„Wenn es hell ist, kannst du rausschauen aufs Meer und den Möwen zusehen, wie sie jagen oder sich von den Wellen schaukeln lassen. Aber dafür scheint heute der Mond für uns. Da, sieh mal!"
Emilia zeigte mit dem Finger zum Himmel und Noah setzte sich ebenfalls, um besser hinausschauen zu

können. So saßen sie sich schließlich gegenüber, jeder angelehnt auf einer Seite der Fensterbank, die angewinkelten Beine berührten sich in der Mitte.
„Jessica hat deinen Status entdeckt und heute deswegen die Welle gemacht“, begann Emilia, Noah die Neuigkeiten des Tages zu erzählen.
„Ich liebe diesen Status“, erwiderte der Junge, beugte sich vor und küsste Emilia lange auf den Mund. Danach sah er sie so zuckersüß an, dass Emilia plötzlich das Gefühl hatte, in einer rosa Wattewolke zu schweben. Als sie sich wieder gefangen hatte, sagte sie: „Ich liebe ihn auch und ich würde meinen am liebsten genauso machen. Aber das wäre wohl zu offensichtlich und dann würden sie mich bestimmt ins Kreuzverhör nehmen.“
Emilia seufzte und auch Noah wurde wieder ernst, als er erklärte: „Ich hoffe allerdings, dass dieses alberne Versteckspiel bald ein Ende hat. Es ist nämlich ziemlich unerträglich, dich zu sehen, ohne dich in den Arm nehmen zu können, weißt du?“
„Ja, geht mir genauso“, stimmte Emilia ihm zu.
Und dieses Mal war sie es, die seinen Kopf sanft mit ihren Händen zu sich zog und ihn küsste, nachdem sie noch ein bisschen näher an ihn herangerückt war.
Sie fühlte sich einfach magisch angezogen von diesem Jungen, von seinen schönen Augen, seinen Händen, den breiten Schultern, ja sogar von seinem Duft. Wenn die Zeit in diesem Moment stehen geblieben wäre, hätte Emilia nicht glücklicher sein können. Doch nach einer Weile wollte auch Noah ihr unbedingt noch etwas sagen:

„Nur damit du es weißt, ich habe Jake das mit uns erzählt."
„Oh!", entfuhr es Emilia, die damit gar nicht gerechnet hatte.
„Ja, er ist mein bester Freund und ich vertraue ihm", redete Noah weiter. „Er wird niemandem etwas sagen und wir erzählen uns eigentlich immer alles. Olivia weiß doch auch Bescheid, oder nicht?"
Emilia nickte. Natürlich wusste Olivia immer alles von ihr, so wie sie immer alles wusste, was bei ihrer besten Freundin gerade los war. Und genauso musste sie Noah zugestehen, sich seinem besten Freund anzuvertrauen. Trotzdem war sie sehr gespannt auf die Antwort, als sie Noah nun fragte: „Und, ähm, wie hat er reagiert, als du es ihm gesagt hast?"
Der Junge überlegte kurz und erwiderte dann: „Ich glaube, er war zuerst etwas überrascht, aber dann hat er gemeint, du wärst ein cooles Mädchen und hübsch obendrein und dass er uns viel Glück wünscht."
„Hm", machte Emilia nur, die insgeheim froh war, dass Jake offensichtlich nichts von ihren zufälligen Treffen erzählt hatte.
Sie stand auf, um den Tee zu holen, bevor er noch ganz kalt wurde und beschloss, Noah ebenfalls nichts davon zu sagen.
Im Grunde war es ja auch gar nicht wichtig.
Als Emilia mit den beiden Tassen zum Fenster zurückging, legte Noah seine Hände auf ihre schmalen Hüften und zog sie zu sich auf den Schoss.

„He, Vorsicht!“, lachte das Mädchen. „Ich verschütte ja alles.“
Sie reichte ihm seine Tasse, doch bevor er einen Schluck trank, küsste er sie ein drittes Mal.
„Weißt du, Zoe ist ein bisschen in Jake verknallt“, offenbarte Emilia anschließend und trank ebenfalls einen großen Schluck warmen Tee. „Meinst du, sie könnte ihm auch gefallen? Er hat doch keine feste Freundin, oder?“
„Nein, hat er nicht“, antwortete Noah. „Früher ist er ein paar Mal mit Mädchen ausgegangen und war auf fast jeder Party der Schwarm aller Mädels. Aber das ist schon bald ein Jahr her.“
„Ist damals irgendetwas Besonderes vorgefallen?“, wollte Emilia wissen.
„Ja, das kann man so sagen“, erwiderte Noah, überlegte kurz und erzählte dann aber doch weiter, während Emilia sich wieder ihm gegenüber auf die Fensterbank setzte und ihm gespannt lauschte. „Weißt du, als in unserer Stufe und im Freundeskreis alle nach und nach sechzehn wurden, da gab es fast jedes Wochenende irgendwo eine Party“, begann Noah und schaute etwas verlegen aus dem Fenster. „Und wenn gerade keiner Geburtstag hatte, dann traf man sich in irgendeinem Club, um zu feiern. Naja, und Jake und ich, wir waren eigentlich immer mit dabei.“
Emilia schaute Noah etwas überrascht an, denn die Information, dass ihr Freund früher ein regelrechter Partylöwe gewesen sein musste, war tatsächlich neu für

sie. Noah war für sie eigentlich immer der sportliche Junge mit den unglaublichen grünen Augen und dem süßen Lächeln gewesen, der in der Stufe über ihr war. Sie hatte nie einen Gedanken daran verloren, was er in seiner Freizeit oder an den Wochenenden so alles gemacht hatte.

„Wir fühlten uns alle schon so mega erwachsen und cool“, fuhr Noah fort. „Da durfte natürlich auch der Alkohol nicht fehlen. Wir haben alles probiert: zuerst Bier und Rotwein, dann alle möglichen Sorten von Likör und später auch Wodka und Tequila. Entweder besorgten es die älteren Geschwister oder es wurde heimlich eine Flasche aus der Hausbar der Eltern mitgenommen.“

Noah sah Emilia forschend an, als versuchte er, ihre Gedanken lesen zu können. Doch das Mädchen saß einfach nur da und sah ihn an, sodass er schließlich weitererzählte: „Irgendwann brachte dann auch jemand etwas zum Rauchen mit. Wir dachten zuerst, es wären nur normale Zigaretten, aber dann war schnell klar, dass es Gras war.“

„Ihr habt echt Marihuana geraucht?“, fragte Emilia, der diese Geschichten aus Noahs Vergangenheit so gar nicht behagten.

„Ich nicht“, beeilte sich der Junge zu versichern. „Aber Jake hat es probiert. Er hat mir später erzählt, dass es ihm so ein Gefühl von totaler Gechilltheit gegeben hat. Alles erschien ihm plötzlich so leicht, das ganze Leben eine einzige Entspannung. Du musst wissen, Jake steht

schon seitdem er denken kann unter einem besonderen familiären Druck."
„Das verstehe ich nicht", gab Emilia zu.
Sie sah Noah mit großen Augen an, als dieser es ihr erklärte:
„Die Sache mit Jakes Dad, dass er seine Kameraden im Irak gerettet hat, hast du davon schon mal gehört."
Emilia nickte: „Ja, das weiß ich. Und seitdem wird er wie ein Held verehrt." Jake hatte ihr diese Geschichte ja gerade erst erzählt, aber das sagte sie Noah lieber nicht.
„Genau", bestätigte dieser. „Und Jakes Großvater hat im zweiten Weltkrieg gedient. Ihm wurde später sogar das Victoria-Kreuz verliehen, weil er damals mehreren verwundeten Soldaten das Leben gerettet hatte, indem er einen nach dem anderen aus der Gefechtszone getragen hatte."
„Oh mein Gott!", entfuhr es Emilia und sie schaute mit traurigen Augen hinaus in den schwarzen Nachthimmel.
„Krieg ist so etwas Schreckliches. Ich bin froh, dass wir in einem friedlichen Land leben dürfen."
„Ja, dafür sollten wir wirklich dankbar sein", fand auch Noah und machte eine kurze Pause, bevor er mit seiner Erzählung fortfuhr: „Nun siehst du jedenfalls, was Jake für eine Familie hat: Lauter bewunderte Helden. Und er hat seit Jahren das Gefühl, in deren Schatten zu stehen. Er meint immer, alle sehen ihn an und denken: Okay, Jakob Merton, und was machst du für tolle Sachen, für die man dir eine Medaille überreichen kann. Das hat er mir wortwörtlich einmal so erzählt. Und auf all diesen

Partys, da konnte er das einfach vergessen. Da wurde gefeiert und gelacht und die Mädchen fanden Jake immer toll, weil er so charmant war und so gut aussah."
„Waren die Jungs da nicht neidisch?", wollte Emilia wissen.
„Oh, nein", erwiderte Noah. „Die mochten ihn für seine coolen Sprüche und seine Großzügigkeit. Ich wette, die meisten von denen wollten auch ein bisschen so sein wie er. Und das war für Jake genau die Bewunderung, nach der er sich immer gesehnt hatte. Es war wie eine Droge, von der er nie genug kriegen konnte."
„Aber was ist dann passiert?", hakte Emilia nach. „Du hast doch gesagt, dass irgendetwas vorgefallen war, weswegen Jake nicht mehr ausgegangen ist."
„Irgendjemand hat Bilder mit dem Handy gemacht auf den Partys", Noah holte tief Luft und fuhr dann fort: „Warum auch immer haben kurz darauf dessen Eltern diese Fotos entdeckt und sie den Eltern der anderen Kids gezeigt. So hat auch Jakes Vater Wind von dem bekommen, was sein Sohn am Wochenende so treibt. Auf einem Foto sah man, wie Jake mit ein paar anderen Leuten auf einem Sofa sitzt, den einen Arm um ein leicht bekleidetes Mädchen gelegt und in der anderen Hand ganz lässig eine qualmende Zigarette. Auf dem Tisch davor waren die Flaschen aufgereiht, die an dem Abend bereits geleert worden waren, fast so wie Trophäen."
„Oha!", machte Emilia. Sie konnte sich denken, was jetzt kam.

„Ja“, meinte Noah. „Jake hat daraufhin wohl den Anschiss seines Lebens bekommen. Sein Vater hat ihm gesagt, wie enttäuscht er von ihm sei und auch seine Mutter war eher traurig über das Verhalten ihres Sohnes als wütend. Und das hat wiederum Jake ziemlich zu schaffen gemacht, denn er liebt seine Mom wirklich sehr. Auf jeden Fall hat er damals vorerst striktes Ausgehverbot bekommen, aber Jake wäre sowieso von sich aus nicht mehr auf diese Art von Feiern gegangen. Er hat mir erzählt, dass er sich richtig geschämt hat, als er dieses Foto von sich gesehen hat. Er sagte, dass das nicht der Jake war, der er sein wollte und dass er von nun an alles daransetzten wollte, um zur Navy zu gehen und seine Eltern stolz zu machen, und auch sich selber.“
„Wow, das klingt, als sei er an diesem Tag von jetzt auf gleich total erwachsen geworden“, schlussfolgerte Emilia.
„Ja, schätze, so war es wohl“, bestätigte Noah. „Auf jeden Fall hat er seitdem nichts mehr mit Mädchen gehabt. Das wolltest du doch wissen, oder? Wegen deiner Freundin Zoe.“
„Ja, das wollte ich wissen“, sagte Emilia und nickte. „Und jetzt weiß ich sogar noch viel mehr.“
„Hmhm“, machte Noah und lächelte zaghaft. „Jetzt kennst du auch das dunkle Kapitel aus meiner Vergangenheit. Und ich hoffe sehr, es schreckt dich nicht ab. Denn wenn du jetzt nichts mehr mit mir zu tun haben willst, dann wäre das für mich so ziemlich das Schlimmste, was ich mir vorstellen kann.“

„Aber nein, keine Angst“, beruhigte Emilia den Jungen und nahm seine Hand, bevor sie ihm dann aber ernst in die Augen sah.
„Eine Sache muss ich trotzdem noch wissen: Du hast gesagt, dass Jake beliebt war bei den Mädchen. Aber, ich meine, du bist ja auch nicht gerade hässlich. Also, wie war es bei dir? Und erzähl mir nicht, sie haben nicht auch mit dir geflirtet, denn das würde ich dir nicht glauben.“
„Du bist ziemlich hartnäckig“, stellte Noah fest und seufzte ergeben. „Eine Zeit lang habe ich auch mitgetrunken und du kannst mir glauben, dass ich nicht besonders stolz darauf bin. Jedenfalls sinkt die Hemmschwelle, wenn du einen gewissen Pegel erreicht hast und das ein oder andere Mal ist es an einem Abend dann auch nicht bei einem Flirt geblieben. Aber das Schlimmste war jedes Mal der nächste Tag. Ich habe in den Spiegel geschaut und hatte ein schlechtes Gewissen, weil ich das Gefühl hatte, dass es nicht richtig war, was ich getan hatte. Und darum habe ich bald nur noch so viel getrunken, dass ich immer noch klar denken konnte. Nach zwei, drei Bier war Schluss. Eigentlich bin ich hinterher nur noch wegen Jake mitgegangen.“
„Und hast du auch mit einer, also bist du…“, stammelte Emilia, die nicht recht wusste, wie sie die nächste Frage formulieren sollte.
Doch Noah wusste natürlich sofort, worauf sie hinaus wollte und konnte sie beruhigen: „Nein, nie! Ganz so betrunken war ich ja dann auch wieder nicht.“

Dann nahm er ihre Hand und küsste sie langsam, bevor er ihr erklärte: „Und keine von ihnen hat mir je irgendetwas bedeutet. Erst seit ich dich kenne, weiß ich, wo ich hingehöre. Es vergeht keine Sekunde, in der ich nicht an dich denke, weil ich dich liebe, Emilia, mehr als alles andere auf der Welt."

Emilias Gedanken schlugen Purzelbaum. Erst offenbarte Noah ihr seine wilde Vergangenheit, die sie zugegebener Weise ein wenig schockierte, und im nächsten Moment erklärte er ihr seine Liebe. Und sie liebte ihn auch, sehr sogar. Das laute Pochen in ihrer Brust war Beweis genug dafür. Und doch wusste sie eigentlich gar nicht mehr so genau, wer dieser Junge wirklich war, der ihr da gerade gegenüber saß.

Doch bevor sich auch noch ein dummer Gedanke in Emilias Kopf schleichen konnte, stand Noah auf, zog sie von ihrem Fensterplatz hoch und bewies ihr sehr leidenschaftlich, dass es ihm absolut ernst war mit seinen Gefühlen für sie.

Und Emilia konnte nicht leugnen, dass es ihr gefiel, was er tat. Sie genoss seine weichen Lippen auf ihrem Mund und ihrem Hals, spürte seine warmen Hände, die zuerst zärtlich durch ihre langen Haare strichen, um dann immer weiter abwärts zu wandern bis zu ihren Hüften. Sie fühlte sich wunderbar schwindelig wie nach einer langen Karussellfahrt. Doch Noahs Arme hielten sie fest.

Und sie wusste in diesem Moment mit jeder Faser ihres Körpers, dass es genau das war, was sie immer wollte:

Bei ihm sein und von ihm festgehalten werden. Darum war sie fast schon ein bisschen enttäuscht, als er sie schließlich vorsichtig losließ und ihr leise zuflüsterte: „Am liebsten würde ich gar nicht nach Hause fahren. Ich wünschte, ich könnte Tag und Nacht mit dir zusammen sein."
„Ja, das wäre schön", flüsterte Emilia zurück, schlang ihre Arme um seinen Nacken und küsste ihn erneut. „Musst du denn wirklich schon gehen?"
Noah sah auf seine Armbanduhr und erschrak: „Oh, Mist, es ist ja schon nach neun. Ich hatte meiner Mom gesagt, dass ich um neun zu Hause bin. Sie macht sich sicher schon Sorgen."
„Du solltest ihr Bescheid geben, dass du jetzt losfährst", schlug Emilia vor. „Dann weiß sie, dass alles okay ist."
„Ja, du hast Recht", stimmte Noah ihr zu und holte sein Handy aus der Jackentasche, um seiner Mom eine Nachricht zu schreiben. Dann wandte er sich wieder Emilia zu und sagte bedauernd: „Okay, also dann werde ich mich wohl besser mal auf die Socken machen."
„Ja, schade, dass es schon so spät ist", fand Emilia. „Die Zeit mit dir geht immer viel zu schnell um."
Sie gingen die Treppe hinunter und das Mädchen öffnete wie vor zwei Stunden für Noah das Garagentor, nur, dass er dieses Mal sein Fahrrad wieder herausholen musste. Er stopfte die Jacke, die er Emilia in der vorigen Woche bei ihrem ersten Treffen geliehen hatte, in seinen Rucksack und warf sich diesen auf den Rücken. Dann nahm er das Mädchen ein letztes Mal in seine

Arme und hielt sie eine Weile fest, so als wollte er sie nie wieder loslassen.
Und auch Emilia schlang die Arme um ihren Freund.
„Wann können wir uns eigentlich das nächste Mal wieder treffen?“, überlegte sie laut. „Kannst du vielleicht am Mittwoch? Dienstag und Donnerstag habe ich ja Training, aber Mittwoch hätte ich auf jeden Fall Zeit.“
„Nein, so was Blödes“, fiel es Noah ein und er sah Emilia bedauernd an. „Am Mittwoch treffen wir uns in unserer Biologiegruppe. Olivia hatte den Termin vorgeschlagen, weil sie dienstags und donnerstags keine Zeit hat.“
„Nein, logisch, dass sie dann nicht kann. Wir gehen ja gemeinsam zum Leichtathletik“, erklärte Emilia und Noah nickte: „Ja, ich glaube, das sagte sie auch. Also dann sehen wir uns erst wieder am Freitag.“
„Oh, nein!“, stöhnte Emilia. „Das dauert viel zu lange.“
Noah lächelte sie schief an und sagte: „Ja, ich weiß ehrlich gesagt auch nicht, wie ich es vier Tage ohne dich aushalten soll. Vielleicht sollten wir uns zwischendurch heimlich in der Schule auf dem Klo treffen, dann kann ich dich wenigstens mal schnell küssen.“
„Uh, wie romantisch“, meinte Emilia ironisch und verzog angeekelt das Gesicht. „Aber wir müssen uns jeden Abend schreiben, okay?“
„Einverstanden“, versprach Noah. „Dann erzählst du mir, was du so gemacht hast und ich erzähle dir das Neueste aus meinem spannenden Alltag ohne dich.“
„Gut, so machen wir's“, entgegnete Emilia und seufzte.

„Dann habe ich wenigstens ein bisschen das Gefühl, dass du bei mir bist. Hoffentlich geht die Zeit bis Freitag schnell um."
„Ich fürchte, sie wird kriechen wie die langsamste Schnecke", sagte Noah theatralisch und entlockte Emilia damit zumindest ein kleines Schmunzeln.
„Aber dann kommst du zu mir nach Hause, okay?"
Noahs Art zu fragen duldete keinen Widerspruch. Doch Emilia fand ohnehin, dass es eine gute Idee wäre, auch einmal sein Zimmer und sein Zuhause kennen zu lernen. Dann könnte sie sich demnächst alles viel besser vorstellen, wenn er ihr davon erzählte.
Darum nickte sie zustimmend und antwortete: „Gute Idee! Und wenn Sofia mich mit dem Wagen bringt, wird mich auch schon niemand sehen."
„Also, dann bis Freitag, meine schöne Emilia", sagte Noah schließlich zum Abschied, bevor er sie ein allerletztes Mal küsste und sich dann auf sein Fahrrad schwang, um in die Dunkelheit davonzufahren.
Das Mädchen schaute noch einen kurzen Augenblick hinter ihm her und fühlte sich genauso einsam und verlassen ohne ihn wie gestern. Zum Glück kam Sofia in dem Moment nach draußen, weil Emilia natürlich schon wieder die Haustür viel zu lange offen gelassen hatte. Aber dieses Mal schimpfte sie nicht, sondern legte schwesterlich ihren Arm um Emilia und nahm sie mit hinein. Dann schaute sie die Jüngere forschend an, um beim Anblick ihrer rosigen Wangen festzustellen: „Es hat dich ganz schön erwischt, was?"

Emilia nickte stumm und seufzte dann: „Kann man so sagen, ja. Und jetzt muss ich bis Freitag warten, um ihn wiederzusehen. Das sind vier ganze Tage.“
Sofia lachte amüsiert über die dramatisch vorgetragenen Worte ihrer Schwester und meinte: „He, du weißt doch: Vorfreude ist die schönste Freude. Das schaffst du schon.“
Doch Emilia rollte nur gequält mit den Augen und ging langsam nach oben, wo sie sich dazu zwang, die Sachen für den nächsten Schultag vorzubereiten und sich zu waschen.
Als sie eine gute Stunde später endlich im Bett lag, gab es natürlich nur einen einzigen Gedanken, der ihr in den Sinn kam: Noah.
Ob er wohl auch gerade an sie dachte? Emilia schaute ein letztes Mal auf das Display ihres Handys, bevor sie es ausschalten wollte, und ihr Herz machte einen kleinen Freudensprung.
Er hatte wirklich an sie gedacht und Emilia las glücklich lächelnd seine Nachricht, die eigentlich eher so etwas war wie ein Liebesbrief:
‚Liebe Emilia, ich liege hier in meinem Zimmer auf dem Bett und höre gerade ‚All of me‘ von John Legend.
Ich wünschte, du wärst jetzt hier bei mir und ich könnte dich in meinen Armen halten.
Du kannst dir nicht vorstellen, wie sehr ich dich schon jetzt vermisse. Keine Ahnung, wie ich das bis Freitag aushalten soll?! Ich schreibe dir, damit du weißt, dass ich immerzu an dich denken muss, weil du mir schon jetzt

so viel bedeutest. Wenigstens kann ich dich morgen wieder sehen.
Denn glaub mir, das tue ich, auch wenn ich dich nicht sehen soll. Schlaf gut und träum was Schönes! Love you! Noah‘
Emilia legte sich ihr Handy einen Moment lang auf die Brust, so als könnten diese wundervollen Zeilen dadurch direkt in ihr Herz gelangen. Dabei waren sie doch schon längst dort angekommen.
Schließlich schrieb Emilia ihm eine ähnlich lange Nachricht zurück, die Noah versichern sollte, dass sie ihn ebenso vermisste wie er sie und dass sie schon jetzt die Stunden zählte, bis sie sich das nächste Mal wieder nah sein konnten.
Die letzten drei Wörter der Nachricht aber waren ‚Ich liebe dich‘. Und zwei kleine blaue Häkchen verrieten Emilia kurz darauf, dass Noah wahrscheinlich genau darauf gewartet hatte.

Surprise, surprise

Der nächste Morgen stellte Emilia auf eine harte Probe und verlangte ihr einiges ab.
Alles begann damit, dass Noah ihr schon vor der ersten Unterrichtsstunde auf dem Schulhof entgegen kam und demonstrativ zur Seite schaute, als sich ihre Wege kreuzten.
Emilia brach es fast das Herz, denn der Junge hatte noch nicht einmal die Andeutung eines Lächelns auf den Lippen gehabt, sondern gab ihr mit kühlem Gesichtsausdruck sogar das Gefühl, nichts weiter als Luft für ihn zu sein.
War das der gleiche Junge, der ihr gestern so wundervolle Dinge gesagt und geschrieben hatte?
Waren all die schönen Worte am Ende gar nicht ernst gemeint? Emilia war es plötzlich richtig beklommen zu Mute.
„Pff", machte Zoe, die neben Emilia herlief. „Der meint wohl auch, er wäre was Besseres, was? Habt Ihr gesehen, wie arrogant der geschaut hat? Ausgerechnet der!"
„Amanda hat ihn übrigens gestern Abend mit seinem Fahrrad unten in Eastney gesehen", wusste Lauren zu berichten, die nun gemeinsam mit ihren Freundinnen die Schule betrat. „Ich wette, der stalkt Jessica. Was sollte er sonst in diesem Stadtteil zu suchen haben?"
Emilia hielt bei dieser Neuigkeit zunächst entsetzt die

Luft an und stammelte dann: „Aber ich dachte, er hätte jetzt eine andere Freundin. Dann kann ihm Jessica doch egal sein."
„Wer weiß", überlegte Zoe. „Vielleicht ist sein toller, neuer Status mit Herzchen und so ja bloß Tarnung."
„Ja, genau", Lauren schien dieser Gedanke zu gefallen. „Ein Fakestatus und in Wirklichkeit will er immer noch was von ihr."
„Na, jetzt übertreibt ihr aber", fand Emilia, der die Hirngespinste ihrer Freundinnen allmählich zu bunt wurden. „So umwerfend ist Jessica ja auch wieder nicht."
Zoe und Lauren sahen sich mit hochgezogenen Augenbrauen an und fragten fast gleichzeitig: „Du nimmst ihn doch wohl nicht in Schutz, oder?"
„Ja, nein, ich meine...", stotterte Emilia und fühlte sich ertappt. „Ich finde nur, wir kennen Noah doch im Grunde gar nicht. Dann sollten wir auch nicht schlechter von ihm denken, als er vielleicht in Wirklich ist."
„Ich weiß, was ich weiß", zischte Zoe mit zusammengekniffenen Augen. „Und darum denke ich von diesem Typen genauso schlecht, wie er es verdient hat. Aber wenn du da anderer Meinung bist, dann ist das allein dein Problem."
Damit drehte sich das blonde Mädchen um und eilte in den Kursraum für Spanisch, um sich mit verschränkten Armen und trotziger Miene auf seinen Platz zu setzen.
Lauren folgte Zoe, setzte sich neben sie und flüsterte ihr beschwichtigend zu: „Lass sie doch! Emilia hat halt ein weiches Herz."

„Ja, ein Herz für Triebtäter“, meinte Zoe, noch immer beleidigt, dass Emilia nicht ihrer Meinung war.
„Ach, lass sie doch!“, wiederholte Lauren, die es nicht haben konnte, dass schlechte Stimmung zwischen den beiden herrschte.
Inzwischen hatte sich auch Emilia auf ihren Platz gesetzt und holte ihre Spanischsachen aus dem Rucksack, ohne Zoe noch einmal anzusehen. Sie hatte deren Vorliebe, über ihre Mitschüler zu lästern, noch nie besonders gemocht. Und doch musste Emilia ehrlich gestehen, dass sie Zoe auch noch nie wirklich davon abgehalten hatte. Aber als sie jetzt so schreckliche Dinge über Noah gesagt hatte, da hatte Emilia ihn einfach verteidigen müssen, obwohl sie immer noch verwirrt war über die Art und Weise, wie er gerade an ihr vorbeigegangen war.
Zum Glück kam in diesem Moment Senior Garcia mit einem freundlichen ‚Buenos dias‘ in den Raum, sodass der Streit der Mädchen vorerst keine Rolle mehr spielte. Und nach dem Spanischunterricht schien Zoe die kleine Meinungsverschiedenheit sogar schon wieder vergessen zu haben, denn sie wandte sich an Emilia, als ob nichts gewesen wäre: „Ach, sag mal! Wolltest du nicht Olivia fragen, ob sie dir ein paar spannende Informationen über Jake sagen kann?“
Emilia war froh darüber, dass Zoe nicht mehr sauer war und entschloss sich, ihren kleinen Wutanfall von vorhin zu vergessen. Darum antwortete sie wahrheitsgemäß: „Also, ich weiß nur, dass er schon lange keine Freundin mehr hatte und dass er regelmäßig ins Gym geht.“

Dass Emilia diese Details natürlich nicht von Olivia wusste sondern von Noah, musste sie Zoe ja nicht unbedingt auf die Nase binden.
„Das ist doch schon mal was", freute sich Zoe und hakte sich bestens gelaunt zwischen ihren beiden Freundinnen unter, um zum Kursraum von Mrs Harper zu marschieren.
Da diese noch nicht da war, nutzte Emilia die Gelegenheit, um einmal kurz auf ihr Handy zu schielen. Sie hoffte so sehr, Noah hätte ihr geschrieben.
Doch es war nur ein Bild von Figaro zu sehen, welches Emilia für ihren Sperrbildschirm ausgewählt hatte.
Keine neue Nachricht.
Enttäuscht steckte das Mädchen sein Smartphone wieder weg und versuchte Mrs Harpers Unterricht in Economics so gut es ging zu folgen.
Später am Nachmittag klagte Emilia Olivia vor dem Training in der Umkleidekabine ihr Leid: „Er hat nicht bloß weggeschaut, sein Gesichtsausdruck sagte auch noch sowas wie ‚Oh nein! Die schon wieder!'. Ich verstehe das einfach nicht. Gestern Abend, da war er noch ganz anders. Da war alles so... perfekt. Und jetzt weiß ich gar nicht mehr, was los ist."
„Hallo? Können wir uns jetzt bitte mal wieder beruhigen?", verlangte Olivia in gespielt dominantem Tonfall. „Noah macht doch genau das, worum du ihn gebeten hast. Er ignoriert dich, damit du keinen Ärger bekommst. Du hast doch wohl jetzt keinen Grund, dich zu beschweren."

„Aber er hat mir den ganzen Tag nicht einmal geschrieben“, jammerte Emilia und Olivia verdrehte die Augen.
„Du hast mir doch vorhin noch erzählt, dass ihr Euch jeden Abend zum Chatten verabredet habt. Mensch, Emmi, atme drei Mal tief durch und mach es nicht komplizierter, als es sowieso schon ist! Du wirst sehen, spätestens nachher, wenn du in deinem Bettchen liegst, ist die Welt wieder in Ordnung.“
„Ich benehme mich furchtbar, oder?“, wollte Emilia von ihrer besten Freundin wissen.
„Geht schon“, antwortete diese grinsend.
„Warum bin ich nur so hysterisch?“, fragte Emilia sich selbst. „Ich kenn mich ja gar nicht mehr wieder.“
„Na, ich würde sagen, es hat dich halt voll erwischt, meine Süße“, analysierte Olivia und legte tröstend einen Arm um ihre Freundin. „Komm! Das Training wird dir gut tun. Dann wird dein benebeltes Gehirn wieder frei gepustet.“
Und so war es auch. Kevin scheuchte seine Schützlinge heute ordentlich über den Platz. Und sollte dem ein oder anderen zu Beginn der Stunde noch kalt gewesen sein, so hatte sich dies spätesten nach zwanzig Minuten erledigt. Am Ende waren Emilia und Olivia nach den vielen Laufeinheiten zwar ziemlich müde, radelten aber nach einer heißen Dusche dennoch zufrieden in Richtung Eastney.
Zunächst hing jede von ihnen ihren eigenen Gedanken nach, bis es aus Olivia plötzlich heraussprudelte: „Ich

hab die Idee! Komm doch morgen Nachmittag um kurz vor fünf zu mir! Um fünf kommen nämlich die Leute aus meiner Biogruppe alle, um an unserer Präsentation zu arbeiten. Du weißt schon, die Sache mit dem Immunsystem. Und wer kommt also auch um fünf zu Olivia?“
„Noah“, antwortete Emilia sofort und strahlte.
„Genau“, bestätigte die Freundin.
„Aber was sagen denn dann die anderen aus eurer Gruppe, wenn ich da auch rumlaufe?“, überlegte Emilia.
„Ach, die kriegen das doch gar nicht mit“, erklärte Olivia. „Du bleibst einfach unten in der Küche, bis ich alle in mein Zimmer geschleust habe und dann bitte ich Noah, mir beim Tragen der Getränke zu helfen, oder so. Und schwups stehst du nicht mehr alleine da rum.“
„Livi, du bist die Beste!“, freute sich Emilia. „Aber sind deine Eltern denn nicht zu Hause? Das wäre mir echt peinlich, wenn die Noah und mich zusammen in eurer Küche antreffen würden.“
„Nein, keine Bange“, beruhigte Olivia ihre Freundin. „Mom hat Spätschicht und Dad ist meistens erst so gegen sechs zu Hause. Ihr habt also zumindest für ein paar Minuten sturmfreie Bude.“
„Oh, Livi, wie kommst du nur immer auf solche Ideen?“, staunte Emilia und bekam prompt die Antwort: „Naturtalent! Aber verplappere dich bloß nicht! Sonst war meine geniale Idee für die Katz.“
„Nein, nein, keine Sorge! Ich halte schon dicht“, versicherte Emilia und fügte, als Olivia in die Esplanade

Gardens abbog, hinzu: „Bis morgen meine liebste Lieblingsfreundin! Schlaf gut!“
Und obwohl Olivia schon ein Stück entfernt war, konnte Emilia anschließend noch deutlich ihre Stimme hören: „Schlaf du auch gut und rutsch nicht auf deiner Schleimspur aus! Bis morgen!“
Emilia grinste und spürte eine große Dankbarkeit in sich aufsteigen.
Wie wunderbar war es doch, eine solche beste Freundin zu haben.
Außerdem sollte Olivia wirklich Recht behalten mit ihrer Prophezeiung, denn als Emilia später mit ihrem Smartphone bewaffnet im Bett lag, war die Welt tatsächlich wieder in Ordnung. Sie hatte den Chat mit Noah ganz unverfänglich mit einem ‚Hey, alles gut bei dir? ☺‘ begonnen und war gar nicht gefasst auf das, was dann als Antwort kam.
Mit großen Augen las sie Noahs Antwort: ‚Hey! Jetzt ja! Bin so froh, dass du dich meldest! Hab schon gedacht, du redest nicht mehr mit mir, weil ich heute Morgen so abweisend war. Glaub mir, ich habe mich richtig mies gefühlt dabei. Aber deine Freundin Zoe hat mich angesehen wie einen Verbrecher, da dachte ich, es ist besser so, damit du keinen Ärger kriegst. Aber ich habe den ganzen Tag nur an dich gedacht. Hab mich gefragt, ob es dir gut geht oder ob du sauer auf mich bist?‘
‚Ich bin nicht sauer auf dich‘, tippte Emilia schnell eine Antwort ein. ‚Das war doch so abgesprochen, auch wenn ich es selber nicht toll finde! Was machst du gerade?‘

‚Bin in meinem Zimmer und höre Musik – zur Ablenkung! ;)' schrieb Noah zurück.
‚Und welchen Song hörst du jetzt', wollte Emilia wissen.
Noah schickte ihr eine Audionachricht, in der er ein gutes Stück des Liedes aufgenommen hatte.
Emilia erkannte es sofort und schrieb: ‚Nothing breaks like a heart von Mark Ronson und Miley Cyrus? Wie passend! ;)'
Und dann fiel ihr noch etwas ein und sie schlug vor: ‚Du kannst ja mal ein Foto von deinem Zimmer machen. Dann kann ich mir besser vorstellen, wo du gerade bist, okay?!'
‚Okay, aber es ist nicht aufgeräumt!, :O', willigte Noah ein und Emilia musste eine Weile warten, bis er ihr endlich zwei Bilder schickte. Offensichtlich hatte er doch noch etwas Ordnung gemacht, denn Emilia konnte nicht erkennen, dass irgendwo Sachen herumlagen oder etwas durcheinander war. Das erste Foto musste Noah von seinem Bett aus gemacht haben, denn man konnte im Vordergrund noch ein Stück davon erkennen. Es lag eine grau-weiße Patchworkdecke darauf, die sehr hübsch aussah. Außerdem sah sie einen Kleiderschrank aus hellem Holz und eine Kommode, auf der ein paar Bücher standen sowie ein Modellflugzeug und zwei gerahmte Fotos. Aber Emilia konnte nicht erkennen, wer darauf zu sehen war.
Das zweite Bild zeigte die andere Seite des Zimmers mit einem großen Fenster, unter dem ein Schreibtisch stand und daneben in einer Ecke des Raumes noch ein Regal

mit weiteren Büchern, Musikboxen und einigen anderen Dingen.
Noahs Zimmer schien zwar nicht besonders groß aber auf jeden Fall gemütlich zu sein. Darum schrieb Emilia ihm auch: ‚Gefällt mir bei Dir! Ein schönes Zimmer! Was siehst du, wenn du aus dem Fenster schaust?'
Dieses Mal aber schrieb Noah nicht zurück, sondern schickte ihr als Antwort eine Sprachnachricht: „Also, mein Zimmer geht zur Straße raus und wenn ich wollte, könnte ich direkt bei unseren Nachbarn gegenüber ins Schlafzimmer reinschauen, was ich allerdings lieber nicht mache. Die sind nämlich schon über siebzig."
Emilia grinste und freute sich außerdem, Noahs Stimme zu hören, was sie ihm auch direkt mitteilte. So schickten die beiden noch zwei Stunden lang gesprochene und geschriebene Nachrichten durch die sternklare Nacht, machten einander Fotos von ihren Lieblingskleidungsstücken, spielten sich gegenseitig ihre aktuellen Lieblingslieder vor, berichteten von ihren Erlebnissen in der Schule und beteuerten sich immer wieder, wie sehr sie den jeweils anderen vermissten.
Doch als es auf Mitternacht zuging verabschiedeten sie sich schweren Herzens voneinander und tippten ein letztes ‚Love you! See you soon!' in ihre Handys.
Und obwohl Emilia eigentlich hundemüde war, lag sie noch eine Weile wach im Bett, weil sie so aufgeregt und voller Vorfreude auf den nächsten Nachmittag war, wenn sie Noah endlich wieder nicht nur hören, sondern auch würde spüren können.

Aber bis dahin dauerte es noch eine halbe Ewigkeit und der nächste Schultag hatte leider auch keinerlei Besonderheiten zu bieten, die ihn vielleicht ein wenig abwechslungsreicher hätten machen können.
Emilia schielte alle paar Minuten auf ihr Handy, entweder, um nachzusehen, wie spät es war oder in der vagen Hoffnung, dass Noah ihr eventuell ein paar Zeilen geschrieben hätte.
Schließlich gab es dann doch noch eine kleine Sensation, die sich schnell unter den Schülern herumsprach: In den kommenden Tagen wurden amerikanische Offiziere in Portsmouth erwartet. Es ging wohl um irgendeine längere Kooperation zwischen den Vereinigten Staaten und Großbritannien.
Da fast jeder hier in der Stadt einen Verwandten oder Freund hatte, der bei der Royal Navy beschäftigt war, verbreiteten sich solche Neuigkeiten immer wie ein Lauffeuer.
Das war soweit nichts Außergewöhnliches, doch ein Amerikaner würde seine Familie mitbringen und sein Sohn sollte das St. John's College besuchen. Es hieß, er sei siebzehn Jahre alt, somit würde er dann entweder in Emilias Stufe gehen oder in die von Noah und Olivia. Natürlich spekulierten besonders die Mädchen sehr intensiv, ob der neue Junge wohl gut aussah? War er sportlich? Vielleicht ein Rugbyspieler? Oder spielte man in den USA nicht meistens American Football?
Emilia beteiligte sich nicht besonders eifrig an all diesen Überlegungen und auch Lauren hielt sich verständlicher-

weise zurück. Denn es war Jordan, der bei ihr nach wie vor an erster Stelle stand.
Doch Zoe ließ ihrer Phantasie freien Lauf, was Emilia im ersten Moment etwas überraschte. Denn die letzten beiden Tage mochte die Freundin doch eigentlich nichts lieber, als über Jake zu reden.
Nun aber war sie der festen Überzeugung, dass grundsätzlich alle amerikanischen Jungs muskulös waren und aussahen wie Zac Efron – oder so ähnlich. Und in der Mittagspause wurde auch am Nachbartisch bei Jessica und ihren treuen Freundinnen eifrig zu dem Thema gekichert.
Nun ja, man würde sehen, wer da nächste Woche zu ihnen käme. Aber so lange würden die Vermutungen wohl nicht abreißen. Emilia waren die amerikanischen Offiziere jedenfalls völlig egal, sie zählte weiterhin die Stunden bis fünf Uhr.
Und irgendwann war es dann endlich so weit, Emilia stand vor Olivias Haus und schellte. Es war genau zehn Minuten vor fünf, als diese die Freundin mit einem breiten Grinsen hereinließ.
„Surprise, surprise“, zwitscherte Olivia und schob Emilia direkt in der Küche – keine Minute zu früh, denn schon ertönte ein weiteres Mal die Türklingel.
Mit einem „na, die sind aber früh dran“ eilte Olivia in den Flur, um ihre Kurskameraden hereinzubitten, und ließ Emilia allein in der Küche zurück.
Diese spähte vorsichtig durch die Gardine des Fensters, von dem aus sie einen Blick auf den Eingangsbereich

des Hauses hatte. Es waren Eric und Aileen, die gerade von Olivia begrüßt wurden. Von Noah war noch nichts zu sehen.
Emilia zog sich die Jacke aus und hängte sie über einen Küchenstuhl.
Dann nahm sie ein Glas aus dem Schrank und ließ etwas Leitungswasser hineinlaufen, denn ihr Mund war vor lauter Aufregung ganz trocken.
Doch gerade als sie den ersten Schluck getrunken hatte und einen zweiten Blick aus dem Fenster riskierte, trat jemand von hinten an sie heran und umfasste ihre Taille, sodass Emilia vor Schreck fast das Glas aus der Hand gefallen wäre.
Sie hörte Olivia etwas entfernt kichern, drehte sich um und sah in Noahs grüne Augen.
„Sorry, ich wollte dich nicht erschrecken“, flüsterte der Junge und küsste seine Freundin zärtlich auf den Mund.
„Hast du ja auch gar nicht“, schwindelte diese etwas verschämt und bekam vor lauter Glück schon wieder ganz heiße Wangen. „Ich war bloß etwas überrumpelt, weil ich gar nicht gesehen habe, dass du schon da bist.“
„Olivia hat mich an der Haustür abgepasst“, erklärte Noah.
Emilia grinste und dachte im Stillen: ‚So eine Kupplerin‘.
Aber natürlich freute sie sich, dass ihr Plan aufgegangen war und sie nun eng umschlungen mit Noah hier in der Küche stehen und ihm einen Moment lang nah sein konnte. Und Noah freute sich auch.

„Wenn ich gewusst hätte, dass ich dich heute noch hier treffe, dann hätte ich ja den ganzen Tag über gleich viel bessere Laune gehabt“, sagte der Junge und schaute Emilia dabei ganz verliebt an.
„Tja, da hatte ich dir wohl was voraus“, meinte diese nur und schlang die Arme um den Hals ihres Freundes.
Diese wenigen Minuten im Haus der Evans waren für beide die mit Abstand schönsten des heutigen Tages, aber sie gingen viel zu schnell vorbei. Denn nach einiger Zeit steckte Olivia den Kopf zur Tür herein, bevor sie sich durch ein lautes Räuspern bemerkbar gemacht hatte.
„So, meine Turteltäubchen“, sagte sie entschuldigend, „ich störe ja nur ungern, aber die anderen fragen sich schon, wo du bleibst, Noah. Und irgendwann müssen wir ja mal anfangen mit unserer Biogeschichte, gell?“
„Ja, okay, ich komme sofort!“, erwiderte Noah bedauernd, als Olivias Kopf taktvoll wieder aus dem Türrahmen verschwand.
Dann küsste er Emilia ein letztes Mal lang und zärtlich, bevor er sie aus seinen Armen freigab.
Sofort hatte das Mädchen wieder dieses eigenartige Gefühl von Leere, ja von Unvollständigkeit.
Doch Emilia ließ sich nichts anmerken, sondern lächelte Noah tapfer an und wünschte ihm viel Spaß und gutes Gelingen bei der Präsentation. Der Junge zog eine Grimasse, strich sich durch die dichten, blonden Haare und folgte Olivia, die Emilia zum Abschied zuwinkte.
Da die beiden sich nun wie verabredet mit den anderen

an die Arbeit machten, ging Emilia schließlich die Straße entlang Richtung Esplanade Gardens und genoss den frischen Abendwind in ihrem warmen Gesicht. Passend zu ihrer Stimmung färbte sich der Himmel im Westen gerade orange-rot und tauchte die Welt in ein zartrosa Licht.

Wie glücklich konnte sie doch sein, eine solche beste Freundin zu haben wie Olivia, die ihr nur das Beste wünschte und noch dazu einen Freund wie Noah, der ihr das Gefühl gab, der wertvollste Mensch auf Erden zu sein. In diesem Moment hätte Emilia die ganze Welt umarmen können.

Figaro

Wieder zu Hause fand Emilia eine völlig aufgelöste Sofia vor. Zuerst dachte sie schon, es sei etwas mit Kevin nicht in Ordnung, aber ihre Schwester erzählte sofort schluchzend, dass Figaro verschwunden wäre. Sie hatte ihn schon seit dem Morgen nicht mehr gesehen, obwohl er mittags doch immer nach Hause kam, um ein ausgiebiges Nickerchen auf dem Sofa zu machen.
Zuerst hatte Sofia das ganze Haus nach dem Kater abgesucht, dann den Garten und war zu guter Letzt sogar bei den Nachbarn gewesen. Niemand hatte Figaro gesehen, aber alle wollten Augen und Ohren offen halten.
Emilias gute Laune war mit einem Schlag wie weggeblasen und sie spürte einen Stich in ihrer Brust. Nicht auszudenken, was wäre, wenn ihrem geliebten Kater etwas zugestoßen wäre.
„Ich gehe nochmal los, die Esplanade entlang", beschloss sie darum. „Nicht, dass er angefahren wurde und noch irgendwo liegt."
„Oh mein Gott! Alles, bloß das nicht", stöhnte Sofia. „Ich komme mit dir mit. Ich halte es sowie nicht aus, tatenlos hier rumzusitzen und zu warten."
Emilia hatte sich gerade ihre Jacke wieder angezogen, als die beiden Schwestern ein klägliches Maunzen hörten, welches von der Terrasse her zu kommen schien. Sofort stürzten sie ins Wohnzimmer und sahen im Dämmer-

licht eine kleine dunkle Gestalt vor der Glastür sitzen. Es war natürlich Figaro und Sofia ließ ihn ins Haus.
„Ach du meine Güte! Wie siehst du denn aus?“, entfuhr es der jungen Frau beim Anblick des schwarzen Katers.
„Ich glaube, er hat sich gezofft“, vermutete Emilia, denn Figaros linkes Ohr war eingerissen uns blutete. Außerdem hatte er eine tiefe Schramme unter dem rechten Auge und in seinem Fell klebten Erde und Gras.
„Hoffentlich hat er wenigstens gewonnen“, meinte Sofia kopfschüttelnd. „Aber sein Ohr gefällt mir nicht. Wir sollten ihn wohl besser zum Tierarzt bringen. Vielleicht muss es sogar genäht werden.“
Also packten sie den maunzenden Kater in seine Transportbox und fuhren mit ihm nach Southsea zu Dr. Fitzpatrick. Dieser verpasste Figaro eine Spritze gegen Entzündungen und tackerte sein lädiertes Ohr mit drei winzig kleinen Klammern.
In einer Woche sollten sie wiederkommen. Dann wäre alles wieder hübsch zusammengewachsen und der Doktor könnte die Klammern entfernen. Bis dahin aber musste der Kater einen Schutzkragen aus weißem Plastik tragen, damit er sich nicht mit der Pfote das Ohr wieder aufreißen konnte. Und an seinem beleidigten Geschichtsausdruck konnten Sofia und Emilia unschwer erkennen, dass er von dieser Vorsichtsmaßnahme absolut gar nichts hielt.
„Sollen wir Mom und Dad davon erzählen oder lieber nicht“, fragte Emilia auf der Rückfahrt. Sie hatte Figaro

auf dem Schoß, weil er mit dem großen Kragen nun nicht mehr in seine Box passte.
„Ich glaube, lieber nicht“, erwiderte Sofia nach einer Weile. „Ich finde, wir sollten sie nicht beunruhigen. Es geht unserem Machokater ja den Umständen entsprechend ganz gut. Die beiden würden sich nur Sorgen machen und könnten ja doch nichts ändern. Sie sollen lieber ihre Reise genießen.“
„Ja, wahrscheinlich hast du Recht“, fand auch Emilia. „Wir erzählen ihnen einfach alles, wenn sie wieder da sind.“
„Genau, und dann ist es auch nur noch halb so schlimm, weil in drei Wochen sowieso alles komplett verheilt ist“, ergänzte Sofia.
Wieder zu Hause gaben sie Figaro erst einmal etwas zu essen und staunten, wie gut die Nahrungsaufnahme trotz seines Handikaps klappte.
Dann besorgte Sofia ein altes Kopfkissen vom Dachboden und Emilia holte eine Kuscheldecke aus ihrem Zimmer. Damit bereiteten sie dem Kater ein gemütliches Plätzchen vor dem Sofa, weil er es in den nächsten Tagen mit dem großen Plastikkragen wohl nicht mehr hinauf schaffen würde. Und tatsächlich kringelte sich das lädierte Tier wenig später ergeben darauf zusammen und schlief erschöpft ein.
Sofia setzte sich noch ein Weilchen an den Flügel und spielte passenderweise ‚Memory‘ aus dem Musical ‚Cats‘, während sich Emilia mit einer großen Schale Cornflakes in ihr Zimmer zurückzog.

Sie nahm ihr Handy und schaute erst einmal nach, ob sie in der Zwischenzeit neue Nachrichten bekommen hatte und tatsächlich zeigte ihr das Display, dass dem so war.
Mom hatte ihr geschrieben und Fotos vom Hamburger Hafen und der Reeperbahn geschickt. Sie wollte natürlich wissen, ob es allen gut ging und daheim alles in Ordnung war.
Emilia schrieb ihrer Mutter schnell zurück, dass alles bestens wäre und schickte ihr noch ein Selfie mit der Cornflakes-Schüssel, damit sie sehen konnte, dass ihre jüngste Tochter auch nicht verhungerte.
Das Mädchen bekam prompt einen Daumen-hoch-Emoji als Antwort und atmete erleichtert auf.
Als nächstes schaute sich Emilia an, was Zoe geschrieben hatte. Wahrscheinlich wollte ihre Freundin nur irgendetwas zu den Hausaufgaben wissen.
Aber Zoes Mitteilung hatte nur indirekt etwas mit Schule zu tun. Sie wollte Emilia unbedingt über die neuesten Neuigkeiten auf dem Laufenden halten, denn sie hatte aus sicherer Quelle gehört, dass der amerikanische Junge schon morgen in ihre Schule kommen würde.
Emilia überlegte kurz, wen Zoe wohl mit ‚sichere Quelle' meinen könnte, um ihr dann wenigstens kurz zu antworten: ‚Na, dann bin ich ja mal gespannt, wer da zu uns hereinspaziert kommt! ☺'
Auch Zoes Antwort folgte umgehend: ‚Yeah! ☺'
Vermutlich verbreitete sie diese spannende Information über die Ankunft der Amerikaner bereits in alle

Himmelsrichtungen. Und obwohl Emilia schon ein kleines bisschen neugierig war, ob Zoe wohl Recht hatte mit all ihren Vermutungen, so war dieses Thema für sie doch eher unwichtig.
Sie widmete sich lieber der dritten Person, die ihr geschrieben hatte und die sie sich ganz bewusst bis zum Schluss aufgehoben hatte, weil sie wusste, dass sie nun auf jeden Fall mehr Zeit zum Zurückschreiben brauchen würde.
Noah hatte ihr schon vier Nachrichten hinterlassen. Und die letzte war voller Sorge, ob alles in Ordnung wäre, weil sie noch gar nicht geantwortet hatte. Darum machte Emilia schnell ein Foto vom schlafenden Figaro mitsamt seinem weißen Kragen und schickte es nach Old Portsmouth zu Noah. Darunter vermerkte sie als Erläuterung: ‚Revier erfolgreich verteidigt, bloß das eine Ohr ist hin'.
‚Oha, ein richtiger Raufbold also, euer Kater! ;) Wünsche ihm gute Besserung von mir und herzlichen Glückwunsch zum Sieg! Bin übrigens echt froh, dass du dich meldest! ☺' kam die rasche Antwort.
Anschließend schickten sich Noah und Emilia noch eine gute Stunde lang Nachrichten hin und her. Natürlich ging es dabei auch kurz um die Ankunft der Amerikaner und Noah wusste, dass sie zwar seit heute bereits in der Stadt waren, der Sohn des einen Offiziers aber erst ab nächster Woche in seine Stufe gehen würde. Mr. Watson, Noahs Mathematiklehrer, hatte es den Schülern heute erzählt, weil Ben, so war der Name des

neuen Mitschülers, demnächst ebenfalls seinen Mathekurs besuchen würde.
Da würden Zoe und die anderen morgen vermutliche ziemlich enttäuscht sein, dass sie noch ein Weilchen länger auf Mister Unbekannt warten mussten. Aber wenigstens hatten sie dann mehr von ihrer Vorfreude.
Noah erzählte Emilia auch, dass seine Mom sich schon riesig darauf freute, seine Freundin kennen zu lernen. Sie wollte zu diesem Anlass unbedingt Scones zur Tea Time backen und ließ sich absolut nicht von ihrem Vorhaben abbringen.
‚Ich hoffe es ist okay für dich?!', schrieb Noah noch mit einem verlegenen Smiley am Ende der Nachricht. ‚Hätte nicht gedacht, dass sie so eine große Sache daraus macht!'
‚Ja, schon okay', antwortete Emilia, obwohl ihr doch ein wenig mulmig zu Mute war bei der Vorstellung, mit Noahs Mutter zusammen am Tisch zu sitzen.
Hoffentlich mochte sie Emilia und hoffentlich passierte dieser kein peinliches Missgeschick, wie das Verschütten von Tee oder Ähnlichem.
‚Deine Mom ist bestimmt sehr nett ☺', ergänzte das Mädchen dann aber doch zuversichtlich. Und Noah bestätigte dies sofort.
Als sie einander endlich eine gute Nacht gewünscht hatten, schlich Emilia noch einmal nach unten, um nach Figaro zu sehen.
Sofia saß in seiner Nähe auf dem Sofa. Sie hatte sich die Leselampe angemacht und war ganz versunken in einen

Roman, während der schwarze Kater lang ausgestreckt auf seiner neuen Decke lag und leise in seinen Kragen hineinschnarchte.
„Meinst du, er bekommt zu wenig Luft mit diesem Plastikteil um den Hals?“, fragte Emilia ihre Schwester besorgt.
„Ach, ich glaube, das geht schon“, meinte diese und blickte aus ihrem Buch auf. „Da muss er wohl jetzt durch. Ist ja nur für eine Woche.“
„Hmhm“, machte Emilia nur, nahm sich noch einen Schluck Wasser aus der Küche und ging dann bald schlafen.
Die ganzen Aufregungen des heutigen Tages hatten sie offensichtlich müde gemacht.
Leider träumte sie in dieser Nacht jedoch keine schönen Geschichten, wie Noah es ihr zuvor noch liebevoll gewünscht hatte, sondern eher unheilvoll und chaotisch. Denn im Traum war sie bei den O’Neills zu Hause und versuchte vergeblich einen Scone zu essen, der ihr immer wieder aus der Hand fiel, während Figaro mitsamt seinem weißen Kragen quer über den Esstisch stolzierte und von jedem Teller die Sahne ableckte. In ihrer Vorstellung sah Noahs Mom aus wie Madame Dupont und schüttelte die ganze Zeit über angewidert und mit hochgezogenen Brauen den Kopf. Und Noah war erst gar nicht da, weil er den amerikanischen Jungen vom Flughafen abholen musste.
Als Emilia am nächsten Morgen aufwachte, fühlte sie sich wie gerädert und war dennoch froh, dass das alles

nur ein verrückter Traum gewesen war. Wenn sie das Noah erzählte, würde er wahrscheinlich ebenfalls den Kopf schütteln und ihr sagen, dass sie sich nicht so viele Gedanken machen sollte.
Wenigstens verliefen die nächsten Stunden in der Schule eher ruhig und ohne besondere Vorkommnisse. Nur einmal hätte Emilia sich fast verplappert, konnte sich jedoch in letzter Sekunde noch retten.
Als nämlich Zoe traurig verkündete, dass der Amerikaner nun doch erst am Montag in seiner neuen Schule starten würde, da wollte Emilia sie ein bisschen trösten und meinte, ohne groß über ihre Worte nachzudenken: „Ich doch nicht so schlimm, Zoe! Dann kannst du dich eben ein paar Tage länger freuen auf Ben."
Die Freundin starrte Emilia zunächst mit großen Augen verwirrt an, bevor sie natürlich wissen wollte: „Ben? Woher weißt du denn, wie der neue Junge heißt?"
„Ich... also, Olivia hat es mir gesagt. Weil... also, der Ben geht nämlich bald in die Stufe über uns", stammelte Emilia und war erleichtert, dass ihr so schnell eine passende Erklärung eingefallen war.
Und auch Zoe fand die Antwort offenbar einleuchtend, denn ihre Miene hellte sich sofort wieder auf und sie säuselte beglückt: „Ben, also! Schöner Name!"
Später beim Training beichtete Emilia ihrer besten Freundin erst einmal, dass sie diese als Alibi benutzt hatte, was Olivia aber ziemlich egal war, da sie Zoe sowieso nicht ganz so gern mochte.

Stattdessen fand auch sie das aktuelle Thema allerdings sehr interessant und hatte die Hoffnung: „Vielleicht klappt es ja mit meinem Channing Einstein doch noch?“
„Ja, oder Albert Tatum“, grinste Emilia, gab jedoch zu bedenken: „Aber stell dich schon mal darauf ein, dass du dich diesbezüglich in eine lange Schlange von Mädchen einreihen musst!“
„Meine Liebe, wenn man ganz vorne in einer Schlange steht, kann es einem doch reichlich egal sein, wie lang sie ist. Nicht wahr?“, sagte Olivia mit gespielter Hochnäsigkeit.
Die Freundinnen prusteten auf der Stelle los und lachten, bis ihnen die Tränen über die Wangen liefen.
Was die beiden zu diesem Zeitpunkt noch nicht wissen konnten, war, dass es gar keine Schlange wegen Ben geben würde. Emilia aber hätte sich so gefreut, wenn auch Olivia jemanden kennen lernen würde, in den sie sich verlieben konnte, mit dem sie reden und Spaß haben konnte, so wie sie mit Noah. Doch irgendwann würde schon der Richtige kommen.
Da es plötzlich angefangen hatte, heftig zu regnen, absolvierten die Leichtathleten heute ihr Training ausnahmsweise in der Halle. Kevin besorgte ein paar Bälle und sie spielten damit Völkerball und Brennball. Die Sportler gaben alles für ihre Teams, feuerten einander an und hatten jede Menge Spaß.
Als Emilia später wieder zu Hause ankam, war sie zwar klatschnass vom Regen aber dennoch zufrieden und erkundigte sich natürlich als erstes nach Figaro.

„Dieser Kater treibt mich noch in den Wahnsinn“, berichtete Sofia genervt. „Er läuft immer wieder zur Tür und maunzt, weil er raus will. Aber das geht natürlich nicht und dann schaut er mich so böse an, als ob ich an allem Schuld sei. Blödes Vieh!“
„Vielleicht solltest du dir Ohrenstöpsel besorgen“, schlug Emilia vor. „Schließlich musst du das noch ein paar Tage lang aushalten mit ihm im Haus.“
„Ja, keine schlechte Idee“, grummelte Sofia. „Sonst besteht irgendwann echt die Gefahr, dass ich ihn an die Wand klatsche.“
„Das würdest du sowieso niemals tun“, stellte Emilia fest.
Sie streichelte den Kater, der trotz des unförmigen Kragens versuchte, ihr um die Beine zu streichen und machte ihm sein Futter für den Abend fertig. Dann ging das Mädchen hinauf, um sich die nassen Sachen auszuziehen. Kurz darauf schaute Emilia auf ihr Handy und sah, dass Noah ihr geschrieben hatte. Er wollte wissen, ob sie nachher noch Zeit hätte zu telefonieren. Das war ungewöhnlich und Emilia fragte sich, was es wohl so Dringendes zu besprechen gäbe.
Also schrieb sie Noah zurück, dass sie jetzt wieder zu Hause wäre und keine zwei Minuten später spielte ihr Smartphone auch schon ‚Inspiration‘, die Melodie, die ihr einen Anruf signalisierte.
Emilia nahm das Gespräch entgegen und machte es sich dabei mit einer Wolldecke und einer Tasse heißen Kakao auf ihrem Bett gemütlich.

„Hey, Noah!“, begann sie das Gespräch und lächelte bei der Vorstellung, dass der Junge wahrscheinlich gerade genauso auf seinem Bett in Old Portsmouth saß. „Bist du in deinem Zimmer?“

„Ja, na klar!“, antwortete der Junge und der Klang seiner dunklen, weichen Stimme erfüllte Emilia mit einer wohligen Wärme. „Hier kann ich am besten ungestört reden.“

„Du machst es aber spannend“, meinte Emilia. „Was hast du denn so Wichtiges zu besprechen? Ich hoffe, es ist nichts Schlimmes.“

„Ja und nein“, druckste Noah herum und Emilia wurde es zuerst ganz mulmig zu Mute. „Ich mache mir Sorgen um Jake.“

„Um Jake?“, wiederholte Emilia überrascht. Doch sie war natürlich erleichtert, dass Noah nicht ihretwegen in solch ernster Stimmung war.

„Ja“, bestätigte der Junge. „Ich hatte dir doch erzählt, dass er vor einiger Zeit mal Probleme hatte wegen dieser Partys mit zu viel Alkohol und Joints und all dem.“

„Klar, das weiß ich noch“, sagte Emilia und hörte gespannt zu.

„Also damals war es wegen seines Vaters und weil er sich selbst diesen Druck gemacht hat, auch ein Held sein zu müssen, oder zumindest ein supertoller Kerl, der bei allen beliebt ist“, erklärte Noah. „Und ich dachte eigentlich, dass er da inzwischen drüber weg ist. Ich meine, das ist jetzt ein Jahr her und ich hatte echt das Gefühl, dass er inzwischen mit sich und der Welt ganz zufrieden ist. Jedenfalls war er auch ohne Partys eigentlich meistens gut drauf und in der Schule lief es auch einigermaßen. Also, keine Ahnung, was jetzt in ihn gefahren ist."

„Was meinst du damit?", forschte Emilia nach und hatte sofort ein ungutes Gefühl dabei. „Ist irgendwas mit Jake passiert?"

„Tja, so kann man es auch nennen", erwiderte Noah und seufzte. „Er war gestern mit ein paar Leuten aus der Stufe ein bisschen Purple Wednesday feiern. Ein bisschen zu viel, könnte man auch sagen. Jedenfalls konnte er deswegen heute noch nicht einmal in die Schule kommen. Er hat sich offiziell krank gemeldet. Aber irgendwann heute Mittag hat er mich angetextet, dass er jetzt seinen Rausch ausgeschlafen hat."

„Oh!", machte Emilia nur, weil sie nicht wusste, was sie sonst dazu sagen sollte.

„Aber, was das Schlimmste ist, jemand hat gesehen, wie er mit Heather Turner rumgemacht hat", erzählte Noah weiter. „Ich meine Heather Turner! Die hat den Ruf, mit jedem in die Kiste zu steigen, der ihr einen Drink spendiert. Sowas hat Jake echt nicht nötig!"

„Nein, bestimmt nicht!", fand auch Emilia. Sie hatte sofort ein Bild von dem gutaussehenden Jungen mit dem charmanten Lächeln vor Augen und war direkt ein bisschen traurig über das, was Noah ihr da gerade berichtet hatte.

„Ich denke, dass Jake sich so eigenartig und blöd verhält, hat bestimmt einen Grund", überlegte der Junge weiter.

„Ich bin mir ziemlich sicher, dass irgendetwas vorgefallen sein muss. Sonst würde er nicht auf einmal wieder so einen Mist machen. Aber er hat mir nichts gesagt. Wir haben uns immer alles erzählt. Aber dieses Mal hat er mir nichts gesagt."

Emilia schwante allmählich, warum sich Jake in Schweigen hüllte. Es war wohl an der Zeit, dass sie Noah von ihren kleinen zufälligen Begegnungen mit seinem Freund berichtete. Und sie hoffte inständig, dass sie damit nichts zwischen ihnen kaputt machen würde. Aber sie musste Noah alles erzählen. Das war sie ihm und auch Jake einfach schuldig.

Und es kam ihr fast vor wie eine Beichte, als sie ihrem Freund erzählte, wie Jake ihr mit dem Fahrrad geholfen hatte, wie sie ihn rein zufällig im Fußballstadion getroffen hatte, als sie sich zusammen mit Lauren das Spiel angesehen hatte. Sie verschwieg auch nicht, dass Jake sie anschließend nach Hause gebracht hatte, weil es in Strömen geregnet hatte und sie noch im ‚Basmati' eine Kleinigkeit gegessen hatten.

Emilia überlegte kurz, ob sie auch erwähnen sollte, dass Jake sie anschließend nach einem richtigen Date gefragt hatte und sie sich ziemlich mies gefühlt hatte, als sie ihm einen Korb hatte geben müssen. Denn zu dieser Zeit war sie schließlich längst in Noah verliebt. Aber dann erzählte sie ihrem Freund wirklich alles. Und als es endlich raus war, war Emilia richtiggehend erleichtert. Doch als sie eine ganze Weile nichts von Noah hörte außer seinen leisen Atemzügen in weiter Ferne, wurde

ihr schlagartig eiskalt und sie lauschte mit zusammengepressten Lippen in die Stille hinein.
„Scheiße!“, sagte Noah irgendwann und seine Stimme klang eigenartig heiser. „Warum hast du mir das nicht schon früher erzählt?“
„Ich fand es nicht wichtig“, rechtfertigte sich Emilia und kam sich dabei vor, als säße sie auf der Anklagebank. „Ich meine, jedes Mal, wenn ich Jake getroffen habe, war es doch immer nur purer Zufall und völlig ohne Bedeutung – jedenfalls für mich. Klar, Jake ist Jake. Er ist sehr nett und auch witzig. Aber du bist es nun mal, in den ich mich verliebt habe. Und immer, wenn ich mit dir zusammen bin, dann ist es mir wichtig, was du denkst und was dich interessiert. Das klingt jetzt bestimmt eigenartig, aber alle anderen Menschen sind mir eigentlich total egal, wenn ich mit dir zusammen bin.“
Und nach einer kurzen Pause fügte sie noch etwas zögerlich hinzu: „Meinst du, dass Jake sich so eigenartig verhält, hat was mit mir zu tun?“
Wieder musste Emilia eine Weile warten, bis Noah auf ihre Frage antwortete: „Ich schätze schon. Sieht so aus, als hätte Jake sich in dich verliebt. Er hat schon ewig keine Mädchen mehr nach einem Date gefragt. Die Abfuhr hat ihn bestimmt ziemlich getroffen. Und dann erzähle ich ihm auch noch kurz darauf, dass ich mit dir zusammen bin. Das hat ihm bestimmt den Rest gegeben.“
Noah stöhnte: „Ich Idiot! Ich hätte ihm schon viel früher sagen sollen, dass ich dich gut finde, dann hätte er sich

bestimmt nach einer anderen umgesehen, vielleicht sogar nach Zoe. Aber ich wollte mir die Schmach und dummen Sprüche ersparen, falls du nichts mit mir zu tun haben willst. Ich wollte einfach auf Nummer sicher gehen. Und weil ich zu feige war, hat mein bester Freund jetzt Liebeskummer wegen meiner Freundin. So ein Mist!“

„Aber am Montag ist Jake uns in der Schule auf dem Gang entgegen gekommen und hat wieder einen seiner lustigen Sprüche von sich gegeben“, erinnerte sich Emilia. „Da war er genauso gut drauf wie immer. Das passt irgendwie gar nicht zu dem, was du mir gerade erzählt hast.“

„Tja, das sieht ihm ähnlich“, erklärte Noah. „So ist Jake eben: Er würde niemals zugeben, dass es ihm schlecht geht. Lieber leidet er stumm und vergisst seine Sorgen einen Moment lang beim Feiern, als dass er sein Image als cooler, charmanter Typ aufgibt.“

Jetzt war es Emilia, der nicht mehr einfiel, was sie hätte sagen können. Ihr war noch nie so beklommen zu Mute. Das Letzte, was sie wollte, war zwischen Noah und Jake zu stehen. Denn sie wusste, wie wichtig beiden ihre langjährige Freundschaft war. Irgendwann seufzte sie und sagte aus tiefster Überzeugung: „Ich hoffe so sehr, dass Jake ein Mädchen findet, dass ihn liebt, wie er wirklich ist – so, wie ich dich liebe!“

Dabei schaute sie aus dem Fenster in die wolkenverhangene Nacht, als könnte sie dort draußen eben dieses Mädchen finden.

„Das hoffe ich auch“, erwiderte Noah leise und fügte dann etwas stockend hinzu: „Tut mir übrigens Leid, dass ich dich vorhin so angeranzt habe. Die Situation ist nur gerade so... naja, so schwierig für mich. Ist alles irgendwie dumm gelaufen. Aber du kannst ja nichts dafür, das weiß ich. Vielleicht rede ich morgen mal mit Jake?“
„Ja, das ist eine gute Idee“, fand auch Emilia. „Und du musst dich nicht bei mir entschuldigen. Ich hätte dir wirklich alles eher erzählen sollen. Beim nächsten Mal...“
„Oh, ich hoffe, es wird kein nächstes Mal geben“, unterbrach Noah sie leicht panisch. „Da du ja jetzt weißt, was für eine Wirkung du auf Jungs hast, solltest du dich demnächst lieber komplett von ihnen fernhalten.“
„Sehr lustig“, meinte Emilia etwas gekränkt. „Ich bin doch kein Männer mordender Vamp.“
„Nein, bist du nicht“, bestätigte Noah sanft.
„Du bist das süßeste, netteste und hübscheste Mädchen, das ich kenne und ich bin froh, dass ich dich habe. Und außerdem zähle ich schon die Stunden bis Morgen zur Tea Time. Es sind übrigens noch genau neunzehn Stunden und fünfundvierzig Minuten.“
„Ich würde dich so gerne jetzt schon in den Arm nehmen, damit nichts mehr zwischen uns ist“, sagte Emilia und spürte bei dem Gedanken daran eine riesengroße Sehnsucht in sich aufsteigen.
„Es ist nichts zwischen uns“, stellte Noah energisch fest. „Und es wird auch nie irgendetwas zwischen uns sein.“

„Klingt gut“, fand Emilia und lächelte.
Dann erkundigt sich Noah noch nach Figaro und das Mädchen erzählte ihm, wie elegant der Kater mit seinem verhassten Schutzkragen jetzt immer um die Möbel herumbalancierte.
Es tat gut, Noahs Lachen zu hören. Und als sie sich wenig später voneinander verabschiedeten, war es Emilia schon nicht mehr ganz so elend zu Mute wie noch zu Beginn ihres Telefonats.
Schließlich lag sie im Bett und versuchte einzuschlafen, doch ihre Gedanken kreisten immer wieder um Jake.
Hätte sie lieber nicht seine Hilfe annehmen sollen, lieber nicht zu ihm ins Auto steigen sollen?
War sie am Ende zu freundlich zu Jake gewesen, sodass er sich berechtigterweise Hoffnung gemacht hatte, sie könnte ihn mehr als nur mögen?
Doch so sehr sie sich auch das Gehirn zermarterte, Emilia fand in dieser Nacht keine Antwort mehr auf all ihre Fragen. Doch das eine schwor sie sich hoch und heilig: Was immer auch geschehen würde, sie würde Noah in Zukunft alles erzählen.
Es sollte keine Geheimnisse mehr zwischen ihnen geben.
Denn sie wollte nie wieder dieses schreckliche Gefühl haben müssen, dass er sich von ihr entfernte. Niemals im Leben wollte sie Noah verlieren. Und mit diesem Gedanken schlief sie endlich ein.

Tea Time

Am nächsten Tag brodelte die Gerüchteküche in der Schule aufs Heftigste. Denn einige Mädchen erzählten, dass sie den amerikanischen Jungen bereits gesehen hätten. Michelle war sich sicher, ihn mit seinen Eltern in Gunwarf beim Shoppen gesichtet zu haben. „Er hat dunkle Haare und sieht ein bisschen so aus wie der junge Tom Cruise“, erzählte sie allen, die es hören wollten. Wohingegen Anna schwor, ihn am Strand gesehen zu haben. Laut ihrer Aussage war der Neuankömmling allerdings groß und blond.
„Hoffentlich ist er am Ende nicht klein und dick“, flüsterte Emilia irgendwann Lauren zu und grinste schelmisch.
Die Freundin kicherte und ergänzte glucksend: „Oder verpickelt und krumm wie Quasimodo. Dann wäre die Enttäuschung allerdings groß.“
Die beiden Mädchen konnten nur den Kopf schütteln über die ganze Aufregung, die wegen des neuen Jungen herrschte. Aber auf eine Art war Emilia auch ganz froh darüber, denn dadurch sprach niemand mehr über Jessica und Noah. Jake war heute wieder zum Unterricht erschienen. Emilia sah ihn einmal kurz in der Pause am anderen Ende des Flures, ging dann jedoch schnell in ihren Kursraum, um ihm nicht begegnen zu müssen. Sie kam sich zwar in dem Moment ein bisschen so vor, als wäre sie auf der Flucht. Doch nach allem, was Noah ihr

erzählt hatte, war ihr die ganze Situation ein wenig peinlich und sie hätte nicht gewusst, wie sie sich Jake gegenüber hätte verhalten sollen.
Sie hoffte, dass Noah bald die Gelegenheit hatte, um mit ihm zu reden und alle Probleme aus der Welt zu schaffen. Emilia wünschte sich sehr, dass sie am Ende einfach ganz normal mit Jake befreundet sein könnte, so wie mit Zoe oder Lauren.
Doch es gab noch etwas, woran das Mädchen heute ständig denken musste und je näher der Nachmittag kam, umso nervöser wurde Emilia.
Dann nämlich würde sie endlich Noahs Zuhause und seine Mom kennen lernen. Denn sein Vater kam erst am Wochenende von einem Trainingscamp zurück. Er war zurzeit noch auf einem Flugzeugträger im Atlantik unterwegs.
Der Schultag ging schließlich schneller um als gedacht und irgendwann verabschiedeten sich alle Schülerinnen und Schüler gut gelaunt ins Wochenende. Emilia radelte gemeinsam mit Olivia nach Eastney zurück und die beiden Mädchen zählten lachend die verschiedenen Bens auf, die angeblich schon in Portsmouth gesichtet worden waren.
Und als Olivia auch noch Trixie McAllister immitierte, musste sich Emilia krampfhaft festhalten, um nicht vor Lachen vom Rad zu fallen: „Oh, ihr glaubt ja gar nicht wie guuut er aussieht! Und diese strahlend blauen Auuuugen! Und wie er mich damit angeschauuuut hat...“

Das Mädchen grinste immer noch, als es sein Montainbike in die Garage schob und anschließend ins Haus hineinging.
„Hey, Em“, wurde Emilia dann auch schon von ihrer Schwester begrüßt. „Hast du so gute Laune, weil endlich Wochenende ist oder freust du dich auf deinen Besuch bei Noah?“
„Oh, hey, Soso“, erwiderte Emilia, während sie sich Jacke und Schuhe auszog und dabei gleichzeitig Figaro begrüßte.
„Ich glaube von allem ein bisschen und außerdem hat Livi gerade noch Quatsch gemacht.
Falls es mit ihrem Psychologiestudium nichts wird, kann sie sich statt dessen beim Theater anmelden, die nehmen sie dort auf jeden Fall.“
„Das kann ich mir gut vorstellen“, schmunzelte Sofia, bevor sie das Thema wechselte: „Sag mal, hast du nicht erzählt, dass Noahs Mutter extra für dich Scones gebacken hat?“
„Ja, sie scheint sich richtig Umstände meinetwegen zu machen“, antwortete Emilia. „Dabei müsste sie das wirklich nicht tun. Aber Noah sagt, sie besteht darauf.“
„Gut, also ich habe mir gedacht, dass es doch nett wäre, wenn du dann nachher eine Kleinigkeit in der Hand hättest für Mrs. O’Neill. Findest du nicht?“, schlug Sofia vor.
„Ja, natürlich“, stimmte Emilia sofort zu und war ihrer Schwester mehr als dankbar für ihren Einfall. „Dass ich da nicht selber drauf gekommen bin! Stell dir vor, wie

enttäuscht sie gewesen wäre, wenn ich einfach nur so dagestanden hätte, obwohl sie sich so viele Gedanken gemacht hat für diesen Nachmittag."

„Na, es ist ja jetzt alles noch rechtzeitig", beruhigte Sofia ihre jüngere Schwester. „Wir könnten ja vorher noch bei Pete's Blumenladen vorbei fahren und du suchst einen von diesen bunten Sträußen aus, die Mom manchmal für den Küchentisch kauft. Ich glaube, die kosten nur zehn Pfund oder so und sehen richtig hübsch aus."

„Ja, super! Das machen wir", nickte Emilia. „Da wird sich Noahs Mom bestimmt freuen und dann findet sie mich sicher auch von Anfang an ganz nett."

„Ja, bestimmt", meinte auch Sofia und lächelte. „Also, dann sag mir einfach, wann du losfahren möchtest. Ich lese so lange noch ein bisschen meinen Roman weiter."

Nachdem Emilia wenig später drei verschiedene Outfits an- und wieder ausgezogen hatte, entschied sie sich letztendlich für ihre schwarzen Jeans und eine hellblaue Bluse mit Stehkragen. Die Turnschuhe ließ sie heute lieber im Schuhschrank stehen und zog stattdessen ihre schwarzen Stiefeletten an, die sie bisher mangels Gelegenheit kaum getragen hatte.

Die Haare hatte sie zu einem lockeren Knoten hochgebunden und zum Abschluss noch ein klein wenig von ihrem Lieblingsparfüm aufgetragen.

So stand sie schließlich mit einem wirklich sehr schönen Strauß Blumen bewaffnet vor Noahs Haus in Old Portsmouth und drückte mit leicht zittrigen Händen den Klingelknopf.

„Ich gehe schon“, hörte sie sofort Noahs Stimme von drinnen, bevor er ihr im nächsten Moment auch schon die Tür aufmachte.
„Hey!“, strahlte er Emilia an und ging einen Schritt auf sie zu, um ihr einen Begrüßungskuss zu geben. „Komm rein in die gute Stube! Der Tee ist gleich fertig.“
„Hey!“, sagte auch Emilia und merkte, dass ihre Stimme etwas belegt war.
Sie ließ sich von Noah die Jacke abnehmen und wurde direkt ein bisschen rot, als er ihr dabei zuflüsterte: „Du siehst umwerfend aus.“
Und dann schob sich plötzlich eine kleine, etwas mollige Frau an Noah vorbei und lächelte Emilia freundlich an. Sie hatte schulterlanges lockiges Haar, das glänzte wie frische Kastanien und dieselben grünen Augen wie ihr Sohn.
„Du musst Emilia sein“, sagte sie. „Ich freue mich ja so, dass du uns besuchen kommst. Noah hat schon so viel von dir erzählt.“
„Mom…“, unterbrach der Junge sie mahnend, aber seine Mutter ließ sich nicht beirren.
„Was? Es stimmt doch. So, Kind, dann komm erst mal rein. Ich habe Blaubeer-Scones gebacken zum Tee. Ich hoffe, du magst Blaubeer-Scones?“
„Ja, sehr gerne, vielen Dank“, antwortete Emilia artig. „Und die Blumen sind natürlich für Sie, Mrs. O’Neill, als Dankeschön für die Einladung.“
„Oh, so ein schöner Strauß“, freute sich Noahs Mom. „Das wäre aber bestimmt nicht nötig gewesen. Und nenn

mich doch bitte Sharon, ja? Sonst komme ich mir so schrecklich alt vor.“
Sie zwinkerte Emilia kurz zu, bevor sie mit dem Blumenstrauß verschwand, um eine Vase zu holen. Inzwischen führte Noah Emilia ins Esszimmer, wo der Tisch bereits mit weißem Porzellan und geblümten Servietten hübsch gedeckt war. Der Raum ging direkt in das angrenzende Wohnzimmer über und Emilia bemerkte, dass Noahs Mom offensichtlich eine Vorliebe für Weiß hatte.
Denn nicht nur die Wände, Kissen, und Decken waren weiß, sondern auch viele andere Gegenstände, wie Kerzenhalter oder Bilderrahmen. Emilia fühlte sich sofort wohl in dieser hellen und freundlichen Umgebung, zumal das große Fenster im Wohnzimmer viel Licht in den Raum hineinließ.
Sie setzte sich auf einen der Holzstühle, während Noahs Mom die Vase mit den Blumen auf den Tisch stellte.
„Seht nur, die Farbe passt genau zu den Servietten“, stellte sie entzückt fest, bevor sie den Tee einschenkte und jedem einen Scone auf den Teller legte.
„Schmeckt es dir, Emilia?“, wollte sie kurz darauf wissen und schaute das Mädchen erwartungsvoll an.
„Oh, ja!“, schwärmte Emilia. „Wirklich sehr köstlich. Ehrlich, Mrs. O’Neill... ähm Sharon.“
Diese lachte herzlich und meinte nur: „Das freut mich, Kind. Und übrigens sind das auch Noahs Lieblingsscones. In dieser Hinsicht passt ihr also schon mal ganz wunderbar zusammen.“

Mit dieser Bemerkung erntete sie ein zweites ‚Mom!' von Noah, was ihr allerdings nichts auszumachen schien, denn sie lächelte nur still in sich hinein und trank in aller Ruhe ihren Tee mit Milch.
Emilia aber hatte Noahs Mom von Anfang an in ihr Herz geschlossen. Sie war so liebenswert und unkompliziert, dass man sie einfach gern haben musste. Und die vielen, feinen Lachfältchen um Augen und Mund machten sie nur noch sympathischer.
Schon bald plauderten sie wie alte Freunde über die Schule, die Navy, über Musik und wohin sie gerne einmal reisen würden.
Irgendwann hatte Noah allerdings keine Geduld mehr und er beendete die Tea Time beinahe eifersüchtig mit den Worten: „So, Mom, ich denke, ich zeige Emilia dann mal mein Zimmer."
„Oh, ja natürlich", erwiderte Mrs. O'Neill verständnisvoll. „Geht nur! Ich räume derweil das Geschirr in die Küche."
„Aber nein!", sagte Emilia sofort. „Wir helfen dir schnell. Du hast doch schon so toll für uns gebacken, da musst du nicht auch noch alleine aufräumen."
Sie stand auf und räumte Teller und Tassen zusammen, um sie in die Küche zu tragen. Noahs Mom aber huschte derweil ein Lächeln über das Gesicht. Ob sie wohl gesehen hatte, dass ihr Sohn im selben Moment ungeduldig mit den Augen rollte?
Doch nach wenigen Minuten hatten sie gemeinsam den Esstisch wieder abgeräumt und konnten guten

Gewissens nach oben in Noahs Zimmer verschwinden. Doch kaum war die Tür hinter ihnen ins Schloss gefallen, da umschlang der Junge seine Freundin auch schon mit beiden Armen und küsste sie so voller Sehnsucht, dass Emilia Mühe hatte, sich auf den Beinen zu halten.
„So“, erklärte Noah anschließend betont sachlich. „Und darauf habe ich jetzt ganze fünfundneunzig Minuten lang gewartet. Ich dachte schon, meine Mom will mich foltern.“
„Oh, aber ich finde deine Mom eigentlich sehr nett“, meinte Emilia und lächelte Noah glücklich an. „Und euer Haus finde ich auch sehr schön.“
„Danke“, sagte der Junge höflich und ließ Emilia nur unwillig los, damit sie sich in seinem Zimmer umsehen konnte.
Es war alles fast genauso, wie das Mädchen es sich vorgestellt hatte. Denn durch die Fotos, die Noah vor kurzem erst an Emilia geschickt hatte, kam ihr der Raum auf eigenartige Weise vertraut vor.
Sie blieb vor einem Bild stehen, auf dem sie Noah mit einer großen blauen Schultüte mit Flugzeugen darauf erkannte.
Seine Haare waren viel kürzer und heller als jetzt und er grinste stolz von einem Ohr zum anderen.
Hinter ihm stand Sharon in einem geblümten Sommerkleid.
Sie war damals noch ein wenig schlanker und sah sehr hübsch aus, fand Emilia.

Am längsten schaute sich das Mädchen jedoch den Mann an Sharons Seite an. Das musste Noahs Vater sein. Er trug einen marineblauen Anzug und hatte die gleichen kurzen blonden Haare wie sein Sohn.
Auch er lächelte freundlich in die Kamera und strahlte dabei eine innere Ruhe und Souveränität aus, die Emilia fast greifbar spüren konnte, obwohl sie nur sein Foto betrachtete. Sie erschrak kurz, als Noah ganz dicht an sie herantrat und sie von hinten in den Arm nahm.
„Da war ich noch klein und niedlich", sagte er, als er erkannte, welches Bild sich Emilia gerade so intensiv anschaute und küsste seine Freundin sanft in die Halsgrube.
„Na ja, klein bist du zwar jetzt nicht mehr", stelle Emilia fest, „aber immer noch ziemlich niedlich."
„Oh, danke sehr", lachte Noah. „Ich fasse das mal als Kompliment auf, obwohl ich bei ‚niedlich' doch eher an ein Meerschweinchen denken würde."
„Nein, ich glaube so niedlich wie ein Meerschweinchen bist du dann doch wieder nicht", sagte Emilia trocken, drehte sich um und küsste ihren Freund lange auf den Mund.
„Hast du noch mehr Bilder von früher?", wollte sie dann wissen. „Ich meine, auf denen du noch ein kleiner Junge bist."
„Ja, natürlich", erwiderte Noah und grinste. „Mom hat bei allen wichtigen und unwichtigen Anlässen Fotos gemacht und ordentlich in Alben geklebt. Willst du dir welche anschauen?"

„Oh ja, sehr gerne!“, antwortete Emilia begeistert.
Also ging Noah los und kam kurz darauf mit zwei dicken Fotoalben wieder zurück. Sie setzten sich aneinander gekuschelt auf das Bett und blätterten in der Vergangenheit der Familie O’Neill.
Es gab Bilder von Noahs Taufe, von seinen ersten Schritten, Noah mit seinem Vater beim Bau einer Sandburg an einem schönen Strand in Cornwall und als Pirat bei einer Theateraufführung in der Primary School.
Emilia fand es einfach wunderbar, all diese Erinnerungen zu sehen, die ja irgendwie auch ein Teil von Noah waren und die ihn zu dem gemacht hatten, der er heute war.
Und sie hatte den Eindruck, dass Noah eine wirklich schöne Kindheit gehabt hatte.
Ein Foto faszinierte sie jedoch mehr als alle anderen. Es zeigte Noah mit etwa zwölf Jahren. Er stand zusammen mit seinem Vater vor einem Kampfjet und trug stolz eine blau-graue Mütze der Royal Air Force auf dem Kopf, während sein Vater den Rest der Uniform anhatte.
„Das sind Dad und ich auf der Queen Elisabeth“, erklärte Noah ehrfürchtig. „Ein Flugzeugträger, der an die vierzig Fighter und Hubschrauber fassen kann. An dem Tag durfte ich meinen Dad begleiten und er hat mir alles gezeigt und erklärt. Das war damals ein sehr eindrucksvoller Ausflug für mich. Ich kann mich noch genau daran erinnern, wie aufgeregt ich war.“

„Diese Mütze steht dir auf jeden Fall“, fand Emilia und lächelte. „Ist das auch das Schiff auf deinem Profilbild?“
„Ja, genau“, bestätigte Noah. „Die Queen Elisabeth ist einfach gigantisch. Ein Meisterwerk der Technik, wenn du so willst. Und irgendwann möchte ich auch einmal meinen Teil zu so etwas Großartigem beitragen. Findest du das albern?“
Der Junge sah seine Freundin beinahe unsicher von der Seite an und war sichtlich gespannt auf deren Reaktion. Doch Emilia konnte seine Bedenken sofort zerstreuen.
„Aber nein! Ich kann dich total gut verstehen“, beeilte sie sich. „Es ist so wie bei meinem Dad, wenn er ein neues Projekt plant. Dann arbeiten Architekten, Ingenieure und Handwerker zusammen und erschaffen gemeinsam ein schönes, neues Bauwerk. Und meine Mom ist mit ihrem Flügel ja auch Teil eines großen Orchesters. Und erst alle Instrumente zusammen bringen diese wundervollen Melodien hervor.“
Dann überlegte Emilia kurz und ergänzte: „Im Grunde kann man wohl die wirklich großen und bedeutenden Dinge sowieso nur im Team erreichen.“
„Ja, das glaube ich auch“, stimmte Noah ihr zu. „Und ich finde, wir beide sind auch schon ein ziemlich gutes Team.“
Damit zog er seine Freundin noch ein Stückchen näher zu sich heran, sah ihr zärtlich in die Augen und küsste sie ganz sacht zuerst auf die Stirn und dann auf den Mund. Emilia genoss Noahs Nähe und sog seinen Duft tief in sich ein, so als wollte sie diesen Moment tiefster

Zuneigung für immer in sich aufnehmen. Später schauten sie sich noch zwei Folgen ‚Mr. Bean' auf Noahs Laptop an und amüsierten sich köstlich über alle möglichen und unmöglichen Situationen, in die der englische Gentleman hinein geraten war.
Die Zeit ging für Emilia viel zu schnell vorbei, denn um kurz vor zehn Uhr hieß es, sich aus Noahs Umarmung zu lösen und sich zu verabschieden, da Sofia sie jetzt gleich wieder abholen würde.
Doch plötzlich fiel dem Mädchen ein, dass eine Sache noch gar nicht geklärt war und darum fragte es etwas stockend: „Ähm, was ist jetzt eigentlich mit Jake? Hast du...? Ich meine, konntest du schon mit ihm reden?"
„Naja, nicht so richtig", gab Noah zu. „Ich habe ihn natürlich heute Morgen in der Schule gefragt, ob alles okay ist, aber er hat nur so etwas geantwortet wie ‚Na klar! Alles paletti, Mann!' und dass er einfach mal wieder Lust auf etwas Abwechslung hatte. Ich wollte dann ehrlich gesagt auch nicht weiter nachbohren. Und außerdem denke ich, er wird sich schon daran gewöhnen, dass du mit mir zusammen bist. Ändern kann das jetzt eh keiner mehr, oder?"
Bei diesen Worten sah er Emilia so eindringlich an, dass diese beinah eine Gänsehaut bekam und dachte: ‚Es ist ihm genauso ernst wie mir'.
Dann nickte sie stumm und gab Noah einen langen und innigen Kuss, bevor sie sich schließlich von seiner Mom verabschiedete, die sich gerade die Abendnachrichten im Fernsehen anschaute.

„Gute Nacht, Emilia!“, wünschte Mrs. O’Neill und winkte dem Mädchen zu. „Komm uns bald wieder besuchen, ja?“
„Das mache ich sehr gerne“, erwiderte Emilia ehrlich. „Und vielen Dank nochmal für die leckeren Scones.“
„Das nächste Mal mache ich welche mit Äpfeln“, lautete die fröhliche Ankündigung, bevor sich Noahs Mom wieder dem Fernseher zuwandte.
„Sie mag dich“, stellte der Junge grinsend fest.
„Ja, Gott sein Dank“, meinte Emilia leise. „Und ich mag sie übrigens auch, sehr sogar.“
Durch das kleine Flurfenster neben der Haustür konnte sie erkennen, dass Dads Van bereits an der Straße parkte.
Sofia war also pünktlich wie immer und Emilia musste unwillkürlich seufzen.
„He, wir sehen uns doch morgen schon wieder“, tröstete Noah seine Freundin und nahm sie ein letztes Mal liebevoll in den Arm.
„Ich weiß“, seufzte Emilia erneut. „Das ist es ja gerade: Bis morgen dauert es noch so lange.“
„Ich liebe dich“, flüsterte Noah ihr da leise ins Ohr.
Und das Mädchen antwortete ihm mit denselben drei Worten, bevor sie endlich das Haus der O’Neills verließ und sich zu Sofia in den Wagen setzte.
„Na, Abschiedsschmerz?“, fragte die große Schwester mitfühlend und betrachtete neugierig die Silhouette des sportlichen Jungen, der noch immer im Türrahmen stand.

„Ja“, sagte Emilia nur und winkte Noah kurz zu, als Sofia den Van startete und losfuhr. Ihr war jetzt nicht nach Reden zumute und sie wusste, dass ihre Schwester das akzeptieren würde.
Denn heute Abend war etwas mit ihr geschehen, was sie erst jetzt richtig begriff. Heute war das Verliebtsein in Noah echter Liebe gewichen und die Trennung von ihm bereiteten ihr fast körperliche Schmerzen. Noch nie hatte sie so stark für jemanden empfunden.
Und Noah hatte ihr vorhin aus der Seele gesprochen, als er gesagt hatte, dass sie beide jetzt fest zusammen gehörten. Nichts und niemand konnte das mehr ändern, auch nicht Jake, obwohl sie bei dem Gedanken an Noahs Freund immer noch ein ungutes Gefühl beschlich, welches sie jedoch so schnell wie möglich beiseiteschob.

Ausflug nach Southampton

Am Samstagmorgen klingelte Emilias Wecker ausnahmsweise genauso früh wie an den normalen Wochentagen. Doch heute sprang sie sofort gut gelaunt aus dem Bett und schlich auf leisen Sohlen hinüber ins Bad, um Sofia nicht zu wecken.
Um kurz nach acht war sie mit Noah am Busbahnhof ‚The Hard' verabredet, von wo aus ihr Bus nach Southampton losfahren würde.
Sie würden den ganzen Tag Zeit haben, um durch das moderne WestQuay Shopping Centre zu bummeln oder sich auf eine Bank im Mayflower Park zu setzen, von wo aus man einen guten Blick auf die riesigen Kreuzfahrtschiffe hatte, die von hier aus in alle Welt aufbrachen. Anschließend könnten sie sich dann gemütlich ins ‚The Docks Coffee House' setzten und sich eine große Tasse leckeren Milchkaffee bestellen. Das allerbeste war jedoch, dass sie zwölf Stunden lang mit Noah zusammen sein konnte und keiner würde sie dabei stören. Denn von ihren Schulkameradinnen fuhr nur selten eine in die fast eine Stunde entfernte Großstadt.
Sofia hatte sich netterweise bereit erklärt, sich heute noch einmal um Figaro zu kümmern. Dafür musste Emilia morgen bei ihm bleiben und aufpassen, dass er mit seinem Schutzkragen nirgends stecken blieb oder anderweitig Unfug trieb.

Zum Glück würde Dr. Fitzpatrick den Kater nächste Woche wieder von dem verhassten Plastikteil befreien. Dann war es wahrscheinlich auch allerhöchste Zeit, denn Figaros Laune wurde von Tag zu Tag schlechter, was er mit immer längeren Maunzattacken deutlich zum Ausdruck brachte.
Und damit Sofia durch das ständige Miaue keinen Nervenzusammenbruch bekam, wollte sie den Sonntag mit Kevin in London verbringen.
Außerdem hatte sie es bisher kein einziges Mal in Madame Tussauds Wachsfigurenkabinett geschafft, obwohl sie bereits mehrere Semester in der Hauptstadt studierte und als Kevin das erfahren hatte, hatte er sie kurz entschlossen dorthin eingeladen, damit sie endlich Selfies mit Michael Jackson und Karl Lagerfeld machen konnte.
Auf diese Weise hatte jede der beiden Schwestern einen besonders schönen Tag am Wochenende vor sich und da Emilia noch einiges für die Schule erledigen musste, machte es ihr auch überhaupt nichts aus, am Sonntag Haus und Kater zu hüten.
Nun aber zog sie sich voller Vorfreude auf ihren Ausflug an, ging hinunter in die Küche und machte dem Kater sein morgendliches Futter fertig. Sie selbst aß etwas Porridge mit ein paar Himbeeren, die sie noch im Kühlschrank gefunden hatte, während die Welt draußen ebenfalls langsam erwachte.
Wenig später schlüpfte Emilia in ihre Turnschuhe, zog sich die schwarze Jacke über und schrieb noch schnell

einen Zettel für Sofia, damit diese dem gefräßigen Kater keine zweites Mal sein Futterschälchen vollmachte, wenn sie später aufstehen würde und Figaro ihr in gewohnter Manier um die Beine schlich.
Dann machte sich das Mädchen endlich mit glühenden Wangen auf den Weg Richtung Old Harbour, Richtung Busbahnhof, Richtung Noah.
Und der Tag, den sie in Southampton verbrachten, hätte besser nicht sein können, denn hier fühlten sie sich unbeschwert und frei.
In der Schule hatte Emilia zuletzt immer das ungute Gefühl gehabt, beobachtet zu werden. Doch hier war es egal, mit wem sie sprach und wen sie wie ansah.
Niemand kümmerte sich um den gut gebauten blonden Jungen und das Mädchen mit den dunklen Augen und dem Pferdeschwanz.
In Southampton waren sie einfach nur ein Pärchen von vielen.
Sie schlenderten Arm in Arm durch die Passagen, küssten sich auf offener Straße und verfolgten Hand in Hand die Einfuhr eines gigantischen Kreuzfahrtschiffes in den weltbekannten Hafen, von dem aus sogar die berühmte Titanic einst in See gestochen war.
Irgendwann hatte Emilia die Idee, mit Noah ein Spiel zu spielen, das sie früher bereits ein paar Mal mit Zoe gespielt hatte. Sie nannten es ‚Hundert Meter geradeaus‘ und wie der Name schon sagte, musste man die nächsten einhundert Meter stur geradeaus zurücklegen, was nicht immer ganz einfach war, da einem ja ständig

andere Passanten entgegen kamen oder einfach vor einem stehen blieben.
Emilia fing an und Noah lief in kurzer Entfernung hinter ihr her, um aufzupassen, dass sie nicht mogelte. Zuerst war es ganz einfach, da niemand Emilias Weg kreuzte. Doch dann musste sie mitten durch eine Gruppe älterer Damen laufen, die gerade aus einem Café gekommen waren. Das Mädchen entschuldigte sich höflich und bemerkte nicht, dass die Frauen ihr noch eine Weile erstaunt hinterher sahen.
Noah lief grinsend um die älteren Herrschaften herum und sah im nächsten Moment, dass zwei Jungs in ihrem Alter geradewegs auf Emilia zusteuerten. Normalerweise wäre sie den beiden aus dem Weg gegangen, aber das hätte bedeutet, das Spiel zu verlieren und das wollte Emilia natürlich nicht.
Also blieb sie einfach stehen und bückte sich genau dort, wo sie war, um sich vermeintlich die Schnürbänder ihrer Turnschuhe neu zu binden.
Der Trick schien zu funktionieren, denn die beiden Jungen gingen zunächst links und rechts an dem Mädchen vorbei. Doch gerade, als Emilia weitergehen wollte, drehte sich der größere von ihnen plötzlich um und lief ihr, gefolgt von seinem Freund, ein paar Schritte hinterher.
Als er direkt bei Emilia angekommen war, sprach er sie kess von der Seite an: „He, so hübsch und so allein? Wie wär's, wenn wir zwei dich ein Stückchen begleiten?"
Emilie drehte sich erschrocken um. Sie war so konzen-

triert auf die Leute vor ihr gewesen, dass sie die näher kommenden Jungs gar nicht bemerkt hatte.
Doch bevor sie überhaupt irgendwie reagieren konnte, stand Noah schon neben seiner Freundin und funkelte den großen Jungen böse an.
„Wer hat hier was von allein gesagt?“, fragte er gereizt und schaute mit geballten Fäusten von einem zum anderen. „Ist wohl besser, ihr verpisst euch jetzt wieder!“
„Schon gut, reg dich ab, Mann!“, meinte der Große etwas verwirrt, stieß seinem Freund den Ellbogen in die Seite und die beiden trollten sich wieder.
Da wandte sich Noah an Emilia, die ihn fragend ansah. Bisher kannte sie ihren Freund nur als liebenswerten und freundlichen Jungen. Dass er auch aggressiv werden konnte, so wie gerade eben, war neu für sie - und irgendwie beeindruckend.
„Sorry, aber ich mag’s halt nicht, wenn irgendwelche Kerle dich dumm von der Seite anquatschen“, erklärte Noah, dem Emilias erstaunter Blick natürlich nicht entgangen war.
Doch statt einer Antwort gab das Mädchen ihm einen Kuss, nahm seine Hand und die beiden setzten ihren Weg nun lieber wieder gemeinsam fort.
Kurz darauf standen sie vor einem der Schaufenster von ‚Marks & Spencer‘ und betrachteten eine Jacke mit Leopardenmuster und die dazu passenden Stiefel. Als Emilia kopfschüttelnd fragte, wer so etwas wohl anziehen würde, hatte Noah plötzlich eine Idee und zog seine Freundin hinter sich her. Er ging geradewegs in das

große Kaufhaus hinein, steuerte direkt auf die Damenabteilung zu und blieb schließlich bei einigen Ständern mit auffällig gemusterten Oberteilen stehen.

„Ich kenne auch ein spannendes Spiel", erklärte er Emilia endlich und grinste geheimnisvoll. „Ich suche dir etwas zum Anziehen aus und du mir. Das haben Jake und ich früher manchmal gemacht. Von den Aktionen existieren heute immer noch ziemlich peinliche Bilder, fürchte ich."

„Okay! Aber dann suche ich dir zuerst etwas aus", erwiderte Emilia. „Schließlich war ich vorhin als erste dran."

Noah ergab sich theatralisch seufzend in sein Schicksal und folgte Emilia in die Herrenabteilung. Nach kurzer Suche fand sie ein paar Sachen, die ihr für diese Challenge besonders gut gefielen und übergab sie feierlich an ihren Freund, der sich damit kopfschüttelnd in die Umkleidekabine verzog.

Emilia setzte sich auf einen Hocker davor und wartete gespannt auf das Bild, das sich ihr gleich bieten würde. Doch nach einer Weile kam nur Noahs Kopf hinter dem Vorhang hervor.

„Wehe du machst ein Foto!", drohte er scherzend. „Dann bin ich für alle Zeit erpressbar."

„Das hört sich gut an", fand Emilia und kicherte. „Dann musst du immer alles machen, was ich will.

Na, komm schon! Zier dich nicht so!"

Also schob Noah den Vorhang beiseite und Emilia prustete augenblicklich los vor Lachen, sodass sie es

zunächst sowieso nicht geschafft hätte, ein Foto zu machen.
Sie hatte ihm von OppoSuits eine Anzughose in giftgrün mit vielen roten Melonenstücken ausgesucht und dazu einen karierten Pullover in Pink und Babyblau. Außerdem war Noah in etwas zu große Stiefeletten im Westernlook geschlüpft und trug auf dem Kopf ein Basecap in Gold metallic.
„Wow!", sagte Emilia schließlich noch etwas atemlos, nachdem sie sich wieder halbwegs gefangen hatte. „Jetzt noch eine schicke Sonnenbrille in Herzform und wir haben es hier mit dem Style von übermorgen zu tun. Da gehe ich jede Wette ein."
„Natürlich", grinste Noah und ließ sich doch noch bereitwillig von Emilia fotografieren. „Und wenn sie die Schuhe hier noch zwei Nummern kleiner hätten, würde ich echt drüber nachdenken, sie mitzunehmen."
„Oh, wenn du willst, schaue ich gerne nochmal für dich nach", bot Emilia süffisant lächelnd an.
„Untersteh dich!", lachte Noah und zog mit Schwung den Vorhang wieder zu, um sich der Farbenpracht zu entledigen. „Bin ja schon mächtig gespannt, was die Damenabteilung gleich alles zu bieten hat. Du auch?", hörte Emilia Noahs Stimme aus der Umkleidekabine.
„Na klar! Kann's kaum erwarten", log das Mädchen, denn es war klar, dass Noah sich mit einem mindestens genauso geschmacklosem Outfit rächen würde.
Und so war es auch: Als Emilia sich wenig später im Spiegel betrachtete erkannte sie sich kaum wieder.

Noah hatte ihr ein paar flaschengrüne Glitzerleggins ausgesucht und dazu eine Bluse aus durchsichtigem schwarzen Stoff mit Rosenprint. Darunter trug sie ein pinkfarbenes, mit Pailletten besticktes Top und ihre Füße steckten in tatsächlich perfekt passenden quietschroten High Heels, in denen Emilia nur leider nicht laufen konnte.
„Heiß!“, war dann auch Noahs Kommentar, als Emilia sich mehr an den Vorhang klammerte, um nicht umzuknicken, als diesen aufzuschieben.
„Blödi“, schallt Emilia grinsend und bemerkte sehr wohl, mit welchem Blick ihr Freund sie betrachtete.
„Ich kann ja schon verstehen, dass die beiden vorhin mit dir anbändeln wollten“, meinte Noah und legte den Kopf schief.
„Also, wenn ich mit den Schuhen überhaupt heile bis zur Straße kommen würde, dann gäbe es da draußen ganz sicher niemanden mehr, der mit mir anbändeln wollte“, stellte Emilia trocken fest. „Wahrscheinlich würden mich die Leute eher für verrückt halten?“
„Naja, ein kleines bisschen verrückt kann doch auch ganz nett sein, oder?“, überlegte Noah laut, bevor er aufstand und Emilia einen versöhnlichen Kuss gab. Schließlich war diese jedoch heilfroh, wieder ihre eigenen Sachen anzuziehen und freute sich besonders darüber, in ihre geliebten Turnschuhe zu schlüpfen.
Als sie endlich am frühen Abend im Bus nach Portsmouth saßen, waren Noah und Emilia zwar hundemüde aber sehr glücklich. Sie saßen aneinander

gekuschelt auf ihren Sitzen und sahen aus dem Fenster, während die Landschaft Südenglands an ihnen vorbeizog.
Emilia hätte ewig so weiterfahren können, doch viel zu schnell sahen sie die Masten der Segelschiffe im alten Hafen von Portsmouth, was bedeutete, dass sie nun aussteigen mussten und die Zeit der Zweisamkeit für heute fast vorbei war.
Doch sie standen noch eine ganze Weile eng umschlungen und ohne ein Wort zu sagen an der Kaimauer und sahen zu, wie sich die Sonne im Westen langsam orange färbte.
Denn eigentlich wollte keiner von ihnen sich verabschieden, um wieder allein nach Hause zu radeln. Aber Emilia hatte versprochen, vor Einbruch der Dunkelheit zu Hause zu sein, was sie jetzt ohnehin kaum noch schaffen konnte.
Also gab Noah ihr noch einen letzten, dann einen allerletzten und schließlich einen allerallerletzten Kuss, bevor sie sich zwar schweren Herzens, aber dennoch auf wunderbare Weise zufrieden, auf den Heimweg machten.
Und obwohl Emilia eigentlich viel zu spät in Eastney eintraf, schimpfte Sofia kein bisschen, sondern empfing ihre kleine Schwester gut gelaunt und voller Vorfreude auf ihren morgigen Ausflug mit Kevin nach London.
Für Emilia allerdings stand der Sonntag ganz im Zeichen von Schule. Da sie ihre freie Zeit seit Freitagnachmittag fast ausschließlich mit Noah verbracht hatte, gab es

leider einiges zu erledigen. So arbeitete sich das Mädchen der Reihe nach durch spanische und französische Grammatik, las die Abschnitte in ihrem Economics-Buch durch, die Mrs. Harper ihnen aufgegeben hatte und füllte der Reihe nach die T-Konten in ihrem Buchführungsheft. Doch irgendwann brauchte sie dringend eine Pause und außerdem überkam sie eine plötzliche Sehnsucht nach Olivia. Also rief sie ihre beste Freundin kurzer Hand an und war froh, dass diese tatsächlich Zeit hatte, um sich zu einem langen Spaziergang am Meer mit ihr zu treffen. Natürlich erzählte Emilia ihr alles von Noahs Mom und ihrem Ausflug nach Southampton, während sich die beiden den salzigen Wind um die Nase wehen ließen. Olivia war durchaus interessiert und fragte an der einen oder anderen Stelle nochmal nach. Und doch hatte Emilia das Gefühl, als bedrückte die Freundin irgendetwas.

„Sag mal, ist eigentlich alles okay?", wollte sie deshalb wissen und sah Olivia eindringlich an.

„Ich merke doch, dass was nicht stimmt. Also, sag mir bitte, was los ist, ja? Bist du sauer auf mich?"

„Oh, nein! Ich bin doch nicht sauer auf dich", antwortete Olivia schnell, um dann jedoch etwas zögerlich fortzufahren: „Naja, vielleicht mache ich mir schon ein bisschen Sorgen, dass du eines Tages vor lauter Liebesglück gar keine Zeit mehr für mich hast. Klingt furchtbar, oder? Wie eine eifersüchtige, alte Schachtel."

„Aber, nein“, beschwichtigte Emilia die Freundin. „Ich habe mir ja auch schon überlegt, dass es schade ist, dass wir uns in letzter Zeit so selten getroffen haben. Ich meine, du bist wie eine zweite Schwester für mich und als ich dich vorhin angerufen habe, habe ich mich richtig gefreut, deine Stimme zu hören. Echt wahr!“
Olivia rollte nach diesem Geständnis zwar dramatisch mit den Augen, aber Emilia konnte dennoch deutlich ihre Erleichterung spüren. Sie kannte ihre beste Freundin einfach viel zu gut.
„Was hältst du davon, wenn wir nächsten Samstag mal wieder einen Spieleabend machen?“, schlug Emilia darum vor.
„Sofia macht bestimmt auch mit. Kevin arbeitet nächstes Wochenende nämlich wieder im Krankenhaus, glaube ich.“
„Oh, ja! Gute Idee!“, fand Olivia.
„Wir könnten Monopoly spielen und uns etwas Leckeres kochen.“
Die Mädchen freuten sich und überlegten noch eine Weile, welche Spiele sie in der Vergangenheit immer am liebsten gespielt hatten, als Olivia unvermittelt fragte: „Und du glaubst wirklich nicht, dass Noah dann enttäuscht ist, wenn du am Samstagabend keine Zeit für ihn hast?“
Emilia überlegte kurz, sagte dann jedoch voller Überzeugung: „Nein! Ich denke, er wird es verstehen.“
„Gut!“, meinte Olivia nur und damit waren die Mädchen auch schon fast wieder zu Hause angekommen. Sie

umarmten sich zum Abschied noch einmal und Emilia wusste in dem Moment, dass sie Noah zwar mit jeder Faser ihres Körpers liebte, doch Olivia war ihr ebenfalls sehr wichtig – und das würde sie auch immer sein.
Gerade als Emilia Jacke und Schuhe ausgezogen hatte und sich in der Küche einen Tee aufbrühte, machte sich ihr Handy mit einem ‚Pling' bemerkbar. Sie schaute nach, wer ihr eine Nachricht geschickt hatte und las, dass Mom und Dad gerade Zeit und Lust zum Skypen hatten. Also schrieb sie schnell zurück, setzte sich mit Tee und Tablet an den Küchentisch und meldete sich für das Gespräch an.
Schon nach wenigen Sekunden erschien das lächelnde Gesicht ihrer Mom auf dem Display und Emilia dachte in diesem Moment, dass ihre Mutter immer noch eine sehr schöne Frau wäre.
„Hallo, mein Schatz! Geht es dir gut?", das war immer die erste Frage. Und als Emilia wie üblich bestätigte, dass es ihr gut ging und zu Hause alles in Ordnung wäre, stellte Mom ihre zweite Frage nach dem englischen Wetter, während Dad sich zu ihr gesellte und fröhlich in die Kamera winkte.
Emilia winkte zurück und berichtete: „Bis mittags hat es fast durchgängig geregnet, aber dann wurde es besser und vorhin konnte ich sogar mit Olivia einen Spaziergang am Strand machen."
„Ah, das ist schön", freute sich Mom, bevor sie erzählte, dass sie nun in Salzburg angekommen wären, jedoch noch nicht viel von der Stadt sehen konnten, da es bei

ihnen in Österreich ebenfalls sehr regnerisch wäre.
Gerade als Mom ihren Satz beendet hatte, kam Figaro in die Küche marschiert und forderte energisch maunzend sein Futter für den Abend ein. Dad hörte ihn zuerst und stellte scharfsinnig fest: „Ah, der Kater hat Hunger."
„Ja, man hat das Gefühl, er wird von Tag zu Tag gefräßiger", meinte Emilia und zuckte zusammen, als ihre Mom vorschlug: „Liebes, halt doch mal das Tablet so, dass wir Figaro sehen können, ja?"
„Äh, das geht nicht", stammelte Emilia hilflos, „weil..., also..., jetzt ist er auch schon wieder weg."
„Aber Emilia, rede keinen Unsinn! Ich höre ihn doch klar und deutlich", sagte ihre Mutter streng.
„Was ist los mit dem Kater, Kind?", wollte dann auch Dad wissen. „Oder ist das am Ende gar nicht Figaro, den wir da hören? Wurde er überfahren und ihr habt eine neue Katze angeschafft?"
„Mark!", schalt Mrs. Bennett ihren Ehemann und sah ihn kopfschüttelnd an, weil er die Dinge wieder einmal dramatischer machte, als sie in Wirklichkeit waren.
„Nein, nein!", beeilte sich Emilia dann auch, ihre Eltern zu beruhigen. „Das ist wirklich unser Kater. Er hat jetzt bloß eine ordentliche Macke im Ohr, weil er sich wieder mal gezofft hat."
Sie seufzte tief und drehte dann endlich ihr Tablet so, dass Mom und Dad den noch immer maunzenden Kater mitsamt seinem Schutzkragen sehen konnten.
„Ach, herrjeh!", rutschte es beiden fast gleichzeitig heraus. „Der Arme!" Doch Mom fing sich als erste

wieder und stellte ungerührt fest: „Naja, das hat er davon. Warum muss er auch immer so machomäßig unterwegs sein? Wie ich sehe, habt ihr jedenfalls alles im Griff, oder?“
„Klar“, bestätigte Emilia und nickte eifrig. „Sofia und ich sind ja sofort zu Dr. Fitzpatrick gefahren und nächste Woche ist Figaro den ollen Kragen auch wieder los. Dann ist er bestimmt wieder ganz der Alte. Nur mit etwas Ohr weniger.“
Da musste auch Dad grinsen und dann erzählte er noch kurz, welche Pläne sie für den morgigen Tag hatten: Als erstes wollten sie sich Mozarts Geburtshaus ansehen und außerdem war noch ein Besuch von Schloss Mirabell mit seinem wunderschönen, geometrisch angelegten Garten geplant. In den folgenden Tagen durften natürlich auch die Proben nicht zu kurz kommen, aber irgendwann zwischendrin wollten sie auf jeden Fall die Festung Hohensalzburg besichtigen und einen Bummel durch die Getreidegasse in der Altstadt machen.
„Klingt nach viel Musik und jeder Menge Kultur“, fasste Emilia die Aufzählung ihres Vaters zusammen.
„Oh, ja! Genauso ist es auch.“ Moms Augen leuchteten wie die eines Kindes, das zum ersten Mal einen Weihnachtsbaum sah. Emilia wusste, dass ihre Mutter diese Reise in vollen Zügen genoss und sie freute sich für sie und ihrem Dad. Bald darauf wünschten sie sich gegenseitig noch einen schönen Abend und beteuerten einander, wie sehr sie sich vermissten. Emilia musste versprechen, ihrer Schwester viele Grüße auszurichten

und dann war das Gespräch auch schon beendet. In die Stille hinein aber maunzte Figaro ein besonders klägliches Miau, sodass Emilia sich umgehend erbarmte und ihm sein Futter bereitete.
Als sie später gemütlich in ihrem Bett lag und noch ein wenig mit Noah hin- und herschrieb, kam auch Sofia endlich nach Hause. Sie steckte den Kopf in Emilias Zimmer und fragte leise: „Em? Bist du noch wach?"
„Na klar!", erwiderte diese. „So spät ist es ja noch nicht."
„Gut! Dann komme ich gleich zu dir", kündigte Sofia an. „Dann können wir noch ein bisschen quatschen."
„Okay!" Emilia war einverstanden und wenig später kam ihre große Schwester im Nachthemd mit einem Kopfkissen unter dem Arm zu ihr ins Bett gekrochen. Sie lehnte sich mit ihrem Kissen am Fußende an, sodass sich die nackten Beine der Schwestern unter der Bettdecke berührten.
So hatten sie früher schon oft zusammen gesessen, mal bei Emilia, mal bei Sofia im Zimmer und hatten sich Geschichten erzählt oder davon geträumt, was sie alles machen wollten, wenn sie erst erwachsen wären. Heute aber erzählten sie von ihren Erlebnissen an diesem Wochenende.
Emilia genoss diese Vertrautheit zwischen ihr und ihrer großen Schwester und fühlte sich rundum glücklich und geborgen.
Sie hatte eine Familie, die sie liebte, die beste Freundin der Welt und sie hatte Noah. Kaum zu glauben, dass ausgerechnet sie so viel Glück haben durfte.

American Boy

Am Montag in der Schule waren natürlich alle total aufgeregt und gespannt, weil heute ja endlich der amerikanische Junge kommen sollte. Emilia hatte den ominösen Unbekannten schon fast wieder vergessen, aber Zoe erinnerte sie bei der Begrüßung direkt an das bevorstehende Ereignis.

Das Mädchen hatte sich extra für diesen Anlass die blonden Haare über Nacht zu Zöpfen geflochten, sodass sie nun wellig um ihre Schultern lagen.

„Deine Haare sehen toll aus“, stellte Emilia fest und meinte das auch so, obwohl die Freundin plötzlich auch eine erschreckende Ähnlichkeit mit Jessica hatte.

„Danke“, erwiderte Zoe kurz, ohne jedoch den Blick vom Eingangsbereich der Schule abzuwenden.

Da es angefangen hatte, wie aus Kübeln zu regnen, durften die Schülerinnen und Schüler des Colleges im Foyer der Schule auf den Unterrichtsbeginn warten. So standen sie nun alle in kleinen Gruppen beieinander und erzählten sich ihre Erlebnisse vom Wochenende. Auch Jessica und ihre Freundinnen hatten sich so positioniert, dass sie direkt sehen konnten, wer das Schulgebäude betrat.

Und dann war es so weit. Im Nachhinein kam es Emilia fast so vor wie ein Auftritt oder wie die Szene in einem Theaterstück. Als der neue Junge das Foyer betrat, hörten sofort einige der Mädchen um sie herum auf zu

reden, bevor Zoe andächtig flüsterte: „Oh, mein Gott! Der sieht ja original aus wie Shawn Mendes."
„Ist der nicht eigentlich Kanadier?", kam es Lauren spontan in den Sinn.
Doch eine Antwort bekam sie nicht auf ihre Frage, denn es geschah etwas, womit keine von ihnen gerechnet hatte: Jessica ging schnurstracks auf den attraktiven Amerikaner zu, der sie lächelnd mit ‚Küsschen links und Küsschen rechts' begrüßte. Dann hakte sie sich bei ihm ein und führte ihn freudestrahlend Richtung Sekretariat.
„Was war das denn?", entfuhr es Zoe, als sie ihre Sprache wiedergefunden hatte.
Doch da im selben Moment der Schulgong ertönte und wieder Bewegung in die Schar der Schüler kam, die nun allesamt zu ihren Kursräumen strömten, ging ihre Frage im allgemeinen Tumult unter. Ohnehin hätte niemand ihr diese Frage beantworten können, denn erst im Laufe des Vormittags sickerte allmählich durch, dass Jessica den amerikanischen Jungen, dessen voller Name Benjamin Cummings war, bereits am Wochenende im Tennisclub kennen gelernt hatte.
Offensichtlich hatte er am Sonntag mit seiner Mutter dort eine Partie gespielt und war dabei prompt der schönen Jessica über den Weg gelaufen, die natürlich sofort wusste, mit wem sie es hier zu tun hatte.
‚Der Tennisplatz als Ort der Begegnung', dachte Emilia, der natürlich dabei auch die Geschichte mit Noah wieder in den Sinn kam. Es war schon eigenartig, wie das Leben manchmal so spielte.

Auf jeden Fall passten Jessica und der Amerikaner rein optisch ganz ausgezeichnet zusammen. Denn Zoe hatte tatsächlich Recht gehabt damit, dass der Junge eine große Ähnlichkeit mit dem bekannten Sänger hatte. Und beide gemeinsam, Jessica und Ben, hätten ohne weiteres auch den Hollywood Hills entstiegen sein können.
Für Zoe aber war diese Erkenntnis wie ein Schlag ins Gesicht, hatte sie sich doch zumindest Hoffnung auf ein Kennenlernen des neuen Jungen gemacht.
Das allerdings konnte sie sich jetzt wohl abschminken, denn Jessica würde über ihre neue Errungenschaft wachen wie ein Pitbull Terrier.
Und wer sagte denn, dass Benjamin Cummings nicht auch Gefallen an dem blonden Engel hatte, der nicht nur gestern in seinem Tennisdress ganz reizend ausgesehen haben musste, sondern auch jetzt in den engen Bluejeans und der modischen weißen Lederjacke eine blendende Figur machte?
Auch einigen der anderen Mädchen, die wispernd und flüsternd zu ihren Kursräumen gingen, sah man die Enttäuschung darüber an, dass Jessica offensichtlich ihre Angel erfolgreich ausgeworfen hatte.
Nur Lauren und Emilia war diese Tatsache relativ egal. Ja, eigentlich freute sich Emilia sogar darüber, denn eine glücklich liierte Jessica würde sich sicher kaum noch Gedanken um den treulosen Noah machen. So könnte sie es vielleicht schon bald wagen, Lauren und Zoe von ihrem Freund zu erzählen.

Aber erst einmal galt es, Letztere ein wenig aufzumuntern, denn die Freundin war doch ziemlich geknickt.
Und wie es der Zufall wollte, begegnete Jake ihnen in der Mittagspause. Doch Emilia hatte ihn zunächst gar nicht bemerkt, da sie gerade mit Lauren ins Gespräch vertieft war.
Erst als die Gruppe der Jungs, mit denen Jake unterwegs war, schon fast an ihnen vorbeigegangen war, hörte sie seine Stimme plötzlich hinter sich: „Hey, Zoe! Neue Frisur? Bellissima!"
Emilia drehte sich automatisch um und sah, wie die anderen Jungs feixten, aber sie sah auch Jakes Gesicht. Er lächelte zwar, aber nicht so schelmisch wie sonst immer.
Und außerdem sah er dabei nicht Zoe an, sondern Emilia.
Sie hob kurz die Hand zum Gruß, doch da hatte sich Jake auch schon wieder umgedreht und ging lachend mit den anderen weiter.
Obwohl Emilia die Situation irgendwie merkwürdig vorkam, konnte sich Zoe ein freudiges Grinsen nicht verkneifen und auch Lauren meinte gut gelaunt: „Na, wenn das mal nicht eindeutig war?!"
Dann schlug sie ihrer Freundin vor, am kommenden Samstag mit ihr zum nächsten Heimspiel der Pompejis ins Stadion zu gehen, weil Jake dort bestimmt auch wieder auf der Tribüne sitzen würde, um seinem Cousin im Tor die Daumen zu drücken.

Zoe war sofort begeistert von Laurens Idee und Emilia war froh, dass ihre Freundin nun nicht mehr traurig war, sondern wieder etwas hatte, worauf sie sich freuen konnte. Und wenn Jake und Zoe sich wirklich sympathisch finden und einander näher kommen würden, wäre sie wahrscheinlich fast genauso glücklich darüber wie die beiden selbst. Auf jeden Fall aber war Emilia gerade sehr zufrieden damit, wie sich die Dinge um sie herum entwickelten und sie beschloss, spätestens in zwei bis drei Tagen zunächst Lauren in ihr kleines Geheimnis einzuweihen und ihr von Noah zu erzählen. Lauren hatte schließlich selbst einen Freund, den sie liebte, und würde es am ehesten verstehen, wenn Emilia ihr beichtete, dass sie ebenfalls verliebt war.
Als sie später am Abend im Bett lag und sich noch mit Noah hin- und herschrieb, wollte sie wissen, ob er mit ihrem Plan, Lauren einzuweihen, einverstanden wäre. Und natürlich hatte ihr Freund nichts dagegen.
Er freute sich im Gegenteil sogar auf den Moment, wenn alle von ihrer Beziehung wussten und schrieb ergänzt durch einen Emoji, der sich die Augen zu hielt: ‚Dann kann ich dich endlich einfach schnappen und mitten auf dem Schulhof abknutschen, wenn mir danach ist…‘
Als Emilia das las musste sie auf der Stelle laut lachen und schrieb zurück: ‚He, bin ich etwa nur ein Lustobjekt für dich, oder was?‘ und schickte noch ein Emoji mit großen Augen hinterher.
Die Antwort folgte auf dem Fuße: ‚Nicht nur, aber auch!‘ stand da, gefolgt von einem ‚miss u‘.

So ging das noch eine ganze Weile weiter, bis es irgendwann so spät geworden war, dass ihnen beiden die Augen zufielen und sie sich voneinander verabschiedeten - jedoch nicht, ohne sich vorher einen Wettstreit zu liefern, wer dem anderen die meisten roten Herzen schicken konnte.
Am nächsten Morgen radelten Emilia und Olivia gemeinsam zur Schule und natürlich sprachen sie dabei als erstes über Jessica und den amerikanischen Jungen.
„Das hat unsere Missy wieder mal geschickt eingefädelt, das muss man ihr lassen“, begann Olivia und klang dabei fast ein wenig ehrfürchtig. „Erst verdreht sie dem schönen Benjamin den Kopf und schweigt dann aber wie ein Grab, damit sie ihren Auftritt in der Schule so richtig genießen kann.“
„Also, wenn ich an die langen Gesichter der anderen Mädchen denke, dann hat es auf jeden Fall blendend funktioniert“, meinte Emilia. „Bist du denn auch ein bisschen enttäuscht deswegen?“
„Aber nein“, antwortete Olivia sofort und erklärte: „Der Typ erfüllt zwar ganz klar das ‚Channing-Tatum-Kriterium‘, aber wenn er auf Jessica steht, bezweifle ich doch sehr, dass er auch nur einen Hauch Albert Einstein in seinem hübschen Köpfchen hat.“
„Oh, Livi, du und deine Ansprüche“, lachte Emilia. „Aber mal im Ernst: Noah hat den Amerikaner gestern ja schon kurz kennen gelernt. Die beiden haben Mathematik und Technik zusammen und er fand ihn eigentlich ganz nett.“

„Schätzchen, aber ‚ganz nett' ist jetzt nicht unbedingt die Eigenschaft, die mir bei meinem Zukünftigen vorschwebt", erwiderte Olivia und tat gelangweilt. „Du weißt doch, was man über ‚ganz nett' sagt, oder?"
„Nett ist die kleine Schwester von S, C, H", antwortete Emilia wie aus der Pistole geschossen. „Ich hoffe nur, wählerischste aller Freundinnen, dass dir irgendwann dein Mister Perfect über den Weg läuft. Nicht, dass du noch als alte Jungfer endest."
„Oh, da mache ich mir keine Sorgen, Liebes", sagte Olivia voll Zuversicht. „Irgendwo da draußen gibt es ihn und irgendwann werden sich unsere Wege schon kreuzen."
„Na, ich drücke dir jedenfalls schon mal feste die Daumen", versprach Emilia, als sie schließlich am College angekommen waren und ihre Fahrräder abstellten. Der Vormittag verlief wie ein ganz normaler Schultag, wenn man einmal davon absah, dass noch immer über Jessica und Ben getuschelt wurde, die inzwischen auch schon Hand in Hand gesehen worden waren. Emilia verspürte fast so etwas wie Neid. Wie gerne würde auch sie mit Noah an ihrer Seite ganz unbekümmert durch die Schule oder besser noch durch ganz Portsmouth schlendern. Darum hatte sie sich schon den ganzen Morgen den Kopf darüber zerbrochen, wie und vor allem wann sie am besten mit Lauren über alles sprechen könnte. Doch dann verhalf ausgerechnet Madame Dupont, die gestrenge Französischlehrerin, ihr zu einer Lösung des Problems,

indem sie in der heutigen Unterrichtsstunde damit begann, ihren Schülerinnen und Schülern die französischen Relativsätze beizubringen.
Allerdings hatte die Lehrerin bei Lauren damit wenig Erfolg, sodass das Mädchen nach der Stunde beinahe verzweifelt stöhnte: „Ce qui und ce que, auquel und duquel. Wer soll da denn noch durchblicken? Warum müssen die Franzosen immer alles so kompliziert machen? Und dann schreibt sie nächste Stunde auch noch einen Test. Ich sage euch, ich werde ein leeres Blatt abgeben. Mehr ist dieses Mal echt nicht drin."
„Ach, Quatsch! Es ist gar nicht so schwer", tröstete Emilia die Freundin.
„Du hast gut reden", jammerte Lauren.
„Wenn ich fließend italienisch sprechen könnte, so wie du, dann würde ich diese blöde Französischgrammatik bestimmt auch besser kapieren."
„Aber, nein! Das verstehst du auch so", widersprach Emilia. „Du bist schließlich nicht dumm. Man muss das System nur einmal durchschauen und dann ist es im Grunde ganz einfach. Wenn du willst, erkläre ich es dir nochmal. Du wirst schon sehen, am Ende lachst du drüber."
„Na, ich weiß nicht. Aber es wäre wirklich toll, wenn wir vor dem Test zusammen üben könnten", meinte Lauren und klang nun schon wieder etwas zuversichtlicher.
„Na, klar! Wenn du willst könnte ich am Mittwoch nach der Schule mit zu dir kommen und dann gehen wir alles nochmal gemeinsam durch", schlug Emilia vor.

„Morgen habe ich ja Training, aber Mittwoch hätte ich auf jeden Fall Zeit. Dann könnte ich auch endlich mal wieder Bobby streicheln."
„Ja, super! Dann habe ich doch noch Hoffnung für den Test am Donnerstag", strahlte Lauren und umarmte die Freundin. „Und unser Hund kann sowieso nie genug Streicheleinheiten bekommen."
So kam es also, dass die beiden Mädchen am darauffolgenden Mittwochnachmittag zusammen in Laurens Zimmer saßen und bei einer heißen Tasse Tee und ein paar Keksen französische Grammatik paukten. Und wie Emilia es bereits vorhergesagt hatte, begriff Lauren diese schon nach kurzer Zeit und fasste sich schließlich ungläubig aber erleichtert an die Stirn.
„Ich glaube, ich hatte vorgestern echt ein Brett vor dem Kopf", sagte das Mädchen. „Aber so, wie du es mir jetzt erklärt hast, habe ich es auch viel besser verstanden als bei Madame Dupont. Du solltest dir überlegen, ob du nicht Lehrerin werden willst."
„Oh, ich weiß nicht", erwiderte Emilia. „Jahr für Jahr immer wieder dasselbe durchzukauen, stelle ich mir ehrlich gesagt nicht so spannend vor."
„Vielleicht hast du Recht", überlegte Lauren. „Auf jeden Fall bin ich froh, dass du heute meine Lehrerin warst. Möchtest du noch etwas Tee?"
„Ja, gerne", antwortete Emilia und hielt der Freundin ihre Tasse hin.
Und während Lauren heißen Tee aus der mit bunten Blumen bemalten Kanne nachschenkte, überlegte

Emilia fieberhaft, wie sie ihr am besten von Noah beichten könnte.
„Du, Lauren?“, begann das Mädchen endlich zaghaft. „Kann ich dir mal etwas sagen und du versprichst mir vorher, dass du nicht böse auf mich bist?“
Lauren hob den Kopf und sah die Freundin mit ihren schönen braunen Augen fragend an. „Hast du was angestellt?“, wollte sie wissen und fixierte dabei aufmerksam Emilias Gesicht.
„Naja, wie man’s nimmt“, fuhr diese fort. „Du weißt doch bestimmt noch, was Jessica über Noah O’Neill erzählt hat, oder?“
„Klar weiß ich das“, bestätigte Lauren. „Ekelhafter Kerl!“
„Und genau das ist er nämlich nicht“, erklärte Emilia mutig. „Er ist sogar sehr nett.“
„Was? Wieso?“, jetzt war es Lauren, die anfing zu stottern. „Hast du etwa mit ihm gesprochen?“
„Ja, das hab ich“, gab Emilia zu und als sie merkte, dass Lauren ihr wirklich interessiert zuhörte, erzählte sie ihr nach und nach die ganze Geschichte, angefangen bei ihrem ersten Treffen mit Noah am South Parade Pier, bei dem er ihr alles über sein Zusammentreffen mit Jessica berichtet hatte, bis zu ihrem letzten Ausflug nach Southampton, wo sie unbeschwert durch die Stadt laufen konnten.
Als sie geendet hatte, sah Emilia die Freundin ängstlich an, obwohl sie gleichzeitig auch Erleichterung verspürte, dass sie sich ihr endlich anvertraut hatte. Lauren schaute zunächst einen Moment lang stumm in die Teetasse in

ihrer Hand, bevor sie endlich anfing zu reden: „Warum hast du mir das denn nicht schon längst erzählt? Es muss doch furchtbar gewesen sein, Noah in der Schule zu sehen und so zu tun, als ob du ihn hassen würdest, obwohl du ihn in Wirklichkeit liebst."

„Natürlich war das furchtbar", bestätigte Emilia. „Aber ihr wart so überzeugt davon, dass Jessicas Geschichte stimmt und ich habe ja auch selbst gesehen, wie sie echte Tränen vergossen hat. Ich dachte, ihr seid dann alle gegen mich, weil ich mich mit einem Triebtäter verabrede. Und ehrlich gesagt, hatte ich auch ein bisschen Schiss vor Jessica. Wenn sie herausgefunden hätte, dass der Typ, der sie abserviert hat, sich ausgerechnet mit mir trifft, na dann gute Nacht."

„Was heißt da ‚ausgerechnet mit dir'?", überlegte Lauren. „Du bist schließlich auch kein hässliches Entlein, oder?"

„Nein, aber du weißt schon, wie ich das meine", erwiderte Emilia. „Sie hätte mir doch sicher die Hölle heiß gemacht."

„Ja, ich denke das hätte sie", bestätigte Lauren und fügte dann hinzu: „Also, wenn du Noah glaubst, dann glaube ich ihm auch, dass Jessica gelogen hat. Sie hat bestimmt die Schnappatmung des Jahrhunderts bekommen, als sie gemerkt hat, dass er nichts von ihr will. Aber was genau hast du jetzt vor? Willst du das mit euch immer noch vor den anderen geheim halten."

„Nein, eigentlich nicht", seufzte Emilia. „Ich wünsche mir nichts sehnlicher, als dass Noah und ich einfach nur ganz normal zusammen sein können, so wie Jordan und du, ohne Versteckspiel und ohne, dass andere mit dem Finger auf uns zeigen oder hinter dem Rücken über uns tuscheln."

„Ja, das verstehe ich", sagte Lauren und trank nachdenklich einen Schluck Tee.

„Ich hatte gehofft, dass du dich in meine Lage hineinversetzen kannst. Schließlich hast du auch einen Freund und weißt, wie es ist, wenn man verliebt ist", sprach Emilia weiter. „Und du bist ein bisschen, naja, einfühlsamer als andere."

„Du meinst zum Beispiel als Zoe?", wollte Lauren wissen und sah die Freundin forschend an.

„Ja, ich habe echt Angst, dass sie nicht mir sondern immer noch Jessica glaubt, auch wenn ich ihr dasselbe erzähle, wie ich dir gerade erzählt habe", offenbarte Emilia ihre Bedenken.

„Hm", machte Lauren. „Aber da wirst du wohl nicht drum herum kommen. Immerhin ist Jessica ja jetzt bestens versorgt, sodass es ihr ziemlich egal sein dürfte, wenn sie Noah mit dir zusammen sieht. Also, wenn du mich fragst: Erzähle es Zoe ruhig! Ich bin mir sicher, dass sie dir nicht den Kopf abreißen wird. He, und außerdem bin ich ja auch noch da. Du kannst auf mich zählen, Emilia. Ich bin auf deiner Seite."

„Danke", flüsterte das Mädchen leise und umarmte die Freundin so fest, dass dieser beinah die Teetasse aus der Hand gefallen wäre. Gemeinsam verabredeten sie, Zoe schon am nächsten Tag in der Mittagspause alles zu erzählen und als Emilia sich schließlich von Lauren verabschiedete und voll Zuversicht mit dem Rad nach Hause fuhr, dachte sie bei sich: ‚Olivia ist zwar meine beste Freundin, aber Lauren kommt sofort danach'. Da wusste sie ja noch nicht, wie schnell sich das Blatt wenden konnte.

Nie wieder Versteckspiel

Als sich Emilia später am Abend noch wie üblich mit Noah darüber austauschte, was es für Neuigkeiten gab, war auch er froh darüber, dass Lauren so verständnisvoll auf Emilias Beichte reagiert hatte. Und er versprach, morgen ganz fest die Daumen zu drücken, dass Zoe genauso entspannt reagieren würde, natürlich auch aus eigenem Interesse.
Allerdings hatte Emilia das Gefühl, dass Noah trotz all der guten Nachrichten, irgendwie auch ein bisschen niedergeschlagen wirkte. Seine Antworten waren zwar freundlich wie immer, aber jedes Mal viel kürzer als sonst.
Darum zögerte sie nicht länger, sondern rief ihn kurzer Hand auf seinem Handy an. Mit angewinkelten Knien auf dem Bett sitzend und in ihre Decke gekuschelt wählte sie Noahs Nummer.
Schon nach zwei Sekunden hörte sie sein etwas raues ‚Hey' am anderen Ende und sofort durchströmte wieder diese wohlige, kribbelnde Wärme ihren Körper, die ihr mittlerweile so vertraut war.
Sie wünschte sich in dem Moment nichts sehnlicher, als ihn bei sich zu haben, seine Hand festzuhalten, seine Nähe zu spüren, sein Herz schlagen zu hören.
Emilia schloss kurz die Augen und fragte dann: „Hey, alles okay bei dir?" Und die Antwort kam prompt: „Du fehlst mir."

„Du fehlst mir auch", erwiderte das Mädchen lächelnd und strich sich eine dunkelbraune Strähne aus dem Gesicht. „Ich wünschte, du wärst jetzt hier bei mir."
„Nichts lieber als das", seufzte Noah. „Ich weiß gar nicht, wie ich früher ohne dich leben konnte.
Ich muss den ganzen Tag an dich denken. Können wir uns denn morgen Abend wenigstens sehen?"
„Ich weiß nicht", antwortete Emilia zögernd. „Sofia und ich müssen nach dem Training noch mit Figaro zum Tierarzt. Er bekommt ja endlich die Klammern aus dem Ohr und dieser nervige Kragen wird ihm dann auch wieder abgenommen. Aber ich könnte Kevin fragen, ob er Zeit hat, mit Sofia zu fahren. Einer muss den Kater ja festhalten."
„Oh, aber ich könnte euch auch begleiten", schlug Noah sofort vor. „Natürlich nur, wenn es euch nichts ausmacht."
„Aber nein", beeilte sich Emilia erfreut. „Das ist eine gute Idee und Sofia hat sicher auch nichts dagegen."
Mit der Aussicht auf ein baldiges Treffen besserte sich Noahs Stimmung wieder und die beiden plauderten noch eine Weile über alles Mögliche miteinander. Schließlich versprach Emilia, ihm sofort nach der Mittagspause zu berichten, wie es mit Zoe gelaufen war und schlief wenig später mit einem Lächeln auf dem Gesicht ein.
Und tatsächlich lief es am Ende mit Zoe sogar besser als gedacht. Zu Beginn der Pause nahmen Lauren und Emilia die Freundin bei Seite und verzogen sich mit ihr

in die hinterste Ecke des großen Speisesaals. Zuerst hörte sie zwar etwas ungläubig und mit vor der Brust verschränkten Armen zu, was Emilia ihr zu sagen hatte und war anschließend auch noch beleidigt, weil Lauren eher eingeweiht worden war, aber zu guter Letzt meinte Zoe doch großmütig: „Tja, gegen die Liebe sind die Menschen eben machtlos. Sie nimmt von dir Besitz und du kannst nichts dagegen machen. Wie bei Romeo und Julia. Ich verstehe zwar immer noch nicht, was du an ihm findest, aber meinen Segen hat das Ganze."
Einem inneren Drang folgend beugte sich Emilia erleichtert zu ihrer Freundin hinüber und gab ihr einen schnellen Kuss auf die Wange, den diese zwar breit grinsend aber mit einem theatralischen ‚Igitt' quittierte. Und auch Lauren war mit dem Ergebnis des Gespräches zufrieden, doch sie stöhnte:
„Mann, Zoe, warum musst du mich ausgerechnet jetzt an Romeo und Julia erinnern? Ich muss den kompletten dritten Akt noch lesen. Das kann ja ein heiteres Wochenende werden."
„Aber denk dran, am Samstag sind wir beide erstmal im Stadion verabredet", erinnerte Zoe die Freundin mit ernstem Blick und spielerisch erhobenem Zeigefinger.
„Na, klar", versicherte Lauren und konnte schon wieder lächeln. „Ich lasse mir doch Jordans Heimspiel nicht entgehen."
Damit war das Thema ‚Noah' abgehakt und die beiden Mädchen widmeten sich voller Eifer ihren Plänen für den Samstagnachmittag.

Emilia aber konnte es noch gar nicht richtig fassen, dass ihre beiden Freundinnen den zuvor so verabscheuten Noah ohne weiteres rehabilitiert hatten und ihn offensichtlich sogar als Emilias Freund akzeptierten. Niemals hatte das Mädchen damit gerechnet, dass es so einfach werden würde.
Doch wahrscheinlich war inzwischen einfach genug Gras über die Geschichte gewachsen, Jessica schwebte noch immer auf der amerikanischen rosa Wolke und Zoe und Lauren waren in Sachen Liebe gerade ebenfalls guter Dinge.
Emilia reckte den Hals und suchte mit Blicken den ganzen Saal nach Noah ab. Sie sah ihn am anderen Ende an einem Tisch mit einigen Schulkameraden sitzen und sich unterhalten.
Doch leider hatte er ihr den Rücken zugewandt, sodass er sie nicht sehen konnte.
Sollte sie einfach aufstehen und zu ihm rübergehen? Was würden seine Freunde dann wohl sagen? War ihm das überhaupt Recht?
Aber Emilia wollte unbedingt mit Noah reden und seine Gegenwart in diesem Raum wirkte wie ein Magnet auf sie, von dem sie magisch angezogen wurde. Darum wandte sie sich räuspernd an Lauren und Zoe und sagte möglichst beiläufig: „Ähm, ich geh dann mal kurz rüber, okay?“
Die beiden folgten Emilias Blick und antworteten gönnerhaft und fast gleichzeitig: „Ja, geh nur! Wir sehen uns dann später.“

Also atmete Emilia einmal tief durch, um dann quer durch den Speisesaal zu Noahs Tisch zu gehen, vorbei an Jessica und Ben, Michelle, Ellie und all den anderen. Doch niemand schien sich sonderlich für sie zu interessieren – noch nicht.
Als sie schon fast bei Noah angekommen war, wurde sie von Scott Harris bemerkt, der diesem gegenüber saß. Scott stieß Noah an, der sich daraufhin mit fragendem Blick umdrehte, um nachzusehen, wen oder was die anderen Jungs gerade so interessiert anstarrten.
Und er traute seinen Augen kaum, als Emilia lächelnd vor ihm stand und ihn mit einem leisen ‚Hey' begrüßte. Mehr brachte Noah allerdings im ersten Moment auch nicht zu Stande. Doch er begriff natürlich sofort, dass Emilia bereits mit ihren Freundinnen gesprochen hatte und dass es ein gutes Gespräch gewesen sein musste. Ohne ein weiteres Wort der Erklärung stand er auf, nahm Emilias Hand und ging mit ihr aus dem Saal hinaus. Jetzt allerdings verfolgten die beiden viele neugierige Blicke und als sie nicht mehr in Sichtweite waren, begann an manchen Tischen außerdem emsiges Getuschel.
Noah aber führte Emilia leise an Sekretariat und Lehrerzimmer vorbei geradewegs ins Treppenhaus und hastete mit ihr ins obere Stockwerk, wo sich die Klassenräume befanden. Er lief so schnell die Stufen hinauf, dass Emilia Mühe hatte, hinterher zu kommen. „Noah? Alles okay? Was hast du vor?", keuchte sie oben angekommen, doch der Junge legte nur

verschwörerisch einen Zeigefinger auf seine Lippen und bedeutete ihr somit, besser leise zu sein. Denn natürlich hatte kein Schüler während der Pause hier oben etwas zu suchen. Und es war auf jeden Fall besser, nicht erwischt zu werden.
Noah drückte eine Türklinke nach der anderen hinunter, doch alle Räume schienen ordnungsgemäß verschlossen zu sein.
Doch endlich, bei der vierten Tür, hatten sie tatsächlich Glück. Mit einem leisen Knarzen ging diese auf, sodass sie ins Zimmer huschen konnten.
Kaum aber hatte der Junge die Tür vorsichtig wieder hinter ihnen verschlossen, da schlang er auch schon die Arme um seine Freundin und küsste sie, dass ihr Hören und Sehen verging.
Nach einer kurzem Atempause sagte er schließlich etwas verschämt grinsend: „Sorry für den Überfall! Aber drei Tage ohne dich sind einfach zu viel für mich."
„Als ob du dich entschuldigen müsstest", erwiderte Emilia und spürte, wie ihre Wangen glühten.
Dann schmiegte sie sich eng an ihren Freund, fühlte die Muskeln unter seinem Shirt und genoss es, einfach von ihm gehalten zu werden. Sie hätte ewig so stehen bleiben können.
Doch irgendwann wollte Noah natürlich wissen, wie Zoe reagiert hatte, als sie von ihm und Emilia erfahren hatte. Also erzählte diese kurz, dass beide Freundinnen nun auf ihrer Seite waren.
„Kein Versteckspiel mehr?", fragte Noah daraufhin.

„Nein, kein Versteckspiel mehr", antwortete Emilia lächelnd.
„Hört sich gut an", meinte der Junge nur und küsste das Mädchen noch einmal, bevor beide wieder den Weg nach unten antraten.
Pünktlich mit dem Gong, der den Nachmittagsunterricht einläutete, kamen sie bei den anderen an. Lauren hatte sich bereits Emilias Rucksack geschnappt und lief ihnen gemeinsam mit Zoe entgegen.
Beide Mädchen grinsten verschwörerisch und Zoe erzählte sichtlich amüsiert: „Cooler Auftritt grade! Michelle und Ellie sind fast in Ohnmacht gefallen bei eurem Anblick."
„Ja, aber Jessica schien es ziemlich egal zu sein", berichtete Lauren und reichte Emilia ihren Rucksack.
„Gut", meinte diese nur, immer noch selig lächelnd. Dann wandte sie sich an Noah, gab ihm einen letzten Kuss und sagte: „Also, dann bis später".
„Bis später, Emilia", erwiderte der Junge und schaute sie mit seinen grünen Augen noch einmal zärtlich an, bevor er den anderen beiden Mädchen zunickte und schließlich im Gewühle der übrigen Schüler verschwand.
„Hui, na den hat's aber erwischt", stellte Zoe ohne Umschweife fest und ergänzte mit einem längeren Blick auf Emilia: „Okay, dich aber anscheinend auch."
„Glaub schon", nickte das Mädchen und stieg erneut die Treppe hinauf in den ersten Stock, dieses Mal jedoch, um den spanischen Worten des Senior Garcia zu lauschen.

Jake, der sich nur wenige Meter hinter ihnen befand, hatte sie allerdings nicht bemerkt und darum auch nicht sein leichenblasses Gesicht.
Doch Zoe erzählte ihr wenig später, dass sie ihm mittags im Speisesaal über den Weg gelaufen war.
Sie hatte ihn kurz entschlossen angesprochen und sogar einen Moment lang Smalltalk mit ihm gemacht. Er wäre wieder mal sehr charmant gewesen, nun hoffte Zoe natürlich umso mehr, ihn am Samstag im Stadion wiederzutreffen. Die Vorstellung, ein ganzes Fußballspiel lang neben dem attraktiven Jungen zu sitzen, ließen Zoes blaue Augen leuchten. Und auch Emilia wünschte sich sehr, dass es am Wochenende zwischen der Freundin und Jake funken würde. Doch gute zweieinhalb Stunden später saß das Mädchen erst einmal in der Umkleidekabine des Sportplatzes, zog sich die Laufschuhe an und musste Olivia Rede und Antwort stehen. Denn die Freundin wusste natürlich schon längst über die neusten Ereignisse am College Bescheid.
„Wir leben im digitalen Zeitalter, meine Liebe“, erklärte Olivia etwas oberlehrerhaft und ergänzte grinsend: „Während du dich noch irgendwo mit Noah vergnügt hast – und erspare mir bitte die Einzelheiten, damit ich nicht rot werden muss – habe ich bestimmt sieben oder acht Nachrichten von verschiedenen Leuten aus meiner Stufe bekommen, die mich über die Geschehnisse in der Mittagspause auf dem Laufenden gehalten haben.“
„Oh, mein Gott! Ich kann es mir vorstellen“, stöhnte Emilia und verdrehte die Augen.

„Ja, zu dumm, dass ausgerechnet heute der Dramakurs am Nachmittag ausgefallen ist und ich nicht da war“, ärgerte sich die Freundin und fuhr sich mit der Hand durch das platinblonde, kurze Haar. „Ich hätte zu gerne all ihre langen Gesichter gesehen.“
„Ja, sie haben schon alle ziemlich geschaut“, bestätigte Emilia. „Aber ich hoffe, sie gewöhnen sich schnell an unseren Anblick.“
„Ach, bestimmt“, vermutete Olivia. „Spätestens wenn Ellie mit Peter McKenzie zusammen gesehen wird, seid ihr Schnee von gestern.“
Die beiden Mädchen kicherten, denn sie wussten natürlich, dass diese Vorstellung absolut absurd war, weil man die eitle Ellie bestimmt niemals auch nur in der Nähe eines der hässlichsten Jungen der Schule sehen würde. Aber gerade deshalb liefen sie schließlich noch immer glucksend auf den Sportplatz, um im einsetzenden Nieselregen ihre Runden zum Aufwärmen zu drehen.
Später jedoch verging Emilia die gute Laune wieder, denn Noah hatte ihr geschrieben, dass er es heute Abend doch nicht schaffte, Figaro zum Tierarzt zu begleiten. Seine Tante hatte der kleinen Cousine Mia ein Klavier gekauft, welches nun vom Transporter abgeladen und in die Wohnung gebracht werden musste. Das Instrument war so schwer, dass Noahs Vater und der Onkel es nicht allein schafften, es in die obere Etage zu hieven und so hatte man noch einen Nachbarn um Hilfe gebeten und eben Noah.

Es war klar, dass ihr Freund diese Bitte nicht abschlagen konnte. In der Familie half man einander, das war selbstverständlich und Emilia hätte an seiner Stelle das Gleiche getan.
Aber trotzdem war sie über diese Nachricht natürlich enttäuscht, denn sie hatte sich schon so auf ihn gefreut. Außerdem fingen die Schmetterlinge in ihrem Bauch bei dem Gedanken an heute Mittag direkt wieder an zu flattern.
Also fuhren sie nach dem Training zu zweit zu Dr. Fitzpatrick, der sehr zufrieden damit war, wie Figaros Ohr verheilt war.
Er entfernte die Klammern mit viel Fingerspitzengefühl, während Sofia den schwarzen Kater konzentriert festhielt.
Endlich war er auch seinen Plastikkragen wieder los, worüber sich die beiden Schwestern mindestens genauso freuten wie der Patient selbst.
Sie bedankten sich herzlich beim Tierarzt und versprachen, den Raufbold noch zwei Tage lang im Haus zu behalten, bevor er erneut auf Streifzug gehen durfte.
Endlich daheim nutzte dieser seine wiedergewonnene Freiheit und sprang ohne Umwege aufs Sofa, wo er sich genüsslich ausstreckte und schon bald auf dem Rücken lag. Sofia machte sofort ein Foto von dem genesenen Tier und schickte es den Eltern, damit auch sie wussten, dass mit dem geliebten Kater nun alles wieder in Ordnung war.

Emilia machte ebenfalls ein Foto, welches sie jedoch an Noah sandte. Dieser antwortete auch prompt, dass er schon ziemlich neidisch auf so viel Entspannung wäre, denn Rücken und Hände täten ihm noch immer weh nach der Schlepperei mit dem Klavier.
Emilia bemitleidete ihren Freund ordnungsgemäß und stellte für den nächsten Abend eine Rückenmassage in Aussicht, was dieser mit einem Sternchenaugen-Smiley quittierte.
Und zum Glück mussten sie ja noch nicht einmal mehr bis zum Freitagabend warten, um miteinander reden zu können oder sich wenigstens ein paar kurze Küsse zu gönnen.
Denn Noah wartete schon am nächsten Morgen bei den Fahrradständern auf Emilia, um mit seiner Freundin wie selbstverständlich Hand in Hand in die Schule zu gehen. Natürlich schauten einige der anderen sie verstohlen von der Seite an und manche von ihnen flüsterten auch vermeintlich unauffällig miteinander.
Aber Lauren und Zoe gesellten sich bald zu ihnen und sie plauderten miteinander, als gehörte Noah schon immer dazu.
Dies war einer der letzten Momente, der für Emilia absolut vollkommen zu sein schien und sie hätte nie gedacht, dass schon am nächsten Tag alles anders werden würde.
Doch an diesem Freitag hätte sie die ganze Welt umarmen können. Schon am Mittag schien den anderen Mädchen Jessicas neues Outfit wichtiger zu sein, als die

Tatsache, dass Emilia und Noah jetzt zusammen waren. Endlich lief es so, wie das Mädchen es sich von Anfang an gewünscht hatte, ganz unspektakulär und normal. Und als Noah sie schließlich am Abend zu Hause in Eastney besuchte und sie ungestört in ihrem Zimmer sein konnten, da fühlte sich Emilias Herz so an, als müsste es vor lauter Glück zerspringen. Aber das tat es natürlich nicht und so konnte Noah die versprochene Rückenmassage genießen und Emilia seine sanften Küsse, mit denen er sich anschließend liebevoll bei ihr bedankte. Leider musste der Junge seiner Freundin jedoch beichten, dass sie am nächsten Tag nicht wie geplant gemeinsam durch die Gunwarf Quays würden bummeln können. Denn es sollte ein sonniges Wochenende werden, vielleicht das letzte richtig schöne Wochenende in diesem Jahr, und darum hatte Noahs Dad seinem Sohn vorgeschlagen, noch einmal ins Dartmoor zu fahren, um dort mit den Mountainbikes ein paar Kilometer zu machen.
Sie wollten am Samstag zeitig nach dem Frühstück aufbrechen und nach einer Übernachtung auf der Corndonford Farm in der Nähe des schönen Örtchens Widecombe in the Moor am nächsten Morgen noch eine Runde auf den Rädern drehen, ehe sie gegen Mittag die Heimreise nach Portsmouth antreten würden. Darum wäre Noah auch erst am Sonntagnachmittag wieder zurück und hätte dann noch alle Aufgaben für die Schule zu erledigen, sodass es fraglich war, ob sie sich Sonntag überhaupt noch würden treffen können.

Emilia war natürlich zunächst etwas enttäuscht über diese Neuigkeiten, doch sie versuchte, sich das nicht anmerken zu lassen. Zwar hatte sie sich schon so auf ein paar unbeschwerte Stunden mit Noah am Wochenende gefreut, aber sie wollte ihm auf keinen Fall ein schlechtes Gewissen machen. Denn sie wusste genau, dass ihm diese Ausflüge mit seinem Vater sehr wichtig waren. Er liebte die wilde Schönheit des Dartmoor, in dem man eins sein konnte mit der Natur. Und er liebte es, auf diese Weise Zeit mit seinem Vater verbringen zu können, da dieser eben lange Zeit nicht wie andere Väter jeden Abend nach der Arbeit zu Hause war. Also lächelte Emilia tapfer und wünschte Noah ein tolles Wochenende, als sie sich irgendwann später notgedrungen von ihm verabschieden musste. Der Junge versprach, sich spätestens am Samstagabend bei ihr zu melden, um ihr von seinem Ausflug zu erzählen und zu berichten, ob er unterwegs Ponys gesehen hätte.
Denn natürlich war auch Emilia mit ihrer Familie schon ein paar Mal im etwa drei Stunden entfernten Dartmoor gewesen. Dann allerdings jedes Mal, um durch die wunderschöne Landschaft zu wandern, neben Schafen oder Kühen Picknick zu machen und, falls sie Glück hatten, auch eins der robusten, kleinen Dartmoor Ponys zu streicheln, die sie so gern mochten.
Als Noah gefahren war, kam sich Emilia eigenartig verlassen vor und sie ging ins Wohnzimmer zu Sofia, die am Flügel saß und gerade ‚Er lebt in dir‘ aus dem Musical ‚König der Löwen‘ spielte.

Die Melodie hatte irgendwie etwas Tröstliches und Emilia war froh, dass sie jetzt nicht alleine war. Als das Stück zu Ende war, schaute Sofia auf und sah ihre Schwester fragend an.
„Alles in Ordnung?“, wollte sie wissen.
„Ja, ja! Alles okay! Es ist nur…“, druckste Emilia herum. „Noah ist am Wochenende nicht da und… Es klingt zwar total dumm, aber er fehlt mir jetzt schon.“
„Ach, meine süße, kleine Schwester“, sagte Sofia, stand auf und nahm die Jüngere sanft in den Arm. „Er kommt ja wieder.“
„Ich weiß“, seufzte Emilia. „Ich sage doch, dass ich dumm bin.“
„Ach, Quatsch“, widersprach Sofia und dann hellte sich ihre Miene auf, denn ihr fiel ein: „He, und außerdem wollten wir doch sowieso morgen unseren Spieleabend machen. Du könntest ja Olivia fragen, ob sie Lust hat, ein bisschen eher zu kommen. Kevin ist nämlich nach dem Krankenhaus noch mit Josh und ein paar anderen Jungs im Pub verabredet, Männerabend sozusagen. Also bin ich den ganzen Tag über genauso einsam und verlassen wie du. Ich hätte auch mal wieder richtig Hunger auf eine fette Pizza. Was hältst du davon?“
„Oh, ja! Das ist eine tolle Idee“, konnte Emilia sich nun schon wieder freuen. „Ich rufe gleich Livi an und frage, ob sie schon eher kommen kann.“
Natürlich hatte Olivia Lust und sie freute sich außerdem sehr, endlich einmal wieder einen lustigen Mädelsabend mit ihrer besten Freundin verbringen zu können.

So schien das Wochenende doch noch richtig schön zu werden, aber Emilia wollte Noah trotzdem wissen lassen, dass er ihr fehlte.
Also tippte sie schnell noch ein „Miss you“ in ihr Handy und sah erst, nachdem sie es abgeschickt hatte, dass Noah sein Profilbild geändert hatte.
Es zeigte nun nicht mehr das große Marineschiff auf hoher See, sondern ein Selfie von ihnen beiden, das Noah in Southampton im Café gemacht hatte: Die Köpfe dicht an dicht lachten sie beide in die Kamera.
Emilia betrachtete das Bild eine Weile und spürte zugleich Sehnsucht und Glück in sich aufsteigen.
Doch dann wurde sie plötzlich durch ein leises ‚Pling‘ aus ihren Gedanken gerissen und lächelte, denn auf dem Display stand eingerahmt in rote Herzen: ‚Love you forever!‘

Der Abschiedskuss

Am Samstag stand Olivia pünktlich um fünf Uhr vor dem Haus der Bennetts und klingelte. Emilia öffnete ihr gut gelaunt und nahm ihrer Freundin die Flasche Sekt ab, die diese zur Feier des Tages mitgebracht hatte.
„Schicke Schürze“, flachste das blonde Mädchen und deutete auf Emilias Bauch.
„Ja, warte ab! Du bekommst auch gleich eine verpasst“, kündigte Emilia an. „Wir wollen schließlich nicht, dass du dich mit Tomatensoße vollkleckerst.“
Denn die Mädchen hatten beschlossen, ihre Pizza lieber selber zu machen, anstatt den Lieferdienst zu beauftragen. Darum waren Sofia und Emilia heute Morgen auch schon einkaufen gewesen und hatten allerlei Leckereien zum Belegen des selbst hergestellten Pizzabodens besorgt. Auf der Anrichte türmten sich Oliven, Champignons und Käse, Tomaten, Zwiebeln, Artischocken und noch vieles mehr.
„Ach, du meine Güte“, staunte Olivia und machte große Augen. „Erwartet ihr noch die halbe Navy oder wer soll das hier alles essen?“
„Also, ich habe einen Bärenhunger“, meinte Sofia ungerührt. „Und der Abend ist ja noch lang.“
Sie hielt Olivia eine weiß-blau karierte Schürze hin, die sich diese brav umband. Und schon bald duftete es verführerisch im ganzen Haus, als zwei Bleche Pizza im Ofen gebacken wurden.

Eine halbe Stunde später saßen die Mädchen am Küchentisch und ließen es sich schmecken.
„Ach, Leute, ich habe noch nie etwas so Leckeres gegessen“, schwärmte Olivia. „Und wie knusprig dieser Boden ist.“
„Das Rezept ist noch von Moms Großmutter aus Italien“, erklärte Emilia mit vollen Backen und wischte sich mit einer Serviette den Mund ab.
So aßen sie und lachten und erzählten sich lustige Geschichten bis irgendwann kein einziger Krümel Pizza mehr übrig war.
„Oh, meine Gott!“, stöhnte Sofia und legte sich beide Hände auf den Bauch. „Ich habe mich überfressen.“
„Ja, ich glaube die Hälfte mit Tomaten und Mozzarella hast du ziemlich alleine gegessen, Schwesterherz“, stellte Emilia Kopf schüttelnd fest.
„Und noch ein gutes Stück mit Ananas und Brokkoli“, ergänzte Sofia. „Uh, wenn ich nur an diese Kombination denke, wird mir schon schlecht. Ich brauche dringend frische Luft.“
Sie stand schwerfällig auf und trat hinaus auf die Terrasse.
Emilia und Olivia folgten ihr und gemeinsam schauten sie einen Moment lang ehrfürchtig in den sternklaren Nachthimmel.
„Seht nur, wie schön es ist“, flüsterte Emilia andächtig und sie stellte sich vor, dass Noah in diesem Moment genauso die funkelnden Sterne bewunderte und an sie dachte.

„Kommt! Gehen wir wieder rein!“, befahl Sofia irgendwann. „Die Küche sieht aus wie ein Schlachtfeld.“
„Ja, lasst uns aufräumen und dann trinken wir ein Gläschen Sekt und spielen Monopoly City“, freute sich Olivia.
Also krempelten die Mädchen die Ärmel auf und brachten alles wieder in Ordnung, um bald darauf am sauberen Küchentisch zu sitzen und das Spielgeld zu verteilen.
In der dritten Runde zog Sofia eine Aktionskarte und durfte auf einen ihrer Stadtteile ein Stadion bauen.
Da fiel Emilia plötzlich ein, dass Lauren und Zoe sich doch heute Nachmittag das Fußballspiel im Fratton Park Stadion angesehen hatten.
Und natürlich wollte sie unbedingt wissen, ob die beiden wie erhofft dort auch Jake angetroffen hatten.
Darum lief sie schnell ins Wohnzimmer, um ihr Handy vom Couchtisch zu holen und erklärte ihren beiden Mitspielerinnen dabei kurz, was sie vorhatte.
„Aber beeil dich“, quengelte ihre Schwester. „Ich habe gerade eine Glückssträhne.“
„Ja, ja“, beruhigte Emilia sie und tippte dabei ihre Frage ein, die sie in wenigen Sekunden an Lauren verschickte.
Denn sie wollte lieber nicht Zoe anschreiben für den Fall, dass Jake nicht dort gewesen war und die Freundin deshalb vielleicht enttäuscht wäre.
Doch Jake war im Stadion, wie Lauren schon wenig später antwortete. Allerdings schrieb sie auch, dass er die Mädchen zwar gesehen und auch gegrüßt hätte, sich

dann aber zu ein paar anderen Leuten, die er offensichtlich gut kannte, gesetzt hätte.
‚Und Zoe?', wollte Emilia noch schnell wissen und sah dabei in den Augenwinkeln, dass Sofia missmutig mit den Augen rollte.
‚Hat versucht, sich nichts anmerken zu lassen', schrieb Lauren direkt zurück. ‚Aber sie war schon sehr enttäuscht ☹'
‚Mist! ☹', tippte Emilia, denn sie wusste schließlich, mit wieviel Hoffnung und Vorfreude Zoe zu diesem Spiel gegangen war. Ihre Freundin tat ihr wahnsinnig leid.
‚Ja, großer Mist', bestätigte Lauren. ‚Muss Schluss machen. Treffe mich gleich noch mit Jordan und den anderen im Pub ☺'
‚Viel Spaß', wünschte Emilia noch und legte dann das Handy wieder beiseite.
„Und?", wollte Olivia wissen.
„Jake war da", berichtete Emilia etwas verstimmt. „Er hat auch kurz ‚Hallo' gesagt, sich aber dann woanders hingesetzt."
„Tja, das ist dann wohl eindeutig als Desinteresse zu bewerten", brachte es Olivia auf den Punkt.
„Schön! Dann hätten wir das ja jetzt auch geklärt und können endlich weiterspielen", drängte Sofia und reichte ihrer Schwester die Würfel.
Also konzentrierten sich alle drei wieder auf das Spiel und schon nach kurzer Zeit kehrte die gute Stimmung an den Tisch zurück. Sofias Glückssträhne ging unvermindert weiter und sie stellte gerade ihren ersten

Wolkenkratzer auf einen ihrer Stadtteile, als dieses Mal ihr Handy ein vertrautes Geräusch von sich gab.
„Sieh an, sieh an! Wer wird denn hier unser schönes Spiel unterbrechen?“, konnte sich Emilia nicht verkneifen und zog die Augenbrauen extra noch ein bisschen höher.
„Das kann ja eigentlich nur einer sein“, murmelte Sofia und langte nach ihrem Handy, um nachzusehen.
Auch Emilia warf einen verstohlenen Blick auf ihr Display. Vielleicht hatte Noah ihr ja inzwischen geschrieben.
Und tatsächlich hatte er bereits vor einer halben Stunde an sie gedacht und ihr einige Fotos von der heutigen Tour durchs Dartmoor geschickt, darunter sogar drei von einer großen Ponyherde.
Außerdem hatte er ihr einen Link gesendet, den Emilia sofort ohne weiter zu überlegen öffnete. Im nächsten Moment hörte sie die softe Stimme von Dermot Kennedy, der für sie ‚Power over me‘ sang.
„Von Noah?“, vermutete Olivia und Emilia nickte lächelnd.
„Cool“, meinte Olivia anerkennend. „Ich würde sagen, du hast dir da einen echten Romantiker geangelt. Da könnte man glatt neidisch werden.“
„Na, toll“, meldete sich da Sofia zu Wort.
„Dein Freund schickt dir eine Liebeserklärung und ich bekomme das hier.“
Damit zeigte sie ein Selfie in die Runde, welches Kevin anscheinend soeben im Pub gemacht hatte. Es zeigte

den gutaussehenden, jungen Mann selig grinsend mit einem großen Glas Guinness in der Hand.
„Er prostet dir zu“, lachte Olivia. „Ist doch schön, dass er in jeder Lebenslage an dich denkt, oder?“
„Soll mich das jetzt beruhigen?“, fragte Sofia schmunzelnd.
Doch anstatt zu antworten, bat Olivia: „Ähm, kann ich mir das Foto bitte nochmal genauer anschauen?“
Sofia verstand zwar nicht, was Olivia vorhatte, doch sie überließ ihr das Handy, sodass diese das Bild besser inspizieren konnte.
Schon im nächsten Moment runzelte das Mädchen die Stirn und Emilia, die Noah gerade noch geschrieben hatte, dass sie nun einen neuen Lieblingssong hätte, fragte verblüfft: „Alles klar, Livi? Du siehst aus, als hättest du einen Geist gesehen.“
„Einen Geist nicht, aber Jordan Cooper zusammen mit einem Mädchen, das nicht Lauren ist“, sagte Olivia und reichte der Freundin das Handy, damit diese selbst nachsehen konnte.
„Tatsächlich“, bestätigte Emilia nach einem eingehenden Blick auf das Foto.
Es zeigte eindeutig Jordan im Hintergrund an der Bar des Pubs, der gerade ein Mädchen mit langen hellblonden Haaren küsste. Es konnte also auf gar keinen Fall Lauren sein, obwohl diese doch vorhin noch geschrieben hatte, dass sie mit ihrem Freund verabredet wäre. Emilia verstand die Welt nicht mehr.
„Erst klappt es nicht mit Zoe und Jake und jetzt das

hier“, seufzte sie und gab ihrer Schwester das Handy zurück.
„Bin mal gespannt, was Lauren am Montag in der Schule erzählen wird.“
„Na, die Stimmung dürfte dann auf dem Nullpunkt sein“, prophezeite Olivia und Emilia musste der Freundin Recht geben.
Trotz dieser unschönen Neuigkeiten spielten die Mädchen noch gute zwei Stunden weiter, kauften Stadtteile, bauten Häuser und ließen sich die gute Laune nicht verderben. Es war schon fast Mitternacht, als Emilia ihrer Schwester die letzten Geldscheine für eine Mietzahlung geben musste und somit pleite war.
„Pech im Spiel, Glück in der Liebe“, tröstete Sofia die Jüngere und betrachtete dabei zufrieden den Geldberg, der sich vor ihr angehäuft hatte.
„Vielleicht solltest du doch lieber Banker werden, oder sowas“, schlug Olivia grinsend vor.
Aber bevor Sofia antworten konnte, läutete das Telefon und ließ die Mädchen aufhorchen. Wer um alles in der Welt rief um diese Uhrzeit noch an?
‚Mom und Dad‘, schoss es Emilia sofort in den Kopf und sie hatte Angst, dass irgendetwas Schlimmes passiert sein könnte.
„Ich gehe ran“, sagte Sofia knapp, als das Klingeln sie erneut zusammenzucken ließ.
„Bennett“, meldete sie sich kurz und lauschte zuerst erleichtert dann überrascht in den Hörer hinein, während Emilia und Olivia sie wie gebannt anstarrten.

„Einen Moment, bitte", sagte Sofia nach einer kurzen Weile, hielt ihre Hand schützend über die Sprechmuschel und wandte sich an ihre Schwester.
„Da ist jemand, der dich sprechen möchte", flüsterte sie und machte dabei ein fragendes Gesicht. „Ein junger Mann, aber Noah ist es nicht, glaube ich. Und ich schätze, er hat getrunken."
Emilia nahm ihrer Schwester das Telefon ab und stellte den Lautsprecher an, damit die anderen mithören konnten.
Dann erst meldete sie sich mit einem fragenden ‚Hallo?'.
„Emilia, endlich", hörten sie eine männliche Stimme durchs Telefon. Und obwohl er nicht mehr klar und deutlich sprechen konnte, wusste Emilia sofort, dass diese Stimme zu Jake gehörte.
„Ich versuche schon den ganzen Abend, dich zu erreichen."
Als Olivia das hörte, schnappte sie sich Emilias Handy und schaute auf das Display: Tatsächlich waren in den letzten zwei Stunden mehrere Nachrichten eingegangen. Eine davon war noch von Noah, aber über zwanzig waren von Jake!
Sie hatten es nur nicht mitbekommen, weil sie sich nach dem Dermot Kennedy-Song dazu entschlossen hatten, nebenher ein bisschen Musik zu hören und bei Liedern, die sie kannten, hatten sie manchmal sogar lauthals mitgesungen. Kein Wunder also, dass Jake sich die Finger wund getippt hatte.

Olivia hielt den beiden anderen das Display hin und Emilia fragte besorgt: „Warum denn Jake? Ist was passiert? Bist du okay?“
„Nichts ist okay“, nuschelte Jake. „Und ich muss ganz dringend mit dir reden, hörst du, ganz dringend!“
Emilia sah, wie ihre Schwester bei diesen Worten besorgt die Stirn runzelte und sagte dann: „Aber Jake, es ist mitten in der Nacht. Was gibt es denn so Dringendes zu besprechen? Vielleicht kannst du mir ja auch am Telefon sagen, was los ist?“
„Nein, nein, das geht nicht“, jammerte Jake. „Ich muss es dir persönlich sagen. Und ich muss es dir jetzt sagen. Jetzt sofort! Hörst du? Sonst...“
In dem Moment hielt Sofia ihrer Schwester einen Zettel hin und diese fragte dann laut, nachdem sie die Botschaft gelesen hatte: „Jake, wo bist du denn überhaupt? Bist du allein?“
„Beim Old Sally Port“, stammelte Jake ins Telefon und fing dann an zu weinen. „Ich war noch nie so allein, Emilia, in meinem ganzen beschissenen Leben noch nie...“
Dann war das Gespräch plötzlich unterbrochen.
„Scheiße, wir müssen da hin“, stellte Sofia erstaunlich sachlich fest und nahm ihrer Schwester, die inzwischen weiß wie die Wand geworden war, das Telefon aus der Hand.
„Meinst du, er will sich was antun?“, fragte das Mädchen kaum hörbar. „Er klang so..., so anders. So habe ich ihn noch nie erlebt.“

„Ich weiß es nicht“, gab Sofia zu. „Aber wir können jetzt auch nicht guten Gewissens schlafen gehen und den Jungen da draußen sich selbst überlassen. Da hätte ich kein guten Gefühl nach diesem Gespräch.“
„Soll ich mitkommen?“, bot Olivia an.
„Ich denke, das wird wohl nicht nötig sein“, antwortete Sofia für ihre Schwester, die noch immer leicht unter Schock stand. „Anscheinend will er ja sowieso nur mit Emilia sprechen. Ich fahre sie hin und bleibe in der Nähe, falls irgendetwas sein sollte. Aber wir nehmen dich mit und setzen dich zu Hause ab, dann brauchst du jetzt nicht durch die dunklen Straßen zu laufen.“
So saßen die beiden Schwestern wenige Minuten später im Wagen und fuhren durch die rabenschwarze Nacht Richtung Hafen zum Old Sally Port, wo die Festungsmauern hoch über dem Meer aufragten und bei Flut die Brandung gegen die alten Steine klatschte.
„Ich wünschte, Noah wäre hier“, brach Emilia irgendwann das Schweigen. „Er kennt Jake viel besser als ich. Er wüsste jetzt ganz bestimmt, was zu tun wäre.“
„Ja, wenn man die Kerle mal braucht, sind sie nicht da“, stimmte Sofia ihr grimmig zu und spielte damit offensichtlich auf Kevin an, der sich vermutlich noch immer mit seinen Freunden im Pub amüsierte.
Als sie endlich am alten Hafen ankamen, konnten sie tatsächlich im schwachen Schein der Laternen eine Gestalt oben auf der begehbaren Festungsmauer ausmachen. Da weit und breit niemand sonst unterwegs war, konnte es eigentlich nur Jake sein und Sofia parkte

den Van so, dass sie die Stelle gut im Blick hatte.
„Wenn du nicht in einer halben Stunde wieder da bist, komme ich, um dich zu holen“, kündigte die junge Frau mit ernster Miene an und nickte ihrer Schwester aufmunternd zu.
Emilia stieg aus und ging mit mulmigem Gefühl auf die große Steintreppe zu, über die man auf die breite Mauer gelangte.
Mit jedem Schritt wurde es windiger und als sie endlich oben angekommen war und sich suchend nach Jake umschaute, zauste der vom Meer kommende Wind ihr ordentlich durch das lange Haar.
Emilia strich sich eine Strähne aus dem Gesicht und sah im nächsten Moment Jake nur ein Stück weit entfernt an der Brüstung stehen und aufs Meer schauen.
Sie ging zu ihm hinüber und sprach ihn an: „Hey, Jake!“
Der Junge drehte sich sofort um und sah Emilia mit leicht glasigem Blick erstaunt an, bevor er beinahe dankbar flüsterte: „Du bist gekommen! Du bist wirklich gekommen!“
Dann ging er auf das Mädchen zu, zögerte kurz und umarmte es schließlich etwas unbeholfen. Emilia wusste zuerst nicht, wie ihr geschah, ließ die Umarmung jedoch einen kurzen Moment lang zu.
Doch nach einigen Sekunden löste sie sich vorsichtig aber unmissverständlich von ihm und sagte: „Du hast vorhin am Telefon gesagt, dass du unbedingt mit mir reden musst. Was ist los mit dir, Jake? Du hast so komisch geklungen, ich habe mit echt Sorgen gemacht.“

„Du hast dir Sorgen um mich gemacht“, wiederholte der Junge leise. Er stand nun mit herabhängenden Armen direkt vor Emilia und sah auf sie hinunter. „Weil ich dir nicht egal bin. Weil du etwas für mich empfindest. So wie ich etwas für dich empfinde.“
„Ist es das, was du mir sagen wolltest?“, fragte Emilia etwas beklommen.
Jakes Geständnis machte sie nervös, obwohl sie schon fast damit gerechnet hatte.
Wieder wünschte sie sich, Noah wäre an ihrer Seite und würde sie aus dieser unglücklichen Situation befreien. Aber da musste sie wohl jetzt alleine durch.
Jake strich sich durch das braune Haar, schaute wieder hinaus aufs offene Meer und sprach dann wie zu sich selbst: „In dem Moment, als du im Regen vor mir gestanden hast und dann zu mir in den Wagen gekommen bist, da hat mein Herz angefangen, schneller zu schlagen.“
Er klopfte sich mit der flachen Hand auf die Brust und Emilia vergaß vor lauter Anspannung fast zu atmen. Sie überlegte fieberhaft, mit welchen Worten sie Jake am besten trösten, ihm aber gleichzeitig deutlich machen könnte, dass ihr Platz nun mal bei Noah war und immer sein würde.
„Jake, ich...“, fing sie an zu stottern. „Ich mag dich wirklich gern. Du bist so hilfsbereit und witzig und... und ich finde, du siehst auch richtig gut aus. Aber mein Herz..., das gehört nun mal Noah. Das kann ich nicht ändern, und ich will es auch gar nicht. Aber ich

wünschte, wir könnten trotzdem für immer Freunde sein, Jake. So wie Bruder und Schwester, immer füreinander da sein."
„Wie Bruder und Schwester, ja?", fragte Jake und sah Emilia nun wieder unverwandt an. „Ich weiß nicht, ob mir das reicht."
„Ich wollte schon immer einen Bruder haben", sagte Emilia und versuchte, sich ihre innere Unruhe nicht anmerken zu lassen. „Und ich fände es echt cool, wenn du dieser Bruder sein könntest."
Jake überlegte eine ganze Weile lang. Schließlich nickte er kaum merklich und forderte dann: „Gibst du mir dann deinen Schal als Zeichen unserer Verbundenheit, kleine Schwester?!"
Emilia zögerte zunächst, doch dann wickelte sie den hellblauen Schal, den sie erst letztes Jahr auf dem Weihnachtsmarkt gekauft hatte, von ihrem Hals und reichte ihn Jake. Der Junge roch kurz daran, ohne Emilia dabei aus den Augen zu lassen, und band ihn sich dann umständlich selbst um.
In dem Moment kam ein junges Pärchen den Weg auf der Festungsmauer entlang. Der große rothaarige Junge rief schon von weitem: „He, Jake! Hier treibst du dich also rum. Auf der Party haben sie dich schon vermisst."
Als die beiden auf ihrer Höhe waren, musterten sie Emilia von Kopf bis Fuß und der Junge ergänzte grinsend: „Na, ja! Jetzt kann ich schon verstehen, dass du da abgehauen bist. Die Mädels dort waren nicht gerade der Renner, was?"

Doch als Jake nichts erwiderte, sagte das dünne schwarzhaarige Mädchen ungeduldig: „Also, dann, schönen Abend noch euch zwei“ und zog ihren Freund mit sich fort.
„Wartet!“, rief Emilia den beiden fast panisch hinterher. „Eigentlich wollte ich jetzt nach Hause. Aber in dem Zustand möchte ich Jake auch nicht alleine hier draußen lassen.“
Die beiden schauten Emilia zunächst verwirrt an, doch Gott sei Dank verstand der Junge dann, was los war. „Okay“, schlug er darum vor. „Wir wollten sowieso jetzt noch zu mir gehen. Und Jakey hier wohnt nur zwei Straßen weiter. Also, ich denke, wir nehmen ihn mit und liefern ihn bei sich zu Hause ab.“
„Das ist echt lieb von euch“, sagte Emilia erleichtert und wandte sich dann an Jake: „Hast du gehört? Deine Freunde bringen dich jetzt nach Hause. Da schläfst du dich erstmal richtig aus und morgen sieht die Welt schon wieder ganz anders aus.“
„Ja, vielleicht“, meinte Jake und sah Emilia so eigenartig an, dass dieser ganz anders wurde. Dann seufzte er tief und bat fast flehend: „Gibst du mir wenigstens zum Abschied einen Kuss?“
Unwillkürlich wich Emilia einen Schritt zurück und starrte ungläubig in Jakes Gesicht. Dieser deutete deren abweisende Geste natürlich genau richtig und jammerte sofort: „Nicht mal einen Kuss? Nicht einen einzigen?“
„Nun mach schon!“, drängte das fremde Mädchen. „Du siehst doch, dass er sich sonst keinen Zentimeter bewegt.

Wir haben schließlich nicht die ganze Nacht Zeit und außerdem wird es langsam verdammt kalt hier oben."
Das war auch keine Wunder, denn das Mädchen trug unter seinem Minirock nur eine dünne Seidenstrumpfhose und die kurze schwarze Lederjacke hielt bestimmt auch nicht besonders warm.
Also ging Emilia wieder einen Schritt auf Jake zu und obwohl alles in ihr sich dagegen sträubte, gab sie ihm endlich einen schnellen Kuss auf die Wange.
Der Rothaarige hakte Jake daraufhin sofort unter, bevor der es sich noch einmal anders überlegen konnte, und nahm ihn mit sich fort Richtung Treppe.
„So, Alter, ab ins Bett!", hörte Emilia die Stimme des Jungen.
Sie sah den dreien noch einen Moment lang hinterher und versuchte, ihre Gedanken zu sortieren, was aber nicht wirklich gelingen wollte.
Schließlich ging auch sie die steinerne Treppe wieder nach unten und zurück zu ihrer Schwester, die sie fragend anschaute.
„Du siehst aus wie eine Leiche, Em", stellte Sofia fest. „Ist alles in Ordnung mit dir?"
„Ja, alles okay", log Emilia. „Ich will nur nach Hause."
Also startete Sofia den Van und brachte ihre Schwester zurück nach Eastney, ohne noch weiter nachzubohren, was dort oben auf der Festungsmauer geschehen war.
Sie würde es ihr schon noch erzählen, da war sich Sofia ganz sicher.

Freund und Feind

Emilia hatte den Rest der Nacht nur schlecht geschlafen. Als sie am Sonntagmorgen aufwachte, fühlte sie sich wie gerädert und in ihrem Kopf war noch immer alles durcheinander, sodass sie kaum einen klaren Gedanken fassen konnte. Im Haus war noch alles ruhig. Offensichtlich lag Sofia im warmen Bett, während Figaro seine wiedergewonnene Freiheit nutzte und sicher irgendwo draußen unterwegs war.

Emilia dachte an ihre Begegnung mit Jake draußen in Old Sally Port. Hätte sie irgendetwas anders machen sollen? Ihm etwas anderes sagen und ihm vor allen Dingen keinen Kuss geben sollen? Einerseits hatte sie Mitleid mit dem Jungen, andererseits nahm sie es ihm trotzdem übel, dass er sie quasi zu diesem Treffen gezwungen hatte.

Was wohl Noah dazu sagen würde? Sie wollte ihn fragen, ob er heute wenigstens noch kurz Zeit hätte, damit sie ihm von den Vorfällen der letzten Nacht berichten könnte. Denn ihr war es lieber, ihrem Freund dabei in die Augen schauen und seine Reaktionen sehen zu können, anstatt nur Nachrichten ins weit entfernte Dartmoor zu schicken.

Doch Emilia hatte nicht damit gerechnet, dass Noah längst wusste, dass irgendetwas vorgefallen sein musste. Sie wollte gerade aufstehen, um sich ein Glas Wasser zu holen, als ihr Handy klingelte. Es war ihr Freund.

Mit gemischten Gefühlen nahm sie das Gespräch an und meldete sich betont fröhlich: „Hey! Schön, dass du anrufst. Seid ihr noch gar nicht mit den Rädern unterwegs?“
„Hast du gestern Abend was mit Jake zusammen gemacht?“, kam Noah ohne Umschweife zur Sache. Seine Stimme war gefährlich ruhig und Emilia konnte förmlich spüren, wie er die Kieferknochen aufeinanderpresste.
„Nein, habe ich nicht“, erwiderte Emilia und holte tief Luft. „Er hat mitten in der Nacht hier angerufen und gesagt, dass er dringend mit mir reden müsste.“
„Und du bist zu ihm gefahren?“, fragte Noah ungläubig.
„Sofia hat mich hingebracht“, erklärte Emilia. „Er war am alten Hafen und er war betrunken. Wir hatten Angst, dass er sich was antut, weil er so komisch geklungen hat. Woher weißt du überhaupt davon? Hat er es dir gesagt?“
„Nicht direkt“, sagte Noah und klang dabei eigenartig heiser.
„Er hat jetzt ein Foto von dir als Profilbild und sein Status lautet ‚Kissed the sweetest girl‘.“
Emilias Herz fühlte sich an, als hörte es einen Moment lang auf zu schlagen und ihr Mund wurde plötzlich ganz trocken. Zuerst brachte sie nicht einen Ton heraus, doch dann flüsterte sie entsetzt: „Das darf er doch gar nicht. Warum macht er das nur?“
Aber Noah reagierte wieder nicht auf ihre Frage, sondern wollte nur wissen: „Emilia, habt ihr euch

geküsst? Ich muss das jetzt wissen! Stimmt das, was da in dem verdammten Status steht?“
„Nein, so war das nicht“, erwiderte Emilia und flehte innerlich, dass Noah sie verstehen und ihr glauben würde.
„Wir haben geredet und er war die ganze Zeit so… Er war einfach so wahnsinnig traurig. Er hat mir leid getan. Und ich habe ihm gesagt, dass ich es schön fände, wenn wir gute Freunde sein könnten. Das stimmt ja auch, er ist schließlich auch dein bester Freund. Auf jeden Fall hatte ich dann das Gefühl, dass es okay für ihn ist. Und dann kam dieses Pärchen. Die haben angeboten, ihn nach Hause zu bringen, betrunken wie er war. Da war ich so erleichtert. Aber dann wollte er auf einmal, dass ich ihm zum Abschied wenigstens noch einen Kuss gebe. Ich wollte das nicht. Das musst du mir glauben! Ich wollte das wirklich nicht. Aber dieses schwarzhaarige Mädchen hat gesagt: ‚Nun mach schon! Sonst geht er nicht mit!‘, und Sofia hat doch auch die ganze Zeit über im Wagen auf mich gewartet. Ich wollte einfach, dass es endlich vorbei ist. Ich wollte nur noch nach Hause. Darum habe ich ihn ganz schnell auf die Wange geküsst. Nur, damit er endlich Ruhe gibt. Das war auch schon alles, Noah. Das musst du mir glauben!“
Doch Noah sagte kein Wort und Emilia lauschte verzweifelt seinen Atemzügen.
Was, wenn er ihr nicht glaubte? Wenn er wirklich dachte, sie hätte sich mit Jake verabredet? Was, wenn er an ihrer Liebe zweifelte?

„Bist du nachher zu Hause?“, brach Noah endlich sein Schweigen und Emilia beeilte sich zu bestätigen: „Ja, den ganzen Tag. Ich bin den ganzen Tag zu Hause? Willst du kommen?“

„Ich denke schon“, antwortete Noah wage. „Ich weiß nur noch nicht genau wann.“

„Oh, das ist okay“, sagte Emilia schnell. „Ganz egal...“

Doch Noah hatte das Gespräch bereits beendet und Emilia hatte sich noch nie so verlassen gefühlt. Sie saß auf ihrem Bett, die Arme um die angewinkelten Knie geschlungen und starrte auf das Handy, welches vor ihr auf der Bettdecke lag. Ihr war eiskalt und sie fing an zu zittern, doch sie war außerstande, aufzustehen, um sich ihre Wolldecke zu holen.

Alles, was sie konnte, war dasitzen und hoffen, dass das alles nur ein böser Traum war, aus dem sie jeden Moment erwachen würde. In dem Augenblick ging die Tür auf und Sofia kam schwungvoll ins Zimmer.

„Aufwachen, du Schlafmütze! Willst du nicht früh...?“

Die junge Frau brach mitten im Satz ab, als sie ihre Schwester wie versteinert auf dem Bett sitzen sah.

„Emilia?“, fragte sie sofort alarmiert. „Ist alles okay mit dir?“

Doch Emilia konnte nicht antworten. Stattdessen schüttelte sie nur stumm den Kopf und starrte weiter ins Leere.

Sofia setzte sich zu ihr auf die Bettkante und hakte vorsichtig nach: „Ist es wegen gestern? Wegen dieses Jungen, der dich angerufen hat?“

Da fing Emilia leise an zu schluchzen und konnte auch die Tränen nicht länger zurück halten. Zuerst waren es nur ein paar Tropfen, doch dann liefen ganze Bäche ihr Gesicht hinab und durchnässten ihren Schlafanzug.
Sofia nahm ihre Schwester in den Arm und wiegte sie sacht hin und her wie ein kleines Kind und Emilia ließ es geschehen.
So saßen sie eine ganze Weile bis die Tränen endlich versiegt waren. Dankbar nahm Emilia das Taschentuch, welches Sofia ihr reichte, trocknete erst das Gesicht ab und putzte sich dann die Nase.
Sie schaute ihre große Schwester traurig an, holte zweimal tief Luft und erzählte dann auch ihr, so wie zuvor bereits Noah, was in der gestrigen Nacht oben auf der Festungsmauer geschehen war. Aber sie berichtete ihr auch von dem Telefonat mit Noah und dass sie furchtbare Angst hatte, er wollte nun nichts mehr mit ihr zu tun haben.
Sofia hörte sich alles ganz ruhig an und unterbrach ihre kleine Schwester kein einziges Mal.
Doch als diese schließlich geendet hatte und sich noch einmal die Nase putzen musste, meinte die junge Frau: „Ja, das ist wirklich eine dumme Geschichte. Aber nach allem, was du mir von Noah erzählt hast, glaube ich nicht, dass er dich jetzt zum Teufel jagen wird. Ich denke, er kennt dich inzwischen gut genug, um zu wissen, dass er dir vertrauen kann und dass du die Wahrheit sagst. Das ist zwar jetzt sowas wie eure erste Krise, aber du kennst ja den Spruch: Was uns nicht

umbringt, macht uns stärker. Und am Ende schweißt euch diese Sache nur noch mehr zusammen."
„Ach, Sofia! Ich wünschte du hättest Recht", sagte Emilia leise und versuchte ein tapferes Lächeln.
„Du wirst schon sehen, alles wird gut." Sofia strich ihrer Schwester aufmunternd über den Arm, fragte dann jedoch stirnrunzelnd: „Sag mal, du hast doch vorhin erzählt, dass dieser Jake jetzt ein Foto von dir als Profilbild genommen hat. Wo hat er das überhaupt her?"
„Wahrscheinlich aus meiner Bildergalerie im Internet", vermutete Emilia. „Da poste ich manchmal welche. Ich habe zum Beispiel eins reingestellt, als ich mit Lauren im Stadion war oder ein Selfie von Olivia und mir vom letzten Wettkampf vor den Sommerferien. Ich hab' auch mal eins von Figaro gemacht und das letzte ist von Noah und mir."
„Kann die denn jeder sehen?", fragte Sofia ungläubig. „Ich meine, man kann die doch bestimmt auf ‚privat' stellen oder sowas, damit nicht jeder Spinner die Bilder anschauen kann sondern nur du und deine Freunde."
„Keine Ahnung", gab Emilia achselzuckend zu. „Bisher fand ich das nicht so wichtig."
„Komm, mach mal deinen Laptop an!", verlangte Sofia und Emilia gehorchte sofort.
Gemeinsam schauten sie sich die Seite an, auf der das Mädchen seine Bilder veröffentlichte und betrachteten auch ein paar der älteren Fotos. Sofia freute sich besonders über einen Schnappschuss, auf dem sie selbst

Arm in Arm mit ihrer Schwester in den Straßen von New York zu sehen war. Dad hatte es gemacht und ihnen beiden dann geschickt.
Doch als sie anschließend den letzten Eintrag, das gemeinsame Foto von Emilia und Noah, aufriefen, mochten sie ihren Augen kaum trauen:
Jemand mit Namen ‚James‘ hatte einige Kommentare darunter geschrieben. ‚Was will ein so süßes Mädchen bloß mit einem so hässlichen Kerl?‘ und ‚Lass ihn laufen, Schatz! Du hast was Besseres verdient!‘, lauteten nur zwei der insgesamt sieben Einträge. Mit zittrigen Händen löschte Emilia jeden einzelnen von ihnen.
„Wer macht denn sowas?“, wollte Sofia wissen, als sie die Sprache wiedergefunden hatte. „Kennst du jemanden, der James heißt?“
„Nein“, antwortete Emilia noch immer entsetzt. „Aber ich glaube auch nicht, dass das sein richtiger Name ist. Ich glaube, dass Jake das geschrieben hat. Jake Merton! Die jeweils ersten beiden Buchstaben im Namen und noch ein ‚s‘ hinten dran, fertig ist der James.“
„Meinst du wirklich?“, überlegte Sofia kopfschüttelnd.
„Wer sonst“, war die knappe Antwort ihrer Schwester.
Gemeinsam suchten sie anschließend in den Einstellungen des Programms nach der Möglichkeit, Emilias Fotos vor weiteren Kommentaren zu schützen und fanden schon bald den Button, mit dem man von ‚öffentlich‘ auf ‚privat‘ wechseln konnte. Sie schauten zur Vorsicht auch noch unter den anderen Bildern nach ungewollten Beiträgen, fanden jedoch zum Glück nichts.

„Du solltest das auch Noah erzählen“, fand Sofia und Emilia erwiderte niedergeschlagen: „Ja, wenn er überhaupt noch mit mir spricht.“
„Ach, Kopf hoch!“, versuchte Sofia ihre Schwester aufzumuntern. „Komm, jetzt frühstücken wir erstmal was. Wenigstens eine Kleinigkeit. Du wirst schon sehen: Der Tag endet besser, als er angefangen hat.“
‚Na, das ist ja auch nicht allzu schwer‘, dachte Emilia bei sich, folgte ihrer großen Schwester dann aber doch ohne Widerrede in die Küche.
Als Mom und Dad sich später zum Skypen ankündigten, übernahm Sofia das Gespräch allein, denn Emilia hatte Angst, dass ihre Eltern trotz der Entfernung mitbekommen könnten, dass es um die seelische Verfassung ihrer jüngsten Tochter nicht gerade gut bestellt war.
Und Emilia wollte auf gar keinen Fall, dass sich Mom und Dad ihretwegen Sorgen machen mussten. Dabei hätte sie gerade jetzt so gerne mit ihnen geredet. Aber sie setzte sich während des Gesprächs mucksmäuschenstill auf die Couch und konnte so wenigstens die Stimmen ihrer Eltern hören, als diese von ihrer Ankunft in Rom berichteten.
Mom war natürlich überglücklich, wieder in ihrer alten Heimat zu sein. Und statt am Sightseeing-Programm teilzunehmen, wollten sie und Dad in den nächsten Tagen nach den Proben lieber ein paar ihrer italienischen Freunde und Verwandte besuchen.
Natürlich erkundigten sie sich auch nach Emilia und

dem Kater. Doch als Sofia notgedrungen log, dass ihre Schwester bei Olivia wäre und es Figaro überhaupt am allerbesten ginge, zumindest das entsprach der Wahrheit, konnten sich die Eltern schließlich zufrieden verabschieden und versprachen, in der nächsten Woche wieder jede Menge Bilder zu schicken.
Der Bildschirm war gerade wieder schwarz, als es an der Haustür klingelte.
Sofia sah ihre Schwester über den Laptop hinweg fragend an. ‚Ist es dir lieber, wenn ich gehe?', sollte dieser Blick wohl heißen.
Doch Emilia erhob sich bereits vom Sofa und ging mit klopfendem Herzen Richtung Tür, denn sie wusste, es konnte nur einer sein, der da gerade vor ihrem Haus stand.
Sie öffnete und sah in ein ernstes Gesicht mit genauso ernst dreinschauenden grünen Augen. Es war natürlich Noah und so gerne wäre sie einfach zu ihm gegangen und hätte ihn umarmt. Aber Emilia hatte dieses eigenartige Gefühl, als befände sich eine unsichtbare Wand zwischen ihnen, die sie genau daran hinderte.
„Hey", sagte sie deshalb etwas verlegen und blieb stehen, wo sie war.
„Hey", erwiderte auch Noah und vergrub die Hände tief in den Taschen seiner Jeans. „Ist es okay, wenn ich reinkomme?"
„Oh! Ja! Na, klar!", stotterte Emilia und ließ den Jungen eintreten. Ihr Kopf fühlte sich an wie Watte und sie konnte kaum einen klaren Gedanken fassen.

Doch auch Noah fiel es zunächst schwer, die richtigen Worte zu finden. Er stand wie angewurzelt im Flur und starrte auf seine Schuhe, als er endlich langsam begann zu reden:
„Also, ich habe auf der Fahrt hierher mit meinem Vater über die Sache geredet und... Ja... Er meinte, ich wäre ziemlich dumm, wenn ich dir nicht glauben würde. Er sagte, dass Jake... Also, dass er dir sowas wie eine Falle gestellt hat und du... Du hast es nur gut gemeint und wolltest helfen und schon bist du reingetapst. Und ich fühle mich jetzt ziemlich schlecht, weil ich heute Morgen so gemein zu dir war. Aber ich war einfach so wütend, als ich das Foto von dir in seinem Profil gesehen habe. Und als ich mir dann auch noch vorgestellt habe, wie ihr beide... Aber jetzt weiß ich, dass das dumm von mir war. Sehr dumm sogar. Verzeihst du mir, Emilia? Verzeihst du mir, dass ich heute Morgen so zu dir war? Denn, wenn nicht, dann...? "
Bei den letzten Worten sah Noah endlich auf und schaute Emilia beinahe ängstlich an, so als würde er befürchten, sie könnte ‚Nein' sagen. Aber Emilia konnte gar nicht antworten. Ohne ein Wort zu sagen, ging sie zu ihm und schlang die Arme um seinen Hals. Sie legte ihr Gesicht auf seine Brust und Noah hielt sie eine ganze Zeit lang einfach so fest - überglücklich, dass nun keine Mauer mehr zwischen ihnen war.
Emilia spürte in diesem Moment so viel Erleichterung darüber, dass Noah ihr nicht mehr böse war, dass sie auf der Stelle hätte losheulen können. Aber natürlich tat sie

das nicht, sondern schluckte die Tränen tapfer hinunter. Kurz darauf hörten sie ein Poltern aus der Küche, gefolgt von Sofias Geschrei: „Du blödes Mistviech! Sieh nur, was du angerichtet hast! Hau ab und lass dich hier nie wieder blicken!“

Der so beschimpfte war natürlich Figaro, der in der nächsten Sekunde betont langsam und mit hoch erhobenem Schwanz aus der Küche stolzierte.

„Sofia, alles in Ordnung?“, wollte Emilia wissen, ohne jedoch von Noahs Seite zu weichen.

„Der blöde Kater ist auf den Tisch gesprungen und hat von meinem Thunfischbaguette gefressen“, empörte sich Sofia und steckte den Kopf aus der Küche heraus: „Oh, hey Noah! Habt ihr beiden vielleicht auch Hunger?“

„Hey, Sofia“, erwiderte Noah und lächelte die junge, blonde Frau über Emilias Kopf hinweg an.

„Danke, Soso“, reagierte nun auch deren Schwester. „Ich glaube, wir essen lieber später etwas.“

Damit löste sich Emilia von Noah, nahm seine Hand und zog ihn mit sich die Treppe hinauf in ihr Zimmer. Dort umarmten und küssten sich die beiden noch einmal so innig, als hätten sie sich wochenlang nicht gesehen.

„Ich sollte mich bei deinem Vater bedanken“, sagte Emilia schließlich. „Er scheint ein weiser Mann zu sein.“

„Ja, schätze, das ist er wohl“, grinste Noah und strich seiner Freundin zärtlich eine Strähne ihres dunklen Haars aus dem Gesicht.

„Und was machen wir wegen Jake?“, fragte Emilia zaghaft. „Sollen wir vielleicht mal mit ihm reden?“
„Das regle ich schon“, sagte Noah entschlossen und seine Schultern spannten sich bei dem Gedanken daran. „Auf jeden Fall ist er die längste Zeit mein Freund gewesen. Und spätestens morgen löscht er dein Foto aus seinem Profil. Wo hat er das überhaupt her?“
„Das Gleiche hat mich Sofia auch schon gefragt“, antwortete Emilia und zeigte Noah ebenfalls ihre Bildergalerie an ihrem Laptop. „Wir haben sie jetzt auf ‚privat‘ gestellt. So kann niemand mehr meine Fotos ansehen, den ich nicht kenne“, erklärte das Mädchen.
„Das ist auch besser so“, meinte Noah und seine Miene verfinsterte sich. „Ich hoffe nur, Jake, dieser Spinner, hat sich nicht eh schon all deine Bilder kopiert und abgespeichert.“
„Glaubst du, er würde so etwas tun?“, fragte Emilia erschrocken. An diese Möglichkeit hatte sie noch gar nicht gedacht.
„Im Moment weiß ich ehrlich gesagt gar nicht mehr, was ich über ihn glauben soll und was nicht“, antwortete Noah mürrisch. „Bis vor kurzem dachte ich eigentlich noch, er wäre mein bester Freund, aber jetzt…?“
Doch im nächsten Moment huschte ein Lächeln über das Gesicht des Jungen, denn sein Blick war an dem Foto aus Southampton hängen geblieben, auf dem sie beide glücklich in die Kamera lachten.
„Das ist ein schönes Bild“, fand Noah und zeigte auf den Bildschirm. „Und es war ein sehr schöner Tag.“

„Oh, ja! Das war es wirklich“, bestätigte Emilia, stutzte dann jedoch und sah sich das Foto genauer an. Gemeinsam mit Sofia hatte sie doch vorhin alle Kommentare darunter gelöscht. Das wusste sie genau. Und nun hatte wieder irgendjemand etwas zu dem Bild geschrieben. Jake konnte es jedenfalls nicht mehr sein, denn er hatte ja keinen Zugriff mehr auf ihre Galerie. Mit klammen Fingern klickte Emilia auf Kommentare und erschrak. Es kam nur ein einziges Wort zum Vorschein, dafür aber gut sichtbar und in Großbuchstaben: BITCH stand nun unter diesem schönen Foto aus fröhlicheren Zeiten. Und Zoe hatte es geschrieben.

Eifersucht und Neid

Natürlich hatte Emilia auch diesen Kommentar sofort gelöscht und natürlich hatte sie versucht, Zoe zu erreichen. Denn es war offensichtlich, dass hier irgendetwas gehörig schief lief. Wahrscheinlich verbreitete Jake fleißig irgendwelche Märchen über das, was sich angeblich in der vergangenen Nacht dort oben auf der Festungsmauer in Old Sally Port zwischen ihnen abgespielt hatte.
Doch Zoe ging nicht an ihr Handy, wenn Emilia anrief, und sie antwortete auch nicht auf deren Nachrichten. Darum überlegte Emilia kurz, ob sie vielleicht Lauren fragen sollte, was mit Zoe los wäre. Doch sie verwarf diese Idee sofort wieder, weil sie dachte, dass ihre Freundin momentan wegen Jordan und seiner neuen Liebschaft bestimmt andere Sorgen hätte.
Daher schickte sie Lauren nur eine kurze Nachricht, in der sie sich erkundigte, ob bei ihr alles in Ordnung wäre. Denn offiziell wusste sie ja nichts von Jordans Fehltritt. Hätte Kevin gestern nicht das Selfie aus dem Pub geschickt, würde Emilia noch immer denken, dass ihre Freundin und der gutaussehende Fußballspieler ein glückliches Paar wären.
Aber wenn Lauren ihr von sich aus von ihrem Liebeskummer erzählen wollte, dann würde sie ihr auf jeden Fall geduldig zuhören und versuchen, sie so gut es ging zu trösten. Doch auch Lauren meldete sich nicht.

Wie wohltuend war es da, Olivias vertraute Stimme zu hören, die abends noch anrief, nachdem Noah sich verabschiedet hatte.
„Na, was macht unsere Herzensbrecherin?“, ulkte Olivia.
„Hör bloß auf!“, stöhnte Emilia, der augenblicklich alles andere als zum Lachen zu Mute war.
Sie erzählte der Freundin in knappen Sätzen, was heute schon alles geschehen war: Von Jakes Profilbild, dem passenden Status und Noahs Zorn darüber, von Zoes Kommentar unter ihrem Foto und dass sie nicht auf ihre Nachrichten reagierte, genauso wenig wie Lauren.
„Was ist das denn bitte alles für ein Mist?“, wollte Olivia anschließend wissen. „Da passt man mal einen Tag lang nicht auf dich auf und schon laufen sie alle um dich herum Amok. Aber eigentlich kommt mir das doch eher vor wie riesengroße Kinderkacke.“
„Ja, vernünftig geht anders“, stimmte Emilia der Freundin zu und seufzte. „Noah will morgen mit Jake reden und ich hoffe, dass Zoe mir zuhört, wenn ich ihr meine Version der Geschichte mit Jake erzähle.“
„Oh, sie wird dir schon glauben“, vermutete Olivia. „Ich meine, ihr kennt euch doch jetzt schon eine halbe Ewigkeit. Sie weiß doch, dass du nicht so eine bist, die mit zwei Typen gleichzeitig rummacht. Wundert mich eigentlich, dass sie da nicht auch schon selber drauf gekommen ist. Also, ‚Bitch‘ unter dein Foto zu schreiben, finde ich ehrlich gesagt ziemlich krass.“
„Ja, mich hat es auch schockiert“, gab Emilia zu.

„Hoffentlich regelt sich das morgen alles wieder."
„Ich drücke dir jedenfalls die Daumen", versprach Olivia. „Übrigens können wir morgen früh nicht zusammen fahren. Die ersten beiden Stunden fallen aus bei mir. Aber wir sehen uns dann mittags, okay?"
„Ja, okay", antwortete Emilia. „Und Livi…?"
„Ja?", horchte das Mädchen auf.
„Ich bin froh, dass du meine Freundin bist", sagte Emilia.
„Na logisch, Schätzchen", meinte Olivia gönnerhaft. „Ich meine, wie langweilig wäre denn das Leben bitte schön ohne Dich? Du bist doch gerade meine wandelnde Dokusoap. Aber im Ernst, ich hab dich auch lieb. Also pass schön auf dich auf und lass dich nicht unterkriegen!"
Emilia versprach es, denn da wusste sie ja auch noch nicht, was am nächsten Tag alles auf sie zukommen würde.
Es fing schon vor der Schule an, als sie zu Zoe und Lauren gehen wollte, die mit ein paar anderen Mädchen zusammen standen und betont fröhlich miteinander plauderten. Emilia begrüßte die Runde mit dem üblichen ‚Hey' und wunderte sich, dass keine der anderen ihren Gruß erwiderte, obwohl ein paar der Mädchen verstohlen zu ihr herübersahen.
Sie bildeten einen geschlossenen Kreis und drehten ihr allesamt den Rücken zu.
Emilia lehnte sich in der Nähe an eine Mauer und beobachtete die schwatzenden Mädchen etwas verwirrt.

Sie hoffte, Zoe zu erwischen, wenn es klingelte und alle zu ihren Kursräumen gingen. Sie hätte so gerne noch vor dem Unterricht mit der Freundin gesprochen, um alle Ungereimtheiten aus der Welt zu schaffen. Doch als der Schulgong kurz darauf ertönte, marschierten Zoe und Lauren an Emilia vorbei, ohne überhaupt Notiz von ihr zu nehmen. Auch auf deren Bitte, kurz auf sie zu warten, reagierten die beiden nicht. So blieb Emilia nichts anderes übrig, als hinter den Mädchen herzulaufen wie ein Hund hinter seinem Herrchen.
Endlich im Kursraum für Französisch angekommen setzte sie sich wie gewohnt auf ihren Platz neben Lauren und ließ ihren Rucksack neben sich auf den Boden gleiten.
Doch Zoe schnappte sich Emilias Tasche und reichte sie nach hinten weiter mit den Worten:
„Sorry, aber mit Kollegenschweinen wollen wir nichts zu tun haben. Hier kannst du nicht mehr sitzen.“
Emilia war sprachlos und konnte Zoe nur verstört anstarren. Doch viel Zeit, um zu überlegen, was sie jetzt tun sollte, hatte sie ohnehin nicht. Denn schon eilte Madame Dupont ins Zimmer und verlangte ‚silence et discipline‘, sodass Emilia sich in die letzte Reihe zu ihrem Rucksack begeben musste, wenn sie nicht eine Strafarbeit riskieren wollte.
Unfähig, dem Französischunterricht zu folgen, zermarterte sich Emilia das Gehirn, warum um alles in der Welt sich Zoe und Lauren so abweisend verhielten. Sie musste unbedingt mit ihnen reden. Doch wie es

schien, hatten die beiden genau das ganz und gar nicht vor. Denn auch in der ersten Pause ließen sie Emilia gnadenlos abblitzen. Immerhin ließ sich Lauren dazu herab, kurz zu antworten, als Emilia fragte: „Was soll das? Ich habe euch doch gar nichts getan? Lasst uns doch mal vernünftig reden!“
„Da gibt es nichts zu reden“, sagte das blasse Mädchen mit zusammengekniffenen Augen. „Du hast mit Jake rumgemacht, obwohl du wusstest, dass Zoe ihn gut findet. Das macht man nicht, Emilia!“
„Tja, ein Kerl reicht der Schlampe eben nicht“, mischte sich dann auch Zoe ein und zog Lauren mit einem „Komm, die ist für uns gestorben!“, mit sich fort.
In Buchführung setzte sich Emilia von vornherein ein Stück weit von Zoe und Lauren entfernt an einen freien Schreibtisch.
Mrs Harper bemerkte dies zwar und reagierte kurz mit hochgezogenen Augenbrauen, sagte jedoch nichts weiter dazu.
Später in der Mittagspause nahm Emilia dann noch einmal all ihren Mut zusammen und ging mit ihrem Tablet auf den Tisch zu, an den sich Zoe und Lauren soeben gesetzt hatten. Sie wollte die beiden bitten, ihr wenigstens ein paar Minuten lang zuzuhören, damit sie die Chance hätte, ihre Version der Geschichte mit Jake zu erzählen.
Doch sie hatte ihr Tablet noch gar nicht auf dem Tisch abgestellt, als Zoe mit unbewegtem Gesicht aufstand und mit ihrem Mittagessen an den Nachbartisch wechselte.

Lauren tat es ihr gleich. Es war also offensichtlich, dass die Mädchen, die sie bisher immer für ihre Freundinnen gehalten hatte, nichts mehr mit ihr zu tun haben wollten. Ja, sie wollten noch nicht einmal mehr mit ihr reden. Emilia spürte einen Stich in ihrer Brust und ihr Mund wurde mit einem Mal ganz trocken. Sie hatte vorher schon keinen rechten Appetit auf das Nudelgericht auf ihrem Teller gehabt, aber jetzt war ihr auf einmal richtig schlecht.
Sie schaute sich im großen Speisesaal um und entdeckte ein paar Tische weiter Olivia, die zusammen mit einigen anderen Mitschülern aus ihrem Biologiekurs beim Mittagessen saß. Bisher hatten sie es immer so gehalten, dass jeder die Pause mit den Leuten aus der eigenen Stufe verbrachte. Aber nun wanderte Emilia durch den Saal und fragte höflich, ob sie sich zu den Älteren setzen dürfte.
Die wunderten sich zwar, hatten aber nichts dagegen und widmeten sich bald wieder intensiv ihren Gesprächen. Einzig Olivia sah Emilia fragend an. Doch als diese zu Lauren und Zoe hinüber sah und dabei kaum merklich den Kopf schüttelte, schien die Freundin zu verstehen, was los war.
In dem Moment kam auch Noah in den Speisesaal. Emilia beobachtete, wie er jede Person im Raum kurz mit den Augen fixierte und schließlich gefunden zu haben schien, wonach er suchte. Denn er lief schnurstracks auf einen Tisch mit mehreren Jungen zu und natürlich saß dort auch Jake.

Noah baute sich direkt vor ihm auf und wechselte ein paar Worte mit ihm.
Doch durch das allgemeine Gemurmel, welches immer um diese Zeit beim Essen herrschte, konnte Emilia nicht verstehen, über was sie redeten. Allerdings stand Jake kurz darauf grinsend auf und folgte Noah nach draußen in den Flur. Ohne weiter darüber nachzudenken, stand Emilia ebenfalls auf und ging den beiden hinterher. Sie konnte gerade noch rechtzeitig sehen, dass sich die Tür zur Jungentoilette hinter ihnen schloss.
Emilia stellte sich mit klopfendem Herzen davor und konnte tatsächlich laut und deutlich Noahs Stimme hören. Er sprach zwar erstaunlich ruhig, doch Emilia spürte, dass ihr Freund kurz davor war, zu explodieren. Sie hielt den Atem an und lauschte.
„Du löschst auf der Stelle ihr Bild aus deinem Scheißprofil, hast du verstanden? Du hast nichts mit ihr zu tun. Also hör verdammt noch mal auf, so zu tun als ob“, verlangte Noah.
„Oh, sorry, aber das sehe ich leider total anders“, säuselte Jake und Emilia konnte sein höhnisches Grinsen vor sich sehen.
„Ich meine, immerhin hat sie mich geküsst, und zwar freiwillig!“
„Du weißt, dass das nicht wahr ist.“ Noahs Stimme war immer noch betont ruhig, doch mischte sich allmählich ein leichtes Zittern mit hinein. „Hör auf mit dem Schmierentheater, Jake! Lösch einfach ihr Bild und wir vergessen die Sache wieder!“

„Vergessen?“ Jake klang ehrlich überrascht. „Aber warum sollte ich ein Mädchen vergessen, das so wunderbar duftet? Warte! Was war es noch gleich? Vanille, nicht wahr? Ja, genau! Ihr Parfüm duftet eindeutig nach Vanille.“
Im nächsten Moment hörte Emilia aus dem Innern des Toilettenraumes einen lauten Knall, gefolgt von einem überraschten Aufschrei, der von Jake zu kommen schien.
Vorsichtig öffnete das Mädchen die Tür und lugte ins Innere des Raumes: Noah hatte sich Jake gepackt und ihn gegen die Tür einer Toilettenkabine geschleudert, die dadurch mit einem Rums gegen die Wand geschlagen war. Offensichtlich war seine Geduld mit dem ehemals besten Freund nun ein für alle Mal zu Ende.
Mit Wut verzerrtem Gesicht stand Noah über Jake. Mit einer Hand umklammerte er dessen Genick und drückte den Kopf des um sich schlagenden Jungen immer weiter Richtung Kloschüssel. Emilia wusste bei diesem Anblick nicht, ob sie Noah für seine Kraft bewundern oder eher schockiert darüber sein sollte.
„Lösch, ihr, Bild!“, forderte Noah immer wieder mit zusammengebissenen Zähnen und schaffte es sogar, mit der freien Hand einmal die Klospülung zu betätigen, sodass Jake etwas Wasser ins Gesicht spritzte. Doch der dachte gar nicht daran, nachzugeben und verpasste Noah eher zufällig einen ordentlichen Kinnhaken.
Plötzlich ging die Tür auf und ein ziemlich finster drein

schauender Mister Scott, Noahs und Jakes Technologielehrer, betrat den Raum. „Ja, kann mir mal irgendjemand sagen, was hier los ist?“, donnerte er. „Mister Merton, Mister O’Neill, ich will sie in fünf Minuten im Büro des Direktors sehen! Und waschen sie sich um Himmels Willen vorher die Hände!“
Dann drehte sich der verärgerte Lehrer um und sein Blick fiel auf Emilia.
„Und Sie, junge Dame, haben sich wohl verlaufen, was? Sehen sie zu, dass sie hier wegkommen!“, kommandierte er, allerdings nun nicht mehr ganz so laut.
„Verlaufen, ja... Bin schon weg“, stotterte Emilia unbeholfen und verließ den Waschraum schleunigst in Richtung Speisesaal, während die Gedanken in ihrem Kopf Achterbahn fuhren.
Noah und Jake hatten sich gerade ihretwegen geprügelt. Sie hoffte inständig, dass Noah deswegen keine allzu großen Schwierigkeiten in der Schule bekommen würde. Und Zoe und Lauren wollten ab sofort nicht mehr mit ihr befreundet sein. Etwas, dass sie immer für selbstverständlich gehalten hatte, existierte plötzlich nicht mehr. Wie war es nur so weit gekommen? War sie am Ende diejenige, die an allem Schuld war?
Den Nachmittagsunterricht erlebte Emilia wie in Trance und auch die Heimfahrt mit dem Fahrrad verlief mehr oder weniger automatisch. Sie spürte zwar, dass die frische Luft ihr gut tat, aber leider schaffte es auch der Wind nicht, ihre Sorgen einfach fort zu pusten.

Endlich zu Hause angekommen, strich Figaro ihr sofort um die Beine. Doch Emilia streichelte den Kater nur kurz und verzog sich dann direkt in ihr Zimmer.
Sofia hatte offenbar ganz ausgezeichnete Laune, denn sie spielte ein paar beschwingte Stücke von Mozart auf dem Flügel, die so gar nicht zu Emilias Stimmung passen wollten. Darum legte sie sich auf ihr Bett, steckte sich ihre Kopfhörer in die Ohren und machte sich ihre eigene Musik an. Doch als Anna Naklab ‚Supergirls don't cry' sang, biss sie sich so fest auf die Unterlippe, dass diese anfing zu bluten.
Emilia wunderte sich gerade über den bleiernen Geschmack in ihrem Mund, als die Tür aufging und Sofia ins Zimmer kam.
Ein Blick auf ihre Schwester genügte der jungen Frau, um zu erahnen, dass deren Welt ganz und gar nicht in Ordnung war.
Sie zögerte kurz, setzte sich dann aber doch auf die breite Fensterbank in Emilias Zimmer und schaute einen Moment lang nach draußen in den Garten, wo bereits die ersten roten und goldenen Blätter den Herbst ankündigten.
Dann sah sie ihre Schwester an, die inzwischen die Kopfhörer aus den Ohren genommen und die Musik ausgestellt hatte, und fragte: „Willst du reden?"
„Ich weiß gar nicht, wo ich anfangen soll", sagte Emilia tonlos, denn sie wusste es wirklich nicht.
„Ganz egal", ermunterte Sofia das Mädchen. „Ich habe den ganzen Abend Zeit."

„Noah hat sich mit Jake auf der Jungentoiletten geprügelt, weil der mein Bild nicht aus seinem Profil löschen wollte und Mister Scott hat ihn gerade dabei erwischt, als er Jakes Kopf in die Kloschüssel gedrückt hat“, fing Emilia an und Sofias blau-graue Augen wurden beim Zuhören immer größer.
„Wow!“, sagte sie dann. „Also meinetwegen hat sich noch nie jemand geprügelt.“
„Glaub mir, das ist auch besser so“, seufzte Emilia und fuhr fort: „Und Lauren und Zoe wollen nicht mehr mit mir reden. Sie wollen auch nicht mehr, dass ich neben ihnen sitze. Nicht im Unterricht, nicht beim Essen. Sie sagen, ich hätte mich an Jake rangemacht. Sie glauben einfach, was er überall rumerzählt und hören mir nicht einmal zu, was ich dazu zu sagen habe.“
„Das ist krass“, fand Sofia und überlegt eine Weile mit gerunzelter Stirn, um dann nachzufragen: „Sag mal, Zoe war doch ein bisschen in Jake verknallt, oder?“
Emilia nickte und Sofia hakte weiter nach: „Und Lauren hat gerade ihren süßen Fußballer ohne Vorwarnung an ein anderes Mädel verloren, nicht?“
„Ja, Olivia meinte, dass es eine Sprachschülerin aus Schweden ist“, erklärte Emilia. „Sie hat das aber auch nur als Gerücht von irgendjemand aus der Schule gehört.“
„Wie dem auch sei“, fasste Sofia zusammen, „wir haben es hier offensichtlich mit zwei ziemlich frustrierten Mädchen zu tun, die momentan nicht gerade viel Glück mit den Jungs haben, was? Und dann sehen sie dich,

glücklich vereint mit lovely Noah und der nächste Typ steht auch schon auf der Matte – oder treffender gesagt auf der Mauer. Da kann man schon mal neidisch werden...“

„Du meinst, die beiden sind so gemein zu mir, bloß weil sie neidisch sind?“, fragte Emilia ungläubig.

„Ja, das meine ich“, bestätigte Sofia. „Neidisch, gefrustet, eifersüchtig, unglücklich. Da kommt dieser Jake mit seinen Gerüchten doch gerade Recht. So können sie dir den schwarzen Peter zuschieben und in aller Ruhe zusehen, wie du endlich auch unglücklich wirst.“

„Und dann geht es ihnen besser, wenn sie sehen, dass ich nun auch unglücklich bin?“, schlussfolgerte Emilia noch immer etwas verwirrt.

„Ja, genau“, war sich Sofia sicher. „Menschen, die unglücklich sind, können Menschen, die glücklich sind, nicht leiden, weil die ihnen umso mehr vor Augen führen, wie unglücklich sie tatsächlich sind.

Aber nichts erfreut die Frustrierten mehr, als noch frustriertere Menschen zu sehen, damit sie ihre eigene Unzufriedenheit ein wenig vergessen können.“

„Woher weißt du das alles?“, wollte Emilia wissen. „Das klingt nach einem halben Psychologiestudium.“

„Oh, nein“, schmunzelte Sofia. „Eher nach allen Staffeln ‚Game of Thrones‘. Solltest du dir auch mal anschauen!“

„Und was soll ich jetzt deiner Meinung nach machen?“, wollte Emilia wissen. „Sagen sie dazu auch was in deiner Serie?“

„Leider nein“, gab Sofia zu. „Auf keinen Fall solltest du den beiden aber hinterherlaufen. Das hast du echt nicht nötig.“
„Das hatte ich auch nicht vor“, erwiderte Emilia. „Und sie sollen auch nicht merken, dass ich traurig bin, wenn sie so ekelhaft zu mir sind. Sie würden sich darüber freuen, dass es mir nicht gut geht und das will ich nicht.“
„Ja, und ich wette, irgendwann kommen sie wieder angekrochen und dann tut es ihnen Leid“, überlegte Sofia.
Doch Emilia erwiderte sofort: „Nein, sie brauchen gar nicht angekrochen kommen. Ich glaube, eigentlich will ich nichts mehr mit ihnen zu tun haben.“
Sofia nickte stumm. Sie verstand, dass ihre Schwester maßlos enttäuscht von ihren sogenannten Freundinnen sein musste. Wie gut, dass sie noch Olivia hatte – und Noah.
Der meldete sich später am Abend, als es Emilia schon wieder ein kleines bisschen besser ging. Das Gespräch mit ihrer großen Schwester hatte ihr gutgetan. Wenigstens wusste das Mädchen jetzt, dass es nichts falsch gemacht hatte. Und auch wenn sich dadurch nichts änderte, so plagten Emilia nun zumindest keine Schuldgefühle mehr.
Und sie war erleichtert, endlich Noahs Stimme zu hören.
Denn Emilia hatte sich wirklich große Sorgen gemacht, seitdem Mister Scott ihn und Jake zum Direktor zitiert hatte.

„Oh, wie gut, dass du dich endlich meldest“, begrüßte sie ihren Freund ungeduldig am Telefon. „Ich hab die ganze Zeit an dich gedacht. Wie ist es bei Mister Bayley gelaufen.“
„Naja, der war zuerst schon ziemlich sauer“, erzählte Noah. „Das kann man ja auch verstehen, ehrlich gesagt. Aber dann hat er gefragt, wie es zu dieser... dieser Situation gekommen ist und ich konnte ihm alles in Ruhe erzählen.“
„Ja, Mister Bayley ist echt in Ordnung“, fand auch Emilia. „Warst du denn mit Jake zusammen bei ihm im Büro?“
„Nein, zum Glück nacheinander“, berichtete Noah weiter. „Ich glaube, am Ende fand Mister Bayley es zwar immer noch nicht gut, was passiert ist, aber er hat es irgendwie auch verstanden. Jedenfalls hat Jake dein Foto jetzt gelöscht. Ich hab gerade nachgesehen.“
„Oh, Gott sei Dank“, atmete Emilia erleichtert auf. „Und haben sie Euch irgendwelche Strafarbeiten aufgebrummt.“
„Eine Woche lang nach jeder Mittagspause die Tische im Speisessaal abwischen und den Boden fegen“, lautete Noahs Antwort. „Aber das war es mir wert. Die Woche wird auch vorbeigehen.“
„Ja, Hauptsache, es beruhigt sich dann auch alles wieder“, gab Emilia zu bedenken und sie erzählte Noah von Laurens und Zoes eigenartigem Verhalten.
„Ach, die kriegen sich bestimmt bald wieder ein“, versuchte der Junge seine Freundin zu trösten.

Aber Emilia war sich da nicht so sicher. Und selbst wenn, könnte sie niemals so weitermachen, als wäre nichts geschehen. Wie konnte man Menschen vertrauen, die noch nicht einmal bereit waren, einem zuzuhören, obwohl sie seit Jahren befreundet waren und schon so viel miteinander erlebt hatten?
Doch laut sagte sie:
„Ich bin froh, dass du mein Freund bist, Noah. Wir müssen immer zusammenhalten, okay?"
„Das brauchst du mir nicht zu sagen, Emilia", antwortete dieser ernst. „Ich bin mindestens genauso froh, dass ich dich habe! Wir halten zusammen, für immer und ewig!"

Allein gegen den Rest der Welt

Am nächsten Morgen fuhr Emilia mit einem mulmigen Gefühl zur Schule. Heute hatte sie ausnahmsweise erst zur zweiten Stunde Unterricht, sodass sie ohne Olivia mit dem Fahrrad die Esplanade entlang radelte. Sie war müde, denn sie hatte wieder schlecht geschlafen und an frühstücken war heute Morgen auch nicht zu denken gewesen. Emilia hätte keinen Bissen hinunter bekommen.
An der Schule war es relativ ruhig, denn die meisten anderen saßen ja schon in ihren Kursräumen, lauschten den Lehrern oder arbeiteten Übungszettel durch. Emilia sah lediglich Michelle und Ellie, Jessicas Busenfreundinnen, vor der Schule stehen und schwatzen.
Da sie eigentlich noch nie etwas mit den beiden Mädchen zu tun gehabt hatte, ging Emilia an ihnen vorbei und ins Gebäude hinein. Doch zumindest grüßte sie die beiden mit einem freundlichen ‚Hey', weil sie einfach der Meinung war, dass sich das so gehörte.
Als Antwort jedoch hörte sie eins der Mädchen sagen: „Was will die Schlampe von uns?"
Emilia hielt abrupt inne und ging intuitiv drei Schritte zurück und somit wieder hinaus ins Freie. Sie schaute von Ellie zu Michelle und fragte dann: „Was hast du gesagt?"
„Du hast schon ganz richtig gehört", meinte Ellie schnippisch. „Wir wissen eh, dass du ein Flittchen bist.

Zoe hat uns alles erzählt. Die ganze Schule weiß es."
Emilia spürte, dass es keinen Zweck hatte, sich vor diesen beiden Zicken zu rechtfertigen.
Die glaubten sowieso nur, was sie glauben wollten und hatten schon immer Spaß daran gehabt, auf andere hinabzusehen.
Also schluckte sie den Ärger hinunter und ging ohne eine Miene zu verziehen wieder in die Schule hinein. Die Mädchen sollten nicht merken, wie schockiert sie in Wirklichkeit über deren Äußerung war. Sie lehnte sich so an eine Wand, dass sie den Eingang im Blick hatte und holte ihr Handy aus der Tasche, um nicht ganz so verloren dazustehen. Aus den Augenwinkeln sah sie, dass Zoe sich zu Ellie und Michelle gesellte. Die Mädchen begrüßten sich mit Küsschen und fingen sofort an zu flüstern und zu kichern.
Emilia vermutete, dass sie wahrscheinlich das Gesprächsthema war, welches die drei so sehr amüsierte.
Offensichtlich hatte Zoe Jessicas Platz auf dem Zickenthron eingenommen. Da der blonde Engel sich nun lieber mit dem hübschen Amerikaner beschäftigte, war diese Stelle wohl frei geworden und Zoe hatte dankend angenommen. So konnte sie sich der Aufmerksamkeit vieler Mädchen gewiss sein – etwas, das ihr immer schon gefallen hatte. Nur bisher nicht um jeden Preis.
Kurz darauf gesellte sich auch Lauren zu den anderen und wurde fast ebenso überschwänglich begrüßt. Emilia

versetzte es einen Stich, dass ausgerechnet Lauren sich von ihr abwandte. Sie war immer die Sensibelste, aber auch die Vernünftigste von ihnen gewesen.
Emilia konnte sich noch gut daran erinnern, dass Laurens Mutter einmal zu ihrer Mom gesagt hatte: „Meine Töchter sind so unglaublich unterschiedlich. Lacey ist meistens ein kleiner Satansbraten und Lauren ist ein Schaf."
‚Wolf im Schafspelz', fiel es Emilia ein. So änderten sich die Zeiten. Wer hätte es für möglich gehalten, dass sich die Dinge so grundlegend umkehren würden?
Im Englischunterricht nahm das Schicksal seinen Lauf und es war leider nicht auf Emilias Seite. Denn Mister Douglas, der Englischlehrer, hatte die glorreiche Idee, die Charaktere eines Theaterstückes in Gruppen zu je vier bis fünf Schülerinnen und Schülern erarbeiten zu lassen.
Er verteilte einige Zettel, auf denen ganz oben der Name der Person stand, für deren Charakterisierung man eingeteilt war.
„So, alle, die den Bürgermeister charakterisieren sollen, kommen bitte nach hier vorne und diejenigen, die ‚Die alte Dame' auf ihrem Zettel stehen haben, bleiben bitte dort hinten", kommandierte Mister Douglas. „Die Gruppen ‚Kaufmann' und ‚Pfarrer' gehen bitte nach nebenan. Der Raum ist gerade nicht belegt und kann von uns mitgenutzt werden."
Emilia hatte bereits gelesen, dass auf ihrem Zettel ‚Kaufmann' geschrieben stand und schaute vorsichtig in

die Runde, wer noch aufstehen würde, um nach nebenan zu gehen.
Ihr Magen krampfte sich augenblicklich zusammen, als sie feststellen musste, dass sie mit Zoe, Michelle und zwei anderen Mädchen in einer Gruppe war. Ihre Beine fühlten sich an wie Blei, doch sie zwang sich, aufzustehen und hinüber in den anderen Raum zu gehen.
Auf keinen Fall sollte irgendjemand merken, dass sie gerade wahnsinnige Angst hatte. Darum umklammerte sie auch ihren Collegeblock und das Etui so fest, dass ihre Knöchel bereits weiß hervortraten. Aber so konnte wenigstens niemand sehen, dass ihre Hände zitterten.
Zoe blieb direkt an der Tür zum Nebenraum stehen und nötigte Emilia auf diese Weise, ganz nah an ihr vorbei zu gehen. Als sie genau neben ihr war, machte das blonde Mädchen plötzlich schmatzende Geräusche und stöhnte leise in Emilias Ohr:
„Oh, ja! Küss mich, Jake! Ich will mehr!“ Dann brach sie in schallendes Gelächter aus und schaute siegessicher in Emilias erstarrtes Gesicht.
Auch Michelle lachte voller Schadenfreude und setzte sich an einen der Gruppentische. Die anderen beiden Mädchen nahmen ebenfalls Platz und breiteten Zettel und Stifte vor sich aus.
Emilia stand noch etwas unschlüssig im Raum. Sie wollte auf keinen Fall als Opfer dastehen. Und Zoe sollte nicht das Gefühl haben, sie fertig gemacht zu haben. Diesen Triumpf gönnte ihr Emilia ganz und gar nicht. Und

doch widerstrebte es ihr, sich ebenfalls zu den anderen an den Tisch zu setzten. Denn sie ahnte, dass dies nicht ohne dumme Bemerkungen bleiben würde.
„Setzt dich doch zu uns, Emilia“, sagte Charleen in dem Moment freundlich und bekam sofort einen bösen Blick von Michelle zugeworfen.
Und auch Zoe brachte diese Aufforderung wieder auf den Plan. Sie marschierte mit energischen Schritten an Emilia vorbei, rempelte diese dabei mit dem Ellbogen an und schnauzte: „Die? Dieses Flittchen sitzt mit Sicherheit nicht mit uns an einem Tisch!“
Charleen und das andere Mädchen schauten daraufhin etwas verwirrt und Emilia hatte sogar den Eindruck, dass sie sich kurz geduckt hatten, als Zoe derart aufgebracht an ihren Tisch kam.
Doch das Mädchen warf die blonden Haare zurück und lächelte im nächsten Augenblick wieder zuckersüß in die Runde.
Dann erklärte Zoe den beiden anderen offenbar im Flüsterton, warum sie nichts mehr mit Emilia zu tun haben wollte, denn vier Augenpaare schielten immer wieder zu ihr hinüber. Also setzte sich Emilia allein an einen der anderen Tische und versuchte, sich so gut es unter diesen Umständen ging, auf ihren Text zu konzentrieren. Und das war gut so. Denn als Mister Douglas seine Schüler wieder zusammenrief und der Reihe nach die Ergebnisse der Gruppenarbeiten vorstellen ließ, kam es natürlich irgendwann auch zur Charakterisierung des Kaufmanns.

„Wer aus dieser Gruppe möchte uns denn einmal erklären, was der Kaufmann für ein Mensch ist?“, fragte Mister Douglas ganz in seinem Element.
Da rief Michelle hämisch grinsend in die Klasse hinein: „Emilia wollte das für uns machen.“
„Ah, sehr schön“, meinte Mister Douglas ahnungslos. „Emilia, dann kommen Sie doch auch kurz nach vorne und stellen uns ihre Gruppenergebnisse vor!“
Emilias Herz fing an zu rasen und sie ging mit wackligen Knien nach vorne zum Pult, während Mister Douglas erwartungsvoll mit seinem Stück Kreide an der Tafel stand, um aufzuschreiben, was immer zum Kaufmann herausgefunden worden war.
Emilia räusperte sich, doch die Notizen, die sie sich gemacht hatte verschwammen vor ihren Augen, sodass es ihr im ersten Moment unmöglich war, auch nur einen vernünftigen Satz zu sagen.
Aber dann spürte sie die Blicke von Zoe, Michelle und allen anderen auf sich und dachte:
‚Reiß dich zusammen Bennett! Du schaffst das!‘
Also straffte sie die Schultern, holte einmal tief Luft und konzentrierte sich ganz und gar auf die Stichpunkte, die sie sich in der vergangenen halben Stunde gemacht hatte.
„Danke, Emilia“, sagte Mister Douglas, als diese geendet hatte. „Möchte noch jemand aus der Gruppe etwas ergänzen?“
Doch keine der anderen meldete sich und als Emilia sich wieder auf ihren Platz setzte, zwang sie sich dazu, in

die Runde zu lächeln und kam sich dabei ein bisschen vor wie eine Heldin.
Die nächsten Fächer verliefen weit weniger spektakulär, wofür Emilia überaus dankbar war.
Doch dann kam die Mittagspause und sie stand etwas unschlüssig vor der Essensausgabe. Schließlich wählte sie eine kleine Schüssel mit Milchreis und Pflaumenkompott. Eigentlich hatte Emilia noch immer keinen Appetit, doch irgendetwas musste sie ja essen und eigentlich mochte sie den Milchreis immer ganz gerne.
Sie suchte den Raum nach Olivia ab. Doch konnte sie ihre Freundin nirgends entdecken. Also ging sie zu Doreen Willis hinüber, ein Mädchen aus Olivias Dramakurs, und fragte diese: „Hey, sag mal! Weißt du, wo Olivia steckt?"
„Oh! Hey! Nein, keine Ahnung. Sie ist heute nicht in die Schule gekommen", gab Doreen Auskunft. „Vielleicht ist sie krank?"
„Ah, okay", sagte Emilia nur und wollte schon wieder gehen, als Doreen noch etwas einfiel:
„Ähm, kann ich dich mal was fragen? Stimmt es eigentlich, dass du mit Jake rumgemacht hast, obwohl du mit Noah zusammen bist? So würde ich dich nämlich gar nicht einschätzen. Nichts für Ungut, aber es gehen da so Gerüchte."
„Ich denke, du schätzt mich schon ganz richtig ein", antwortete Emilia, nachdem sie erst einmal schlucken musste. „Und ich finde es gut, dass du mich selber fragst und nicht jeden Quatsch glaubst, der hier erzählt wird."

Doreen nickte wissend und machte sich dann mit ihrem Tablett auf den Weg zu ihren Freunden.
Emilia aber setzte sich an einen freien Tisch ganz hinten im Speisesaal und hoffte, hier für Zoe und die anderen unsichtbar zu sein. Sie hatte gerade den ersten Löffel Milchreis gegessen und festgestellt, dass dieser irgendwie etwas Tröstliches hatte, als sich ihr gegenüber jemand niederließ.
„Hier steckst du also!“ Es war Noah und Emilia war unendlich froh, ihn zu sehen.
„Wie läuft's?“, wollte Noah wissen und legte seine warme Hand behutsam auf die seiner Freundin.
„Geht so“, seufzte Emilia und rang sich ein Lächeln ab. Sie wollte gerade erzählen, was ihr heute Morgen im Englischunterricht widerfahren war, als sich ein offenbar gut gelaunter, junger Mann ihrem Tisch näherte.
Es war Jake, und er spielte effektvoll mit einem hellblauen Schal, den er locker um den Hals geschlungen hatte.
Emilia erkannte natürlich sofort, dass es ihr Schal war, der nämlich, den sie Jake in jener Nacht gegeben hatte, um endlich ohne schlechtes Gewissen nach Hause gehen zu können.
„Mir ist eingefallen, dass ich mich noch gar nicht für dein Geschenk bedankt habe, Emilia“, säuselte Jake und roch demonstrativ an dem blauen Stoff.
„Es wird mich bestimmt immer an dich erinnern. Also, bis bald mal wieder, ja?“

Ohne eine Antwort abzuwarten, machte er auf dem Absatz kehrt und ging genauso zügig wieder davon, wie er gekommen war - ein passender Abgang für diesen Auftritt. Doch er ließ es sich nicht nehmen, Noah vorher noch einen triumphierenden Blick zuzuwerfen.
Der saß zuerst da wie versteinert, zog im nächsten Moment jedoch seine Hand von Emilias fort und sah seine Freundin mit so traurigen Augen an, dass dieser Angst und Bange wurde.
„Ist das wahr, was er gesagt hat?", wollte Noah wissen und seine Stimme war kaum mehr als ein Flüstern.
Emilia wusste zuerst nicht, was sie sagen sollte, und schaute nur stumm auf ihre Hände. Darum fragte Noah erneut, dieses Mal jedoch etwas lauter und mit beinahe drohendem Unterton:
„Ist das wahr, Emilia? Hast du Jake den Schal geschenkt?"
„Aber doch nur, weil er so traurig war", rechtfertigte sich das Mädchen. „Und weil ich dachte, dass er dann endlich Ruhe gibt."
„Aber warum hast du es mir denn nicht gesagt?", wollte der Junge wissen und an seinem Gesicht konnte man ablesen, wie sehr er litt. „Was kommt als Nächstes? Wird mir bald irgendjemand erzählen, er hätte Euch zusammen im Kino gesehen?"
„Aber Noah", sagte Emilia alarmiert. „Es ist doch nur ein blöder Schal. Weiter nichts."
„Oh, doch, Emilia", erwiderte Noah gekränkt. „Es ist eben nicht nur ein blöder Schal. Wir wollten uns immer

alles erzählen, immer die Wahrheit sagen. Aber du hast mir nicht alles gesagt und jetzt weiß ich nicht mehr, ob ich dir noch vertrauen kann. Eigentlich weiß ich gerade überhaupt nichts mehr."

Mit den letzten Worten stand Noah so ruckartig auf, dass sein Stuhl beinahe umgefallen wäre. Er griff seinen Rucksack und ging ohne sich noch einmal umzusehen aus dem großen Saal hinaus.

Emilia blieb allein am Tisch zurück und wurde sich im nächsten Moment bewusst, dass alle um sie herum sie verstohlen musterten. Manche tuschelten sogar und verdrehten sich regelrecht die Hälse, um besser sehen zu können, wer da gerade eine Abfuhr von seinem Freund bekommen hatte.

Sicher lachten sich Zoe, Lauren und ihre neuen Freundinnen auch schon ins Fäustchen.

Doch in diesem Augenblick wusste Emilia, dass ihr alle anderen hier im Raum im Grunde völlig gleichgültig waren. Der einzige Mensch, der jetzt wichtig war, war Noah.

Darum schnappte auch sie sich ihre Tasche, ließ ihr Tablett mit allem was darauf war einfach stehen, und rannte ihrem Freund hinterher. Und sie hoffte inständig, dass er überhaupt noch ihr Freund sein wollte.

Aber sie kam zu spät, denn als sie gerade aus dem Schulgebäude hinaus und Richtung Fahrradständer lief, sah sie Noah nur noch von hinten auf seinem weißen Mountainbike davonrasen. Er trat in die Pedale, als wäre der Teufel hinter ihm her.

Mutlos und unendlich traurig stand Emilia da. Was sollte sie jetzt tun? Hinter Noah herfahren? Sicher fuhr er nach Hause. Aber würde er dann mit ihr sprechen, sie überhaupt sehen wollen? Emilia überlegte, dass es vielleicht besser wäre, Noah erst einmal in Ruhe zu lassen.
Aber in die Schule wollte sie auch auf gar keinen Fall wieder zurück. Sie hätte Zoes hämisches Grinsen jetzt nicht ertragen können und erst Recht keine demütigenden Bemerkungen.
Emilia hatte sich gerade dazu entschieden, Olivia einen Besuch abzustatten, um nachzusehen, wie es ihrer kranken Freundin ging, als sie plötzlich jemand von hinten ansprach. Das Mädchen fuhr erschrocken zusammen, denn es hatte gar nicht bemerkt, dass es nicht mehr alleine vor der Schule stand.
„Ein Jammer, dass er so eifersüchtig ist", sagte die Stimme von Jake hinter Emilias Rücken. „Er steht sich manchmal einfach selbst im Weg. Dabei hätte er es doch eigentlich gar nicht nötig, wütend zu sein, oder?"
Emilia erschauerte, denn sie konnte Jakes Atem in ihrem Nacken spüren, so dicht stand er hinter ihr. Doch sie zwang sich, ruhig zu bleiben und fragte, ohne sich umzudrehen:
„Was willst du eigentlich, Jake? Kannst du uns nicht einfach in Ruhe lassen?"
„Ich lasse euch erst in Ruhe, wenn ihr nicht mehr zusammen seid", flüsterte Jake beinahe sanft und Emilia bekam augenblicklich eine Gänsehaut.

„Und so wie es aussieht, wird das ja nicht mehr lange dauern, nicht wahr?“, ergänzte der Junge, woraufhin sich Emilia fassungslos umdrehte.
Doch da hatte Jake bereits kehrt gemacht, eilte zurück in die Schule und winkte zum Abschied mit Emilias blauem Schal.
Dieser Anblick aber und das, was Jake ihr gerade gesagt hatte, waren dann doch zu viel für Emilia. Nun konnte sie nicht mehr stark sein und so tun, als ob ihr das alles nichts ausmachte.
Die Tränen liefen ihr über das Gesicht und sie versuchte gar nicht erst, sie aufzuhalten.
Schniefend wischte sie sich mit dem Ärmel ihrer Jacke über die Wangen, schloss mit zitternden Fingern ihr Fahrradschloss auf und fuhr los Richtung Eastney.
Sie wollte zu Olivia, um mit ihrer besten Freundin zu reden und hoffte so sehr, dass diese ihr helfen könnte oder wenigstens einen guten Rat für sie hätte.
Zwanzig Minuten später stand sie mit verweinten Augen vor dem Haus der Evans und schellte. Doch niemand öffnete und so drückte Emilia erneut den Klingelknopf und wartete voller Ungeduld.
„Ist niemand zu Hause“, kam da eine Stimme von nebenan.
Sie gehörte zu einer grauhaarigen, älteren Dame, die gerade die Post aus ihrem Briefkasten holte. „Die sind alle noch im Krankenhaus.“
„Im Krankenhaus?“, wiederholte Emilia ungläubig. „Was ist denn passiert?“

„Das Mädchen wurde doch heute Morgen angefahren, auf dem Weg zur Schule. So ein Ausländer war das wohl, konnte rechts und links nicht auseinanderhalten."
„Und, ähm... Wissen sie auch, in welchem Krankenhaus sie ist?", fragte Emilia mit belegter Stimme.
„Oh, ich denke, sie haben sie ins Queen Alexandra Hospital gebracht", meinte die Nachbarin. „Wegen der Notaufnahme."
Bei dem Wort ‚Notaufnahme' wurde es Emilia heiß und kalt zugleich. Doch sie rang sich ein ‚Danke' ab und überlegte fieberhaft, was sie jetzt tun sollte.
Das Hospital lag genau am anderen Ende der Stadt. Es war unmöglich, mit dem Fahrrad dorthin zu fahren. Doch Emilia musste unbedingt wissen, was mit Olivia war. Ihre eigenen Probleme schienen mit einem Mal so klein und unbedeutend zu sein. Ihre Ängste und Sorgen galten in diesem Moment einzig und allein ihrer besten Freundin.
Also machte sie sich kurz entschlossen auf den Weg zur Eastney Road, stieg dort in den ersten Bus Richtung Cosham und stand eine gute Stunde später vor dem Queen Alexandra Hospital.

Der Unfall

Emilia stand etwas ratlos vor dem gläsernen Eingang des riesigen Hospitalgebäudes, als sie plötzlich Olivias Eltern entdeckte. Mister und Mrs. Evans kamen geradewegs auf sie zu, waren jedoch so in ihr Gespräch vertieft, dass sie Emilia erst erkannten, als sie direkt vor ihr angekommen waren.
„Oh, Emilia!“, sagte Mrs. Evans überrascht. „Was machst du denn hier? Müsstest du nicht in der Schule sein?“
„Ich... ähm... ja... nein...“, stammelte das Mädchen. „Wie geht es Olivia?“
„Den Umständen entsprechend eigentlich ganz gut“, berichtete Mister Evans. „Sie hat wirklich einen Schutzengel gehabt bei dem Unfall heute Morgen.“
„Was ist denn überhaupt passiert?“, wollte Emilia wissen. „Die Nachbarin hat mir erzählt, dass sie von einem Auto angefahren wurde.“
„Ja, ein junger Mann aus Spanien“, erklärte Olivias Mom. „Er ist wohl erst seit ein paar Tagen in England und hat sich noch nicht so an unseren Linksverkehr gewöhnt. Er ist im Kreisel an der Clarendon Road falsch abgebogen und hat Olivia voll erwischt. Zum Glück ist sie aber nicht unter die Räder des Wagens geraten, sondern wurde über die Motorhaube geschleudert.“
„Oh, mein Gott!“, entfuhr es Emilia und sie hielt sich vor Schreck eine Hand vor den Mund.

„Ja, es hat bestimmt schlimm ausgesehen“, meinte Mrs. Evans und ihr Mann ergänzte: „Aber wie durch ein Wunder hat sie nur den linken Arm gebrochen und die unteren Rippen geprellt. Naja, und eine schwere Gehirnerschütterung. Mit Helm wäre ihr die vielleicht erspart geblieben.“
Seine Frau nickte ernst und wandte sich dann wieder an Emilia: „Bist du gekommen, um Olivia zu besuchen?“
„Ja, ich wollte unbedingt wissen, wie es ihr geht“, sagte Emilia. „Ich habe mir solche Sorgen gemacht, als ich das mit dem Unfall gehört habe.“
„Sie hängt zwar am Tropf und bekommt ein Mittel gegen die Schmerzen“, erklärte Mrs. Evans, „aber sie freut sich bestimmt, dich zu sehen. Bleib bitte nur nicht ganz so lange, ja?! Die Ärzte haben gesagt, dass sie momentan noch viel Ruhe braucht, wegen der Gehirnerschütterung.“
„Ja, ist gut“, versprach Emilia. „Nur zehn Minuten, damit ich sehe, dass sie noch lebt.“
„Oh, sie lebt noch. Keine Bange, das wird schon wieder!“, meinte Mister Evans lächelnd und wollte dann noch wissen: „Wie bist du eigentlich nach Cosham gekommen, Emilia? Hast du den Bus genommen?“
„Ja, ab Eastney Road“, bestätigte das Mädchen. „Dort steht mein Fahrrad.“
„Gut, also wenn du möchtest, nehmen wir dich nachher mit und setzten dich bei deinem Rad wieder ab“, bot Olivias Vater an. „Dann brauchst du später nicht auf den Bus zu warten und bist ein bisschen eher zu Hause.“

„Oh, das wäre wirklich sehr freundlich", erwiderte Emilia höflich. „Aber sie müssen meinetwegen wirklich keine..."
„Wir machen deinetwegen keine Umstände", unterbrach Mrs. Evans das Mädchen. „Wir wollten sowieso erst noch einen Tee trinken gehen, bevor wir heimfahren. Komm einfach nachher dort drüben ins Café, okay!"
„Ja, okay!", nickte Emilia, bevor ihr einfiel: „Oh, in welchem Zimmer liegt Olivia überhaupt?"
„Nummer 216", antwortete Mrs. Evans. „Im zweiten Stock. Wenn du aus dem Aufzug rausgehst, musst du dich links halten."
„Gut, danke! Das werde ich schon finden. Also, dann bis gleich", verabschiedete sich Emilia und machte sich ein wenig beklommen auf den Weg zu ihrer besten Freundin.
Als sie an der weißen Tür zu Zimmer Nummer 216 klopfte und niemand ‚Herein' sagte, öffnete sie diese zaghaft und betrat auf leisen Sohlen den Raum.
Olivia lag in einem großen, weißen Bett und hatte die Augen geschlossen. Emilia vermutete, dass die Freundin schlief, und setzte sich vorsichtig auf einen Stuhl neben ihrem Bett. Sicher hatte hier gerade noch Olivias Mutter gesessen. Sie betrachtete das Mädchen mit den kurzen hellblonden Haaren und musste bei ihrem Anblick die Tränen hinunterschlucken.
Olivias linker Arm war bis zum Ellbogen eingegipst und lag auf ihrem Bauch, während in ihrem rechten Arm

eine Kanüle steckte, über die das Schmerzmittel aus dem Tropf in ihre Venen gelangen konnte. Ihre linke Wange war aufgeschürft und außerdem hatte sie noch eine ordentliche Schramme auf der linken Seite ihrer Stirn. Und wie sie Olivia so daliegen sah, blass und mit dunklen Schatten unter den Augen, da kam Emilia wieder die Stimme von Mister Evans in den Sinn.
‚Sie hat einen Schutzengel gehabt', hatte er vorhin gesagt und damit sicher Recht gehabt. Aber was, wenn der Schutzengel nicht auf Olivia aufgepasst hätte, wenn Emilia sie jetzt nicht mehr im Krankenhaus hätte besuchen können. Bei dieser Vorstellung liefen dem Mädchen erneut ein paar Tränen über das Gesicht, die es verstohlen wegwischte.
„Heulst du etwa meinetwegen?", kam da eine vertraute Stimme zwischen den Kissen hervor.
„Du bist ja doch wach", stellte Emilia verdattert fest und starrte ihre Freundin zunächst etwas verschämt an.
„Ich habe bloß ein bisschen gedöst. Das Zeug, was sie mir hier geben hat die Wirkung von zehn Joints gleichzeitig", erklärte Olivia und deutete auf den Tropf. „So entspannt war ich lange nicht mehr. Solltest du auch mal versuchen."
„Wenn ich mich dafür zuerst von einem Auto anfahren lassen muss, verzichte ich lieber", erwiderte Emilia. „Aber Hauptsache, du hast keine Schmerzen. Oder tut dir noch was weh?"
„Oh, es geht schon", sagte Olivia tapfer und versuchte ein Lächeln.

Da stand Emilia auf, ging zum Krankenbett und nahm ihre verletzte Freundin vorsichtig in den Arm. Sie war so erleichtert, Olivia einigermaßen wohlauf vor sich zu sehen, dass sie ihr sogar einen Kuss auf die heile Seite ihrer Stirn gab.
„He!“, beschwerte sich das Mädchen vorsichtig lachend. „Nur, weil ich wehrlos hier liege, musst du das ja nicht gleich schamlos ausnutzen. Außerdem kann ich nicht lachen. Dann merke ich nämlich trotz Doping, dass meine Rippen angeknackst sind.“
„Oh, sorry!“, entschuldigte sich Emilia und setzte sich schnell wieder auf den Stuhl. „Ich bin gerade nur so wahnsinnig froh, dich zu sehen.“
„Schon gut“, meinte Olivia. „Ich freue mich ja auch, dass du da bist.“
„Wird dieser Idiot eigentlich bestraft, der dich über den Haufen gefahren hat?“, wollte Emilia wissen und verspürte eine leise Wut auf diesen Mann, der Olivia einfach übersehen hatte, in sich aufsteigen.
„Nein, nein“, antwortete Olivia schnell. „Er hat es ja nicht mit Absicht getan. Er war vorhin sogar schon kurz hier, hat sich tausend Mal entschuldigt und mir den Luftballon dort drüben mitgebracht und die schönen Blumen, die hier auf dem kleinen Tischchen stehen.“
Erst jetzt bemerkte Emilia den rosaroten Luftballon, der mit einem Bindfaden an Olivias Bettgestell festgebunden worden war.
Jemand hatte mit einem schwarzen Stift darauf geschrieben: ‚Sorry! Schnell wieder gesund werden!‘

„Schnell wieder gesund werden?“, las Emilia laut und sah ihre Freundin fragend an.
„Alejandro ist erst vor wenigen Tagen aus Spanien nach Portsmouth gekommen“, erklärte Olivia die ungewöhnliche Schreibweise. „Er macht ein Auslandssemester an der Business School, auch um sein Englisch zu verbessern.“
„Alejandro?“ Emilia hatte plötzlich den Eindruck, als ob die blassen Wangen ihrer Freundin bei diesem Namen mehr Farbe bekommen hätten und hakte nach: „Wie sieht dieser Alejandro denn aus?“
Da fing Olivia trotz Schrammen im Gesicht an zu grinsen und antwortete: „Channing Tatum ist ein Schiss gegen ihn.“
„Oh, mein Gott“, sagte Emilia da, nun schon zum zweiten Mal an diesem Nachmittag, und ihre Augen wurden dabei ganz groß vor Staunen.
„Und bis auf eine vorübergehende Rechts-Links-Schwäche, scheint er obendrein gescheit zu sein, oder? Sonst würde er ja nicht zur Business School gehen. Also ist der Albert Einstein-Faktor wohl auch erfüllt, ist es nicht so?“, bohrte sie nach.
„Na, ja, auf jeden Fall hat er eine Chance verdient“, meinte Olivia geheimnisvoll lächelnd.
„Er will mich wieder besuchen und dann... Mal sehen, was draus wird.“
„Ach, Livi, das wäre so cool, wenn dieser Alejandro dein Mister Right wäre! Auch wenn er dafür erst mit dir zusammenstoßen musste“, dachte Emilia laut. „Und

überleg mal, was ihr euren Kindern dann später für eine tolle Geschichte erzählen könnt, wie Mama und Papa sich kennen gelernt haben."

„Also, du hast vielleicht Vorstellungen", wunderte sich Olivia und machte große Augen. „Aber es stimmt schon: Wenn dieser Unfall nicht passiert wäre, dann hätten Alejandro und ich uns wahrscheinlich nie getroffen. Vielleicht war das ja jetzt so was wie Schicksal."

Und nach ein paar Sekunden, in denen sie versonnen vor sich hinlächelte, fragte Olivia ihre Freundin: „Wie geht es denn eigentlich deinem Mister Right?"

Da senkte Emilia den Kopf und biss sich auf die Lippen. Denn sofort hatte sie wieder Noahs verbittertes Gesicht vor Augen, bevor dieser seinen Rucksack genommen hatte und weggegangen war. So gerne hätte sie Olivia alles erzählt: von Noah und Jake und auch, wie dumm und gemein sich die Mädchen seit Neustem ihr gegenüber benahmen.

Doch sie konnte einfach nicht darüber sprechen. Stattdessen kullerten ihr mit einem Mal die Tränen über die Wangen und tropften auf ihre Jacke. Emilia schlug die Hände vors Gesicht und konnte ein Schluchzen nicht unterdrücken. Sie schämte sich so sehr, hier zu sitzen und zu heulen, obwohl es doch ihre Freundin war, die hätte sterben könne und jetzt mit Schmerzen neben ihr lag.

„Emilia, du sagst mir jetzt auf der Stelle, was los ist!", verlangte Olivia und ihre Stimme klang dabei ernsthaft besorgt.

Da wischte sich Emilia mit dem Ärmel das Gesicht trocken, putzte sich die Nase und sah ihre Freundin traurig an.
„Ach, Livi, es ist heute so schrecklich viel passiert, ich weiß gar nicht wo ich anfangen soll“, stammelte das Mädchen.
Doch dann begann Emilia einfach an reden. Zoe, Lauren und die anderen erwähnte sie allerdings nur beiläufig. Dafür erzählte sie der Freundin ganz genau, was sich für ein Drama in der Mittagspause zwischen Jake, Noah und ihr abgespielt hatte.
„Er hat sich seitdem nicht mehr gemeldet“, endete Emilia ihre Berichterstattung und seufzte. „Ich habe keine Ahnung, ob er überhaupt jemals wieder mit mir sprechen will.“
Olivia ließ die neuen Informationen erst einmal sacken, bevor sie sagte: „Noah liebt dich. Er ist gekränkt und verletzt und er hat Angst, dich zu verlieren. Aber er liebt dich, sonst hätte ihm Jakes Auftritt nicht so wehgetan. Lass ihm einfach etwas Zeit! Das wird schon wieder.“
„Ach, wenn du doch Recht hättest“, seufzte Emilia. „Ich bin so froh, dass ich mit dir darüber reden kann. Irgendwie weißt du immer die passende Antwort auf jedes Dilemma.“
„Als angehende Psychologin ist das doch eine gute Gelegenheit für mich zum Üben“, schmunzelte Olivia. „Du bist quasi mein Versuchskaninchen.“
„Ich bin gerne dein Versuchskaninchen“, erwiderte Emilia und konnte schon wieder etwas lächeln. „Aber

jetzt verlasse ich dich trotzdem wieder. Schließlich braucht dein armer Kopf noch viel Ruhe und ich habe dich jetzt lange genug angestrengt."
Damit stand das Mädchen auf und umarmte die Freundin zum Abschied noch einmal vorsichtig. „Du hast mich nicht angestrengt", meinte Olivia. „Ich bin froh, dass du da warst.
Und halte mich auf dem Laufenden, hörst du?"
„Ja, mache ich", versprach Emilia und wandte sich zum Gehen. An der Tür drehte sie sich jedoch noch einmal um und sagte: „Grüß mir deinen Alejandro unbekannterweise! Ich komme dich bald wieder besuchen."
„Okay, das ist schön", freute sich Olivia.
Aber Emilia fand dennoch, dass ihre Freundin viel zu blass und müde aussah in ihrem viel zu großen weißen Krankenbett. Wenigstens brachten die Blumen und der Luftballon etwas Farbe ins Zimmer.
Sie winkte noch einmal und machte sich dann auf den Weg zum Café, wo sie mit Olivias Eltern verabredet war. Diese hatten ihren Tee gerade ausgetrunken und so fuhren die drei wenig später zurück nach Eastney.
Unterwegs schaute Emilia erst einmal auf ihrem Handy nach, ob sich Noah vielleicht inzwischen gemeldet hatte. Doch enttäuscht musste sie feststellen, dass es keine neue Nachricht von ihm gab.
Dafür hatte Sofia ihr bestimmt ein dutzend Mal geschrieben, weil sie wissen wollte, wo ihre Schwester steckte. Offensichtlich machte sie sich Sorgen und so

beeilte sich Emilia, ihr zu antworten, dass sie auf dem Heimweg war. Zuhause angekommen wurde das Mädchen bereits von seiner großen Schwester erwartet, die es ziemlich schlecht gelaunt in Empfang nahm.
„Was denkst du dir eigentlich dabei, am Nachmittag einfach in der Gegend rumzufahren, ohne Bescheid zu sagen, wo du bist?", wetterte Sophia los. „Kevin hat mich angerufen, weil du nicht zum Training gekommen bist, ohne dich abzumelden. Das sieht dir so gar nicht ähnlich und darum haben wir uns echt Sorgen gemacht. Und auf meine ganzen Nachrichten hast du auch nicht geantwortet. Was soll ich denn bitte schön davon halten, Emilia?"
Das Mädchen schlich mit gesenktem Kopf an der mürrisch dreinschauenden Schwester vorbei ins Haus und stammelte: „Ich war im Krankenhaus, hatte das Handy auf lautlos gestellt, Olivia hatte einen Unfall. Ich hab gar nicht mehr an das Training gedacht. Tut mir echt Leid, Sofia."
Bei dem Wort ‚Unfall' stutze die junge Frau jedoch und hakte nach: „Ein Unfall? Hoffentlich nichts Ernstes! Wie geht es Olivia denn?"
„Den Umständen entsprechend ganz okay", wiederholte Emilia tonlos die Worte von Mister Evans. „Ein Arm und ein paar Rippen sind gebrochen und sie hat eine dolle Gehirnerschütterung. Ein Auto hat sie angefahren heute Morgen."
„Oh, das tut mir aber Leid für Olivia", sagte Sofia, nun schon etwas milder gestimmt. „Aber du hättest ja

trotzdem kurz schreiben können, wo du hinfährst."
„Ja, ich weiß", gab Emilia ihrer Schwester Recht und fühlte sich in dem Moment regelrecht erschöpft. „Aber es war heute irgendwie alles so... so durcheinander."
An Sofias Gesicht konnte man ablesen, dass sie nicht wirklich verstand, was ihre Schwester ihr da gerade mitteilen wollte. Doch bevor sie der Sache auf den Grund gehen konnte, klingelte das Telefon und sie ging ins Wohnzimmer, um den Hörer von der Ladestation zu nehmen.
„Bennett", hörte Emilia die Stimme von Sofia noch, als sie nach oben ging, um sich zu waschen und umzuziehen.
Das lauwarme Wasser im Gesicht tat ihr gut, es spülte das Salz der Tränen fort und hatte etwas Tröstliches. Emilia spürte bleierne Müdigkeit in sich aufsteigen. Sie setzte sich auf die Bettkante und überlegte, ob sie sich nicht einfach schon unter ihre Decke kuscheln und die Augen zu machen sollte.
Doch genau in dem Moment kam Sofia zu ihr ins Zimmer.
„Das war gerade dieser Jake am Telefon", berichtete sie mit ernster Miene und Emilia horchte bei dem Namen alarmiert auf. „Er wollte dich sprechen."
„Was hast du ihm gesagt", fragte Emilia matt.
„Dass du nicht da bist", antwortete Sofia prompt und sah ihre Schwester forschend an. „Ich wollte zuerst mit dir sprechen, was ich ihm überhaupt sagen soll."
Doch anstelle einer Antwort saß Emilia einfach nur da.

Sie saß auf ihrem Bett und starrte auf den Boden vor sich, unfähig, sich zu bewegen oder auch nur einen Ton von sich zu geben. Sofia sah sie besorgt an und erst jetzt fielen ihr die tiefen Ränder unter den Augen ihrer Schwester auf, die plötzlich so klein und zerbrechlich wirkte wie eine Porzellanpuppe.
Sie setzte sich neben Emilia, nahm sie behutsam in den Arm und sagte sanft: „Was genau war denn heute alles so durcheinander, Em? Willst du es mir nicht erzählen?“
Emilia nickte wie in Trance, ohne den Blick vom Fußboden zu nehmen. Sie sah aus, als sei sie in Gedanken in eine andere Welt geflüchtet - weit, weit weg.
Doch Sofia ließ nicht locker, schüttelte ihre Schwester sacht und fragte erneut: „Emilia, was ist da heute in der Schule passiert?“
Diese Frage war wie ein Startschuss, denn plötzlich fing Emilia an zu reden und sie redete sich wortwörtlich alles von der Seele, was sie heute hatte ertragen müssen: Die Gemeinheiten und Intrigen von Zoe und den anderen Mädchen, Jake, der immer wieder versuchte, Noah und sie auseinander zu bringen, was ihm vielleicht sogar gelungen war, und Olivias Unfall.
„Und das alles an einem Tag“, sagte Sofia voll Mitgefühl und sah ihre kleine Schwester bestürzt an. Sie legte ihr eine Decke um die Schultern, weil sie merkte dass Emilia angefangen hatte zu zittern, als das Telefon abermals klingelte.

Entschlossen lief Sofia die Treppe hinunter und griff nach dem Hörer. Emilia konnte ihre Stimme bis in die obere Etage hören.
„Bennett", meldete sich die junge Frau zunächst so wie immer. Doch dann wurde ihr Ton schärfer:
„Nein, sie ist nicht da! Und selbst wenn sie da wäre, würde sie ganz sicher nicht mit dir sprechen wollen! Du brauchst also nicht wieder anzurufen!"
Und nach einer kurzen Weile, in der sie offensichtlich Jake zuhörte, sagte sie mit einer so eisigen Stimme, die Emilia noch nie von ihrer Schwester gehört hatte: „Das würde ich nicht tun! Denn dann rufe ich sofort die Polizei!"
Damit war das Gespräch anscheinend beendet, denn Sofia kam kurz darauf wieder nach oben in Emilias Zimmer.
„Ich hoffe, er hat es jetzt verstanden", meinte sie. „Und falls nicht, ist es auch egal. Ich habe den Stecker vom Telefon rausgezogen. Jetzt ist erstmal Ruhe."
„Und wenn er hierherkommt?", fragte Emilia leise.
„Dann lassen wir ihn vor der Tür stehen und rufen die Polizei", erwiderte Sofia, als wäre es das Normalste von der Welt.
Emilia nickte schwach und zog die Decke fester um sich, denn das Zittern wollte gar nicht mehr aufhören.
„Ich glaube, ich mache dir erstmal eine heiße Milch mit Honig", schlug Sofia mit Blick auf ihre Schwester vor. „Du hast heute doch bestimmt noch nichts Vernünftiges gegessen, oder? Soll ich dir vielleicht noch etwas anderes

aus der Küche mitbringen, wenn ich schon unterwegs bin?"
„Nein, danke", schüttelte Emilia den Kopf. „Aber eine heiße Milch wäre schön."
„Kommt sofort, Madame", erwiderte Sofia betont fröhlich und ließ Emilia allein in ihrem Zimmer zurück. Deren Gedanken wanderten von Jake zu Zoe und Lauren und plötzlich fiel ihr ein, dass sie zwar Zoes Kommentar auf ihrer Bildergalerie gelöscht, aber diese natürlich noch nicht aus ihrer ‚Freunde-Liste' entfernt hatte. Denn eigentlich hatte sie ja vorgehabt, mit ihren Freundinnen über alles in Ruhe zu reden und hatte gehofft, dadurch alle Missverständnisse beseitigen zu können. Doch dazu war es ja leider nicht gekommen. Also nahm sie mit zittrigen Fingern ihr Handy, stellte traurig fest, dass Noah sich noch immer nicht gemeldet hatte und öffnete die App, in der sie ihre Fotos postete. Ein kleines Symbol auf dem Display zeigte ihr, dass es acht neue Kommentare zu ihren Bildern gab, obwohl sie schon lange kein neues mehr veröffentlicht hatte. Emilia ahnte natürlich, wer dahinter steckte, und doch musste sie sich einen Eintrag nach dem anderen ansehen, um sie der Reihe nach löschen zu können.
‚Hure', las sie und ‚Wie hässlich kann man nur sein?!', aber auch ‚Verräterin' und ‚All the worst!'. Emilia wollte am liebsten sofort all diese Worte, aus denen ihr so viel Feindseligkeit und Hass entgegenschlugen entfernen. Doch sie war nicht im Stande, auch nur einen Finger zu bewegen.

Kalter Schweiß trat ihr auf die Stirn und sie spürte, wie ihr Herz anfing zu rasen.
In diesem Moment kam Sofia aus der Küche zurück und stutze erschrocken beim Anblick ihrer Schwester. Schnell stellte sie die mitgebrachte Tasse auf Emilias Schreibtisch ab und nahm ihr das Handy aus der Hand. Ein Blick auf das Display genügte und Sofia wusste, was los war.
Doch anstatt die Kommentare direkt zu löschen, machte sie Screenshots davon und leitete diese an sich selber weiter.
Dann fragte sie: „Ich lösche jetzt den ganzen Mist und dann sperre ich Zoe und Lauren für deine Bilder, okay?“
Emilia nickte stumm. Sie fühlte sich einfach nur kalt und leer. Und doch war sie froh, Sofia an ihrer Seite zu haben. Denn ihre Schwester war der einzige Mensch, der ihr jetzt Halt geben konnte.
Und das tat sie auch: Sofia reichte Emilia die große Tasse mit der heißen Honigmilch und befahl ihr zu trinken. Zwischen zwei Schlucken schlug sie dann vor: „Möchtest du Noah nicht doch etwas schreiben? Bestimmt sitzt er gerade genauso traurig zu Hause wie du und wartet auf eine Nachricht von dir. Ich wette, er schreibt nur deshalb nicht als erster, weil sein verletzter Mannesstolz es ihm verbietet.“
„Ich weiß nicht“, murmelte Emilia unsicher. „Und wenn er sich längst entschieden hat, dass er nichts mehr mit mir zu tun haben will?“

„Ich finde, auf einen Versuch käme es an“, war Sofias Antwort. „Immerhin liebst du ihn. Sonst würdest du dir vielleicht ein Leben lang Vorwürfe machen, nicht den ersten Schritt gewagt zu haben. Du hast doch nichts zu verlieren.“
Emilia zögerte noch einen kurzen Augenblick, bevor sie Sofia das Handy aus der Hand nahm. Sie musste nicht lange überlegen, was sie Noah schreiben sollte. Und eigentlich waren es auch gar keine geschriebenen Worte, sondern vielmehr eine Nachricht, die in einen Song verpackt war. Emilia schickte ihm ‚Fading‘ von ‚Ilira‘, weil gerade die erste Liedzeile genau das wiederspiegelte, was Emilia empfand:
‚All I ever wanted was to find you…‘. Noah würde es sicher verstehen und ihre Schwester hatte mal wieder Recht: Das war vermutlich ihr letzter Versuch, mit Noah zusammen zu bleiben, aber er war es wert.
Anschließend leerte sie gehorsam ihre Tasse und ließ sich von Sofia ins Bett bringen wie ein kleines Kind.
„Morgen gehst du nicht in die Schule“, entschied diese. „Ich rufe gleich morgen früh im Sekretariat an und melde dich krank. Und jetzt ruh dich aus, Em! Wirst sehen, es wird sich alles finden. Manchmal braucht man eben einfach nur einen längeren Atem.“
Sofia ließ die Tür einen Spalt breit auf, damit sich ihre kleine Schwester nicht so allein fühlte und noch etwas Licht aus dem Flur in ihr Zimmer schien. Emilia kroch tief unter ihre Bettdecke, winkelte die Beine an wie ein Embryo und fiel kurz darauf in einen unruhigen Schlaf.

Weit nach Mitternacht aber wachte sie schweißgebadet wieder auf. Sie hatte geträumt, wieder im College zu sein.
In ihrem Traum ging sie durch die große Eingangstür der Schule. Alle anderen waren bereits da und musterten sie angewidert von oben bis unten. Aber Emilia musste an ihnen vorbeigehen, um in ihren Kursraum zu gelangen.
Sie sah in die Gesichter von Jake, Zoe und Lauren, von Ellie und Michelle, sogar von Jessica und Ben. Sie alle grinsten oder lachten hämisch, zeigten mit dem Finger auf sie, tuschelten oder sagten ihr Wörter wie ‚Bitch' und ‚Schlampe' mitten ins Gesicht. Emilia fing an zu rennen. Doch je schneller sie lief, umso lauter wurde das Lachen und Rufen um sie herum. Aber das aller Schlimmste war, dass sie auch Noahs Gesicht zwischen all den anderen entdeckte.
Er stand mitten unter ihnen und beteiligte sich mit finsterem Blick an den Beschimpfungen.
Sofia, die vom Schreien ihrer Schwester wach geworden war, fand diese auf dem Bett sitzend vor, Tränen liefen ihr über das Gesicht. Die junge Frau nahm das Mädchen wortlos in den Arm, bis es sich wieder etwas beruhigt hatte. Dann holte sie einen frischen Schlafanzug aus dem Schrank und schüttelte die Kissen auf. Emilia aber war zu erschöpft, um irgendetwas zu erklären. Sie zog die sauberen Sachen an und trank ohne Widerrede einen Schluck Wasser aus dem Glas, welches Sofia ihr reichte.

Dann legte sie sich erschöpft wieder hin und schloss die Augen in der Hoffnung, dass sie in dieser Nacht einfach gar nichts mehr träumte.
Sie merkte, dass Sofia wenig später zu ihr ins Bett gekrabbelt kam und ihr die noch etwas nassen Haare aus dem Gesicht strich. Emilia fühlte sich ein kleines bisschen sicherer mit ihrer Schwester im Rücken. Und hätte sie gewusst, dass kurz vorher eine Reaktion auf ihre Song-Botschaft an Noah eingegangen war, dann hätte sie bestimmt viel besser geschlafen.

Hard Rock Cafe

Emilia entdeckte Noahs Antwort früh am nächsten Morgen. Als sie aufwachte war es draußen noch dunkel und sie lauschte einen Moment lang Sofias ruhigen Atemzügen. Dann stand sie auf, ging ins Bad und merkte, dass sie ziemlich wacklig auf den Beinen war - kein Wunder, denn sie hatte ja gestern kaum etwas gegessen.

Wenig später schlich Emilia auf Zehenspitzen zurück zu ihrem Nachttischschränkchen, um ihr Handy zu holen. Sie nahm es mit nach unten in die Küche, um Sofia nicht zu wecken, doch sie zögerte den Moment hinaus, es einzuschalten.

Auf der einen Seite wollte sie natürlich wissen, ob Noah ihre Nachricht erhalten und hoffentlich auch geantwortet hatte, andererseits hatte sie jedoch furchtbare Angst davor, feststellen zu müssen, dass er gerade das nicht getan hatte.

Figaro schien noch in der Nachbarschaft unterwegs zu sein, also setzte sich Emilia allein mit einem Glas kalten Tee, der noch von gestern übrig geblieben war, an den Küchentisch und schaltete endlich ihr Handy ein: Es gab zwölf neue Nachrichten. Die erste war von Mom, die gestern noch spät liebe Grüße und ein paar Fotos von Rom geschickt hatte. Emilia bedankte sich für die schönen Bilder und wünschte ihren Eltern viel Spaß in Italien und ein tolles Konzert am Wochenende.

Die nächsten zehn Nachrichten waren von Jake. Er musste ihre Nummer von Zoe oder Lauren bekommen haben, denn Emilia hatte sie ihm damals nicht gegeben. Wozu auch?
Zuerst wusste sie natürlich nicht, zu wem diese unbekannte Nummer gehörte.
Aber ein Blick auf das Profilbild genügte, um Klarheit zu haben.
Denn Jake hatte ein Foto von sich selbst gewählt. Es zeigte den attraktiven Jungen mit seinem typischen, verschmitzten Lächeln am Strand, braungebrannt und die Haare vom Wind zerzaust. Im Hintergrund glitzerte das Meer in der Sonne. Ein schönes Urlaubsfoto, und doch spürte Emilia bei diesem Anblick puren Ekel in sich aufsteigen. Und ihre Kehle schnürte sich erst recht zusammen, als sie Sätze las wie ‚Miss u!' und ‚You and me forever!'.
Mit zittrigen Fingern suchte sie in den Einstellungen der Messenger-App nach einer Möglichkeit, ausgewählte Teilnehmer zu blockieren. Und als sie diese endlich gefunden hatte, klickte sie nicht nur auf Jake, sondern blockierte gleich auch Lauren und Zoe.
Dann wollte sie eigentlich nur noch schnell all die dummen Nachrichten löschen, um sie nie wieder ansehen zu müssen. Doch aus einer inneren Eingebung heraus machte sie zunächst Screenshots davon, bevor sie Jakes Chat entfernte.
Emilia atmete erleichtert auf und öffnete dann mit klopfendem Herzen die letzte Nachricht. Sie war von

Noah, der mitten in der Nacht geschrieben hatte: ‚Schätze, ich war ein ziemlicher Idiot! Verzeihst Du mir?'
Emilia las die beiden Sätze wieder und wieder und hätte dabei die ganze Welt umarmen können. Noah war ihr nicht mehr böse und er hatte ihre Message, die sie ihm mit dem Song geschickt hatte, verstanden. Sie war so froh, auf Sofia gehört und diesen ersten Schritt gemacht zu haben.
Schnell antwortete sie: ‚Es gibt nichts zu verzeihen! Love you!' und hatte zum ersten Mal seit langer Zeit das Gefühl, dass vielleicht doch alles wieder gut werden würde.
In dem Moment stolzierte Figaro mit hoch erhobenem Schwanz in die Küche und verlangte energisch maunzend nach Futter.
Emilia sagte schmunzelnd zu ihm: „Du hast es ja wohl am allerbesten. Musst dir um nichts Gedanken machen außer um dich selber."
Dann holte sie eine Dose Katzenfutter aus dem Vorratsschrank und füllte Figaro etwas davon in sein Schälchen.
Gierig schmatzend machte sich der Kater im Nu darüber her und auch Emilia verspürte allmählich so etwas wie Hunger in ihrem Bauch.
„Na, geht es dir wieder etwas besser?", fragte eine vertraute Stimme hinter ihr. Es war Sofia, die mit zerzaustem Haar und noch im Pyjama barfuß in die Küche kam, um sich einen frischen Tee zu kochen.

„Ja, schon viel besser“, antwortete Emilia und erzählte ihr von Noahs Reaktion auf ihre Nachricht. Doch sie verschwieg auch nicht, dass Jake ihr ebenfalls ein paar Mal hintereinander geschrieben hatte und zeigte ihrer Schwester die Screenshots.
Sofia sah sich alles Stirn runzelnd an, setzte sich mit einer Tasse dampfenden Tees zu Emilia an den Tisch und sagte dann mit ernster Miene:
„Ich habe mir gestern noch überlegt, dass ich dich nicht nur für heute in der Schule krank melden werde, sondern ich möchte außerdem um einen Termin bei Mister Bayley bitten.“
„Aber warum?“, fragte Emilia erstaunt, obwohl sie sich die Antwort bereits denken konnte.
„Weil ich finde, dass er wissen muss, was an seinem College los ist“, erwiderte Sofia und pustete vorsichtig in ihre Teetasse. „Und, was noch viel wichtiger ist, Zoe, Lauren, Jake und all diese hirnlosen Mitläufer sollen merken, dass man nicht ungestraft andere Menschen so demütigen darf. Du bist kein Opfer, Em. Du musst dich wehren.“
„Aber zum Direktor gehen ist irgendwie so wie petzen“, fand Emilia, „und ich bin keine Petze.“
„Das weiß ich“, beruhigte Sofia ihre Schwester. „Aber wenn du jemanden dabei erwischst, wie er ein Fahrrad klaut oder einen anderen verprügelt, der viel schwächer ist, würdest du doch auch die Polizei rufen, oder nicht?“
Emilia nickte stumm und fing an zu begreifen, was Sofia ihr zu verstehen geben wollte.

„Na, also“, fuhr diese fort. „Zur Polizei gehen müssen wir ja Gott sei Dank nicht, aber zur Schulleitung schon. Denn wir sollten die anderen nicht einfach so davon kommen lassen oder, was noch viel schlimmer wäre, so weitermachen lassen wie bisher. Bist du da meiner Meinung, Em?“
Emilia nickte ein zweites Mal, denn bei der Vorstellung, dass die nächsten Schultage genauso werden würden wie der gestrige, bekam sie sofort ein flaues Gefühl im Magen.
Sie war zwar erleichtert und froh darüber, Noah wieder an ihrer Seite zu wissen, aber jeden Tag Beleidigungen und Lügen über sich ertragen zu müssen, das war eine andere Geschichte.
„Ist gut“, sagte sie darum mit fester Stimme. „Du lässt dir einen Termin geben und dann gehen wir zusammen zu Mister Bayley.“
„Ja, so machen wir's“, stimmte Sofia ihrer Schwester zu und schenkte ihr ein aufmunterndes Lächeln. „Aber jetzt ist es noch zu früh, um anzurufen. Es ist ja noch nicht einmal sieben Uhr. Wie wäre es mit einem Toast?“
Da spürte Emilia das riesige Loch in ihrem Magen, weshalb sie wenig später zwei Scheiben Toast mit reichlich Erdnussbutter und Marmelade bestrich.
Sie hatte schon fast alles aufgegessen, als es an der Haustür klingelte.
Alarmiert schaute das Mädchen zu seiner Schwester hinüber, denn vor ihrem inneren Auge sah Emilia

bereits einen grinsenden Jake vor dem Haus stehen und mit ihrem Schal wedeln.
„Du bleibst, wo du bist“, befahl Sofia, stand auf und ging zur Tür.
Emilia lauschte angestrengt, um herauszufinden, wer so früh am Morgen zu ihnen gekommen war. Doch lange musste sie ihre Ohren nicht spitzen, denn keine Minute später hörte sie ihre Schwester rufen: „Emilia, kommst du bitte mal!“
Jake konnte es also nicht sein. Darum stand sie auf, ging neugierig in den Flur und traute ihren Augen kaum: Vor ihr stand Noah, klatschnass bis auf die Haut und beinahe genauso schüchtern lächelnd wie bei ihrem ersten Treffen am South Parade Pier.
Emilias Herz fing bei diesem Anblick unwillkürlich an schneller zu schlagen und ohne darüber nachzudenken, flitzte sie zu ihm und schlang ihre Arme um seinen Hals.
„Vorsicht! Du wirst ja ganz nass“, sagte der Junge zärtlich.
Doch Emilia war das vollkommen egal. Denn das Einzige, was sie wollte, war Noah festzuhalten und nie wieder loszulassen. Sie genoss es, seine starken Arme um sich zu spüren und atmete seinen vertrauten Duft tief in sich ein.
Doch schließlich siegte die Vernunft und sie schlug vor: „Komm! Wir gehen nach oben und ich sehe mal nach, was ich für dich zum Anziehen finde. Du musst unbedingt raus aus den nassen Klamotten, sonst wirst du mir noch krank.“

Noah ließ sich widerstandslos mitnehmen und folgte Emilia in ihr Zimmer.
Dort angekommen, erklärte er: „Als ich von zu Hause losgefahren bin, war noch alles trocken. Aber kurz vor Eastney fing es plötzlich an zu schütten, als ob jemand einen Eimer über der Welt auskippen würde.“
Emilia wühlte unterdessen in ihren Sportsachen und suchte nach einer Trainingsjacke, die ihrem Freund passen könnte.
Als sie sich umdrehte, stand Noah mit freiem Oberkörper vor ihr und schaute sie erwartungsvoll an.
‚Wow!‘, dachte Emilia und musste sich zusammenreißen, um ihn nicht anzustarren. Aber er sah so verdammt gut aus mit seinem Waschbrettbauch und den verstrubbelten blonden Haaren. Sie musste an den Song ‚Shape of you‘ von Ed Sheeren denken und wusste in diesem Moment genau, was der Sänger mit ‚I’m in love with your body‘ meinte.
„Meinst du, die Jacke da passt mir?“, unterbrach Noah das Schweigen und deutete auf das Kleidungsstück in Emilias Hand.
„Was? Oh, nein“, stotterte Emilia. „Deine Schultern... und ähm... deine Arme... Zu klein!“
Doch dann fiel ihr plötzlich ein, dass sie etwas hatte, das Noah ganz bestimmt passen würde. Sie ging zu ihrem Bett, langte darunter und zog eine weiß-gelbe Papiertüte hervor.
Aus dieser aber holte sie ein schwarzes T-Shirt und hielt es Noah hin.

Der staunte nicht schlecht, als er las, was vorne auf dem Shirt stand: „Hard Rock Cafe New York? Aber es ist doch viel zu groß für dich."
„Schon klar", sagte Emilia lächelnd. „Ich habe mir ein Weißes aus Amerika mitgebracht. Und das passt wie angegossen."
„Heißt das, dass du dieses hier von Anfang an für mich gekauft hast?", fragte Noah mit großen Augen.
Emilia freute sich über seinen ungläubigen Gesichtsausdruck und erklärte:
„Ja, ich habe es die ganze Zeit über aufgehoben, um es dir bei einer passenden Gelegenheit zu geben. Und welche Gelegenheit wäre wohl besser als jetzt?"
Noah streifte sich das Shirt über und bedankte sich bei seiner Freundin mit einem innigen Kuss. Dann stellte er fest: „Du hast es also für mich gekauft, bevor wir überhaupt zusammen waren."
Emilia nickte und sagte dann: „Du hattest mir damals vor den Ferien gesagt, dass ich dir was Schönes mitbringen soll aus Big Apple. Weißt du das noch?"
Nun war es an Noah zu nicken und er schaute Emilia dabei tief in die dunklen Augen: „Ja, natürlich weiß ich das noch. Ich habe all meinen Mut zusammen genommen, um dich anzusprechen. Du warst so hübsch in dem geblümten Sommerkleid und deine Haare glänzten in der Sonne. Ich hatte dich davor schon oft aus der Ferne beobachtet."
„Aber warum hast du nie etwas gesagt?", fragte Emilia überrascht.

„Na, ja", überlegte Noah laut. „Vielleicht, weil ich mir lieber die Hoffnung bewahren wollte, als eine Abfuhr zu riskieren."
„Eine Abfuhr?", wiederholte Emilia. „Aber von mir doch nicht. Ich wäre froh gewesen über das kleinste Wort von dir."
„Na, da können wir ja von Glück reden, dass wir beide irgendwann doch noch die Kurve gekriegt haben, was?", schmunzelte Noah und strich seiner Freundin liebevoll eine Haarsträhne aus dem Gesicht, um sie dann erneut zärtlich zu küssen.
Leider wurden sie jedoch genau in dem Moment von Sofia unterbrochen, die von unten die Treppe hinaufrief: „Emilia? Sorry, dass ich störe! Aber wir sollen um zehn Uhr bei Mister Bayley an der Schule sein. Bloß damit du Bescheid weißt."
„Ja, okay", rief Emilia etwas unwillig zurück.
An die blöde Schule hatte sie jetzt gar nicht mehr gedacht. Und eigentlich wollte sie auch überhaupt nicht mehr daran denken.
Aber was sein musste, musste eben sein und darum erklärte sie Noah in wenigen Sätzen, was Sofia ihr vorhin vorgeschlagen hatte.
Beim Zuhören wurde die Miene des Jungen immer ernster und am Ende sagte er: „Ich finde es richtig, dass ihr mit dem Direktor sprecht. Das, was Zoe und die anderen dir antun, ist ja schon Mobbing. Und Jake entwickelt sich so langsam zum Stalker. Das muss auf jeden Fall aufhören, und zwar so schnell wie möglich."

Dann nahm er seine Freundin tröstend in den Arm und hielt sie einen Moment lang fest, als wollte er sie vor allem Unheil dieser Welt beschützen.
„Warum sitzt du eigentlich nicht längst im Matheunterricht?“, wollte Emilia irgendwann wissen. „Weiß deine Mom, dass du gar nicht zur Schule gefahren bist?“
„Ja, sie weiß es“, berichtete Noah schmunzelnd. „Und sie hat gesagt, ich soll nicht eher wiederkommen, bis ich mich mit dir vertragen habe. Sie mag dich ziemlich gern, meine Mom.“
„Ich mag sie auch, sehr sogar“, erwiderte Emilia lächelnd und stellte nach einer Minute des Schweigens fest: „Ich sollte mich mal umziehen.“
Ohne lange zu überlegen wählte sie das weiße Hard Rock Cafe-Shirt und ihre Lieblingsjeans aus.
Darüber zog sie die schwarze Trainingsjacke, die sie vorhin sowieso schon aus dem Schrank gezogen hatte.
Wenn sie sich schon in die Höhle des Löwen begeben musste, dann wollte sie sich wenigstens wohl fühlen in ihrer Haut.
Noah, der währenddessen brav auf ihrem Bett gesessen hatte, meinte schließlich: „Hey, wir sind im Partnerlook. Das finde ich cool.“
„Tja, genau so war es von Anfang an geplant“, erwiderte Emilia und lächelte spitzbübisch.
Aber Noah fasste sie an der Taille und zog sie zu sich aufs Bett, sodass sie kurz erschrocken aufkreischte.
Doch schon im nächsten Moment kuschelte sie sich an

ihn und wusste, dass dies genau der Ort war, wo sie hingehörte. Und nichts und niemand auf der Welt würde das jemals ändern können.
Etwa eine Stunde später jedoch war Noah wieder zu Hause und Emilia saß mit feuchten Händen neben Sofia im Sekretariat der Schule und wartete auf Mister Bayley. Das Mädchen war froh, niemandem begegnet zu sein, den es kannte, denn die meisten Schülerinnen und Schüler hatten gerade Unterricht. Zwar fühlte sich Emilia neben ihrer Schwester relativ sicher, doch sie konnte es nicht verhindern, dass ihre Knie weich wurden und der Magen sich zusammenkrampfte, als sie durch das große Schultor gingen.
Lange mussten sie zum Glück nicht warten, denn Mister Bayley begrüßte sie schon bald sehr freundlich und nahm die beiden Schwestern mit zu sich ins Büro.
Sie hatten gerade an einem runden Holztisch Platz genommen, als es an der Tür klopfte.
„Kommen sie herein!", rief der Direktor und erklärte dann an seine Besucherinnen gewandt: „Das ist Mrs. Harper. Ich habe sie gebeten, an unserem Gespräch teilzunehmen. Mrs. Harper kennt Sie und Ihre Freundinnen ja viel besser als ich, Emilia. Ich hoffe, es ist Ihnen Recht?"
Emilia nickte und begrüßte nun auch ihre Lehrerin, die sie mit einem aufmunternden Lächeln bedachte.
„Gut", fing Mister Bayley an. „Ihre Schwester hat uns ja schon kurz am Telefon erläutert, dass es Probleme mit einigen Mitschülern gibt. Ich denke, Emilia, Sie sollten

uns einmal frei heraus erzählen, was passiert ist. Wie fing denn überhaupt alles an?"
‚Ja, wie fing alles an?', überlegte das Mädchen und wusste im ersten Moment gar nicht, wie es beginnen sollte.
„Nach den Ferien war eigentlich zuerst alles so wie immer", wagte Emilia schließlich den ersten Satz.
Und danach kam, anfangs stockend aber bald immer flüssiger, nach und nach die ganze Geschichte aus ihr heraus: Sie erzählte von den zufälligen Begegnungen mit Jake, bei denen er sich offenbar in sie verliebt hatte, von Zoe, die sich wiederum vergeblich Hoffnung gemacht hatte, ausgerechnet diesem Jungen näher kommen zu können. Und sie erwähnte auch Lauren, die ihren Freund und Fußballstar Jordan Cooper vergöttert hatte, bevor dieser sie so schmählich abserviert hatte.
Emilia sah, dass Mister Bayley sich hin und wieder Notizen auf seinem Block machte, während Mrs. Harper bisher nur mit ernster Miene gelauscht hatte.
Doch bei dem, was Emilia anschließend erzählte, schüttelte die Lehrerin mehr als einmal ungläubig den Kopf.
Denn das Mädchen versuchte, möglichst genau zu schildern, wie es ihm in den letzten beiden Tagen in der Schule ergangen war.
Und obwohl es Emilia merklich schwer fiel, berichtete sie von all den Anfeindungen, dem Ausgrenzen und den erfundenen Geschichten über sie, die viele ihrer Mitschülerinnen nur zu gerne hören wollten.

Außerdem hatte sie sogar mitbekommen, dass Zoe es einigen der Mädchen regelrecht verboten hatte, auch nur ein Wort mit ihr zu sprechen.
Zuletzt erinnerte sich Emilia an all die Anrufe und Nachrichten von Jake, der es nicht wahr haben wollte, dass Noah nun ihr Freund war, und an die respektlosen und beleidigenden Kommentare unter ihren Fotos im Internet. Als sie geendet hatte schaute Emilia in zwei sehr betroffene Gesichter.
Doch um den Ernst der Lage noch zu unterstreichen, beschrieb Sofia anschließend die seelische Verfassung ihrer Schwester am gestrigen Abend in allen Einzelheiten. Und obwohl es Emilia ziemlich unangenehm war, ihre Schwester so über sich reden zu hören, blieb sie dennoch stumm, starrte auf die Tischplatte vor sich und wartete auf die Reaktion der beiden Lehrer.
Diese mussten das Gehörte allerdings erst einmal kurz sacken lassen, bevor Mister Bayley als erster das Wort ergriff: „Es tut mir Leid, Emilia, dass Sie so etwas an unserer Schule erleben mussten, sehr Leid sogar. Ich verspreche Ihnen, dass wir der Angelegenheit schnellstmöglich auf den Grund gehen werden. Und es wird Konsequenzen geben. Das versichere ich Ihnen beiden.“
„Wir sollten als erstes mit dem Jungen und den beiden Mädchen reden“, schlug Mrs. Harper vor. „Und vielleicht wäre es ratsam, auch die Eltern mit zum Gespräch zu bitten.“

„Ja, daran dachte ich auch schon“, stimmte Mister Bayley seiner Kollegin zu und wandte sich dann noch einmal an Emilia: „Bis zum Wochenende haben wir das hoffentlich geklärt und aus der Welt geschafft. So lange sollten Sie vielleicht besser zu Hause bleiben. Wir rufen dann am Freitag an und besprechen die weitere Vorgehensweise. Einverstanden?“
Emilia nickte, doch Sofia äußerte Bedenken: „Dadurch verpasst meine Schwester zwei Tage Unterricht. Sie hat doch schon bald ihre ersten Prüfungen und der Stoff fehlt ihr ja dann.“
„Ich schicke ihr per E-Mail die Unterlagen für Wirtschaft und Rechnungswesen zu“, bot sich Mrs. Harper sofort an. „Und die anderen Fachlehrer werde ich nachher auch kontaktieren. Ich denke, das kriegst du dann zu Hause hin, oder Emilia?“
„Na, klar! Das schaffe ich schon“, antwortete das Mädchen und war den beiden Lehrern in dem Moment sehr dankbar, dass sie ihre Probleme wirklich ernst genommen hatten und sich so gut um alles kümmerten. Nachdem nun alles geklärt war, verabschiedete man sich mit einem freundlichen Händeschütteln voneinander und die Schwestern machten sich daraufhin wieder auf den Weg nach Hause.
Während Adele im Radio ‚Set fire to the rain‘ sang, hing jede von ihnen ihren Gedanken nach, bis Emilia durch ein vertrautes ‚Pling‘ auf ihr Handy aufmerksam wurde. ‚Vielleicht Noah‘, dachte das Mädchen und schaute auf das Display.

Doch es war Olivia. Sie hatte geschrieben, dass es ihr heute schon viel besser ging und außerdem hatte sie Emilia noch ein Selfie mitgeschickt.
Es zeigte natürlich Olivia selbst, die trotz der Blessuren glücklich lächelnd in ihrem Krankenbett saß. Direkt neben ihr aber war ein junger Mann mit lockigen Haaren zu sehen, der mindestens genauso verliebt dreinschaute und Emilia auf eigenartige Weise bekannt vorkam.
Und an der nächsten Ampelkreuzung wusste sie auch, warum: Olivias Alejandro hätte der jüngere Bruder von John Schnee aus ‚Game of Thrones' sein können, die Serie, die Sofia sich so gerne im Fernsehen anschaute. Kein Wunder also, dass die Freundin ihm seine Unachtsamkeit beim Abbiegen längst verziehen hatte. Die beiden gaben wirklich ein besonders schönes Paar ab, fand Emilia. Und da wusste sie, dass sie gerade in eine völlig falsche Richtung fuhren.
„Umdrehen!", kam es plötzlich aus ihr heraus und sie schaute ihre Schwester halb bittend, halb fordernd von der Seite an.
„Was?", fragte Sofia perplex. „Wir sind doch gleich da. Hast du was vergessen?"
„Irgendwie schon", antwortete Emilia geheimnisvoll. „Kannst du mich bitte nach Old Portsmouth bringen?! Ich mache auch eine Woche lang das Katzenklo sauber."
Da lachte Sofia laut und meinte dann schmunzelnd: „Na, da muss die Sehnsucht aber groß sein".

Dann wendete sie den Wagen und brachte ihre kleine Schwester zum Haus der O'Neills.
Denn etwas hatte Emilia wirklich vergessen: Sie hatte Noah heute noch gar nicht gesagt, wie sehr sie ihn liebte. Und das wollte sie so schnell wie möglich nachholen, weil das das Einzige war, was wirklich zählte.

Epilog

Jake wurde für eine Woche vom St. John's College suspendiert, doch er kehrte nicht wieder dorthin zurück. Denn noch vor Mister Bayleys Anruf hatte Mrs. Merton beim Aufräumen in Jakes Kleiderschrank mehrere Flaschen Wodka gefunden und leider auch das Tütchen Gras, welches er so sorgfältig hinter seinen Socken versteckt hatte.
Die Sache mit Emilia hatte quasi nur noch gefehlt, um das Fass zum Überlaufen zu bringen. Als Konsequenz ließ Jakes Vater seine Beziehungen spielen und schickte seinen Sohn für die letzten beiden Jahre bis zu den A-Levels nach Suffolk auf die renommierte Royal Hospital School, ein Internat, in dem früher ausschließlich Jungen auf ihren Eintritt in die britische Marine vorbereitet wurden.
Und obwohl Jake schon volljährig war, fügte er sich dem Willen seines Vaters, weil er wusste, dass er im Grunde keine andere Wahl hatte.
Vielleicht wurde aus ihm eines Tages doch noch der Held, der er immer sein wollte.

Auch Lauren wurde mit ihren Eltern zu einem ausführlichen Gespräch in die Schule gebeten und anschließend ebenfalls für eine Woche suspendiert. Und auch Lauren kehrte daraufhin dem St. John's College den Rücken zu.

Sie zog zu ihrem Vater nach Southampton und besuchte natürlich dort ein College in der Nähe. Man munkelte später, dass sie darüber sogar sehr froh gewesen sein sollte, weil sie sich in den letzten Wochen fast täglich mit ihrer Mutter und der jüngeren Schwester gestritten hätte. Und außerdem war sie nun weit weg von Jordan Cooper. Emilia lief ihr nur hin und wieder zufällig über den Weg und wunderte sich dann jedes Mal, wie bedeutungslos Lauren für sie inzwischen geworden war.

Zoe aber stand eines Tages vor dem Haus der Bennetts, genau genommen war es am fünften Tag ihrer freien Woche. Denn auch sie musste wie die anderen beiden eine Zeit lang dem Unterricht fernbleiben, um darüber nachzudenken, was sie getan hatte.
Als Emilia an diesem Nachmittag öffnete und Zoe ihr gegenüber stand, hätte sie ihr am liebsten die Tür sofort wieder vor der Nase zugeschlagen. Doch etwas im Gesicht des Mädchens ließ sie innehalten und sie hörte dann doch relativ ruhig und gefasst zu, was Zoe ihr zu sagen hatte.
Das blonde Mädchen starrte beim Reden die ganze Zeit über auf ihre Schuhe und wagte es nicht, Emilia in die Augen zu schauen.
Doch diese hatte am Ende das Gefühl, dass es ihrer ehemaligen Freundin wirklich leidtat, wie sie sich verhalten hatte.
„Wenn ich könnte, würde ich gerne ungeschehen machen, was ich getan habe. Doch das kann ich

natürlich nicht“, sagte Zoe leise. „Trotzdem bin ich gekommen, um mich bei dir zu entschuldigen. Inzwischen weiß ich im Grunde selbst nicht mehr, warum ich all die schlimmen Sachen zu dir gesagt habe. Und ich schwöre dir, ich werde so etwas nie wieder tun, mit niemandem. Das wollte ich dir nur sagen. Es war mir wichtig, dass du weißt, dass mir das alles sehr Leid tut. Und ich hoffe, dass du mich nicht ein Leben lang dafür hasst.“

„Ich hasse niemanden“, erwiderte Emilia ernst und in dem Moment wagte es Zoe zum ersten Mal, aufzuschauen.

„Aber scheiße war es trotzdem, ziemlich scheiße sogar.“

Zoe nickte bekümmert und Emilia fuhr fort: „Aber ich lebe ja noch und vielleicht hat mich diese Geschichte sogar ein bisschen abgehärtet. Für irgendwas muss es schließlich gut gewesen sein.“

„Meinst du, du könntest mir eines Tages vielleicht verzeihen?“, fragte Zoe und wagte ein zaghaftes Lächeln.

„Ja, vielleicht. Eines Tages. Aber ich glaube, heute kann ich es noch nicht“, antwortete Emilia ehrlich.

Zoe senkte den Kopf und nickte traurig. Denn sie hatte nun endgültig verstanden, dass sie diese Freundschaft, die doch so viele Jahre gehalten hatte, ein für alle Mal zerstört hatte.

Jessica würde übrigens das nächste Schuljahr in den Staaten verbringen, selbstverständlich an derselben Schule wie Benjamin Cummings. Und wer wusste es schon: Vielleicht war Mister Morgan seine kleine Prinzessin ja dann endgültig los?

Alejandro jedoch hat sich mit seiner Universität in Madrid in Verbindung gesetzt, um noch ein zweites Semester in England studieren zu können. Und Olivia staunt immer noch, dass sie ihren Mister Right wirklich gefunden hat.

Und Noah? Der ist immer noch mit Emilia zusammen und daran wird sich wohl auch nichts ändern.

„But I got smarter, I got harder in the nick of time.
Honey, I rose up from the dead, I do it all the time."
(Taylor Swift)